多维研究视角下的译介学理论与英美文学翻译实践探索

张岩 王双 著

中国书籍出版社
China Book Press

图书在版编目（CIP）数据

多维研究视角下的译介学理论与英美文学翻译探索 / 张岩，王双著. -- 北京：中国书籍出版社，2023.9

ISBN 978-7-5068-9600-9

Ⅰ.①多… Ⅱ.①张…②王… Ⅲ.①英国文学－文学翻译－研究②文学翻译－研究－美国 Ⅳ.① I561.06 ② I712.06

中国国家版本馆 CIP 数据核字（2023）第 185841 号

多维研究视角下的译介学理论与英美文学翻译实践探索

张岩 王双 著

丛书策划	谭 鹏 武 斌
责任编辑	吴化强
责任印制	孙马飞 马 芝
封面设计	东方美迪
出版发行	中国书籍出版社
地　　址	北京市丰台区三路居路 97 号（邮编：100073）
电　　话	（010）52257143（总编室）　（010）52257140（发行部）
电子邮箱	eo@chinabp.com.cn
经　　销	全国新华书店
印　　厂	三河市德贤弘印务有限公司
开　　本	710 毫米 × 1000 毫米　1/16
字　　数	214 千字
印　　张	13.5
版　　次	2024 年 1 月第 1 版
印　　次	2024 年 1 月第 1 次印刷
书　　号	ISBN 978-7-5068-9600-9
定　　价	86.00 元

版权所有　翻印必究

目 录

第一章 译介学与英美文学 ... 1
第一节 译介学与英美文学之关系研究 ... 1
第二节 英语语言学分析 ... 5
第三节 英美文学的语言特征 ... 12
第四节 文学思潮与英美文学的历史发展脉络概述 ... 15

第二章 英美文学翻译概论 ... 20
第一节 翻译学概论 ... 20
第二节 英美文学翻译的内容与形式 ... 27
第三节 英美文学翻译的标准与原则 ... 31
第四节 英美文学翻译的主体研究 ... 34

第三章 语言学维度下的英美文学翻译探索与研究 ... 41
第一节 英美文学作品中的语言信息研究 ... 41
第二节 交际理论与英美文学翻译 ... 47
第三节 功能翻译理论与英美文学翻译 ... 49
第四节 描写翻译理论与英美文学翻译 ... 52
第五节 解构主义理论与英美文学翻译 ... 54

第四章 文化维度下的英美文学翻译探索与研究 ... 57
第一节 英美文学作品的艺术表现 ... 57
第二节 文化视角下影响英美文学发展的因素 ... 59
第三节 英美文学翻译中的文化差异现象 ... 66
第四节 英美文学作品翻译的跨文化翻译策略探析 ... 90

第五章 文学体裁维度下的英美文学翻译探索与研究 ... 93
第一节 英美文学的四大体裁分析 ... 93

第二节　英美诗歌翻译……………………………………………　97
　　第三节　英美小说翻译……………………………………………　125
　　第四节　英美散文翻译……………………………………………　132
　　第五节　英美戏剧翻译……………………………………………　140

第六章　哲学维度下的英美文学翻译探索与研究………………………　153
　　第一节　英美文学作品的精神突围………………………………　153
　　第二节　英美文学与哲学的关系研究……………………………　159
　　第三节　英美文学翻译的艺术哲学运用及其再思考……………　163

第七章　文学批评维度下的英美文学翻译探索与研究…………………　167
　　第一节　西方文学批评的思潮流派及发展脉络研究……………　167
　　第二节　英美文学翻译中的文学批评维度及其运用……………　193
　　第三节　英美文学翻译批评的范畴和路径探索研究……………　196

参考文献……………………………………………………………………　202

第一章　译介学与英美文学

译介学是20世纪80年代以来由中国学者谢天振教授在其著作《译介学导论》中首创的一个具有创新性的理论体系。译介学虽然脱胎于翻译学和比较文学，但因其具有独创性的译介学理论和翻译观，让译介学成为一门独立的学科，其研究理论成果也为国内外文学研究和翻译研究提供了新的理论视野和方法论借鉴。译介学作为一个开放的理论体系，也需要得到进一步丰富与发展。本章作为开篇，首先分析译介学与英美文学之间的关系。

第一节　译介学与英美文学之关系研究

一、译介学的提出

如前所述，译介学是由中国学者谢天振首创的术语，目前在中国学者中被广泛运用。这一术语首先出现于20世纪80年代初出版的一些比较文学教材之中，目前大部分比较文学教材也会设立专门的章节对其进行探讨。自"译介学"术语首次在中文著述中出现以来，其内涵意义和外延意义经历了数次转变，直到谢天振（1999）《译介学导论》[1]一书的出版，才得以明确下来。在此之前，谢天振教授已经在其著述里提出了这一核心概念，并在国内学界引起了较大反响。之后，翻译界与文学

---

[1] 谢天振.译介学导论[M].北京：北京大学出版社,2007.

界对译介学进行了旷日持久的研究论争和深入探讨。

2019年《译介学导论》出版20周年之际,《外语学刊》与《中国社会科学评价》等期刊还专门设立了"译介学专题",对译介学给予了总结评价,也回应了学界提出的一些质疑。实际上,直到2020年,不同出版社出版的以"译介学"为标题的专著已达5部之多[①]。近10年以来,许多学术会议都会涉及译介学的研究,《国家社会科学基金中华学术外译项目推荐选题目录》也将与译介学相关的著述列入其中。不仅如此,一些国外学术出版社也在联系翻译出版译介学的相关的著作[②]。这些都说明了译介学作为一门显学逐渐被确立起来,并且开始从中国逐渐外溢和辐射。

20多年以来,围绕译介学的研究成果可谓丰富多彩,围绕其争论也不在少数。最近几年,一些知名学者甚至撰写了一些文章,意在弥补译介学的不足和缺陷。这些争论主要是围绕着"创造性叛逆""翻译文学"等具体的概念而展开,而对于译介学的总体属性的论述相对较少。从20世纪80年代以来,译介学是由比较文学研究者首先提出来的,之后的研究也多围绕比较文学领域来展开,因此人们自然而然地认为译介学从属于比较文学的研究对象。但是,随着译介学研究的不断深入,译介学的领域属性不断扩张,学术地位更为突显,甚至可以说,学界对译介学的研究和认知比此前有了更为辩证的理解和更为宏观整体的认识。下面尝试从几个层面来梳理译介学的发展与完善轨迹。

二、比较文学对翻译问题的关注

任何一门新的学科与研究领域都不能凭空出现,比较文学是随着欧洲十八九世纪全球性视野的形成而诞生的。在20世纪50年代之前,比较文学主要局限在欧美各国的文学关系上,尤其是法国学者所推崇的"影响研究"。但是,一旦超越了欧洲范围,比较文学就遭遇了前所未有的危机和质疑。

---

① 分别是:《译介学》(上海外语教育出版社,1999)、《译介学导论》(北京大学出版社,2007)、《译介学》(增订版)(译林出版社,2013)、《译介学导论(第二版)》(北京大学出版社,2018)以及《译介学概论》(商务印书馆,2020)。
② 计划出版《译介学》或《译介学导论》的外国出版社包括 Routledge、Peter Lang 和 Springer 等。其中《译介学导论》作为中华学术外译项目,已经和 Springer 签订正式的翻译出版合同。

第一章　译介学与英美文学

比较文学越出欧洲范围之后,还发生了一个重大的改变,就是将翻译问题纳入了关注和研究视野。法国学派虽然影响巨大,但是出版的第一部比较文学著作却是英国学者波斯奈特(Posnett)所著的《比较文学》(1886),但是这本书中并未谈及翻译问题。谢天振认为,实际上,翻译一开始在比较文学中并未占据重要地位。之所以不重视翻译,一个重要的原因可能是欧洲主要语言之间存在着亲缘性,使得翻译并未成为研究的最大障碍。当比较文学开始关注非欧洲语言的文学作品时,翻译问题才逐渐凸显出来。20世纪前期,法国两位重要的比较文学家关于翻译问题的论述成为之后这类著作的写作惯例。1931年,梵第根(Paul Van Tieghem)在他的专著《比较文学论》中,论述了"译本和翻译者"这一问题,因为"在大多数场合,翻译主要是传播的工具,而'译本'之研究是比较文学中不可或缺的大前提"①。1951年,基亚在他所著的《比较文学》中,也研究了译著和译者两大问题,而研究译著的目的是对译者予以关注和了解,"即便是水平最差的译者,也能反映一个集团或一个时代的审美观;那些最忠实的译者可以让人们更好地了解外国文化的情况;那些真正的创造者则在移植和改写他们认为所需的作品"②。之后,欧洲许多比较文学作品都将翻译问题作为专题来论述。

中国对比较文学的研究始于20世纪初期,如鲁迅、矛盾等对中外文艺的比较与借鉴就属于此类。20世纪20年代末至30年代初,清华大学开设了一系列中外文学比较课程,标志着中国比较文学研究逐渐走向体制化,代表性著作有朱光潜的《文艺心理学》《诗论》和钱锺书的《谈艺录》等。之后比较文学出现了一定时期的中断,到了1970年,钱锺书的《管锥编》及一系列文章的发表,标志着比较文学的逐渐复兴。综上所述,这些先驱们在研究比较文学时对翻译问题虽有所论及,但是缺乏系统性论述,更少将翻译问题与比较文学研究联系起来。直到卢康华、孙景尧所著的《比较文学导论》的出现,翻译问题才得到比较文学学者的重视,但是与欧美此类作品类似,相关著述也仅仅局限在媒介学视角下研究翻译问题。

---

① 梵第根.比较文学论[M].戴望舒译.长春:吉林出版集团有限责任公司,2015.
② 基亚.比较文学[M].颜保译.北京:北京大学出版社,1983.

三、译介学的名实与相关争论

孙景尧教授较早使用了"译介学"这一提法,并进行了简要论述,他所界定的译介学涵盖的内容与一般意义上的翻译研究重叠。谢天振教授则对"译介学"给出了如下定义:译介学最初是从比较文学中的媒介学的角度来说的,但目前越来越多是从比较文化的角度来对翻译与文学翻译进行研究。这个定义涉及了几个层面的信息,即译介学的历史、视角即比较文学;译介学的研究对象即翻译与文学翻译。

谢天振教授还分析了西方比较文学对翻译问题的关注,尤其是提到巴斯奈特(Bassnett)于1993年发表的关于比较文学与翻译的看法,认为二者的关系是完全颠倒的,是不合适的,他认为比较文学的翻译研究实际上就是文学研究,传统的翻译研究是语言研究;比较文学的翻译研究是一种"创造性的叛逆",叛逆的主体包括译者、读者与接受环境;文学翻译与罗列史料的文学翻译史并不相同。之后,谢天振教授进一步研究译介学,并提出了"翻译研究与文化差异"等内容,从而强调翻译的文化差异属性。

显然,在谢教授的一系列论述的指引下,"译介学"这个看似怪异的术语在学界逐渐流行开来。进入21世纪以来,译介学在学术界更是风靡一时,许多学者都以此为选题来展开分析研究,诸如《翻译文学导论》《翻译:创造性叛逆》等相关学术著作。

但是,译介学所迎来的不仅仅是热捧和赞同,质疑甚至是批评的声音也不断响起。一些学者认为:译介学不过是将西方的 Translation Studies 直接移植过来,换成一个中文术语来表述;也有人指出,翻译研究并不完全拘泥于语言层面,随着文化转向的涌现,文化研究几乎覆盖了译介学研究的内容,因此将译介学单独出来成为一门独立学科并不合适。而最大的争论莫过于"创造性叛逆"概念的提出,有人认为这是一个悖论,认为这一命题里面暗含着对"叛逆"完全正面的评价。事实上,"叛逆"还有另外一面,即消极的、负面的层面,因此应该将"创造性叛逆"与"破坏性叛逆"区分开来。还有一些人甚至将"叛逆"与胡译、乱译等同起来,因为翻译,无论是不是文学翻译,是否忠于原文总是译者需要考量的第一标准。

有些质疑和批评尽管存在不同程度的误读甚至是误解,但是学术争鸣自有其价值和意义,同时也在不断地提醒和警醒人们,译介学是一个开放的理论体系,本身需要一个不断自我否定和概念澄清的过程,需要不断完善自己的理论架构,不断开拓和丰富自己的研究方法。

第二节 英语语言学分析

自人类社会出现语言以来,人们就开启了对它的研究。人类在长期的语言研究过程中积累了丰富的经验和素材,并形成了系统的理论知识体系,进而发展成为一门独立的学科——语言学。

一、语言基础知识梳理

(一)语言与言语

1. 语言的含义

语言,可以说是一种交际工具,它借助各种系统的、复杂的声音传递形形色色的内容,如各种复杂的情感或包罗万象的意义等。观察角度不同,语言所传递的内容或所表达的感受也是不同的。首先,从形式上分析,语言通过声音传达(即语音)。语音是一个复杂的系统,它是由人的发音器官发出的单个或多个语音单位组成的。每个民族都有自己的语音构成成分及特点。其次,从内容上分析,语音传达的具体意义(即语义)既可以是客观世界本身的状态,也可以是人们的主观态度,甚至是虚构的内容。[1] 语义是由诸如词汇、句子等许多具体单位来表达和体现的。最后,从组织结构上分析,语言虽然包括语音、语义和词汇,但是语音、语义和词汇只有依靠一定的规则和方法联系在一起,才能表达出一定的

---

[1] 池昌海. 现代语言学导论[M]. 杭州:浙江大学出版社,2007.

内容和思想。而这个联系语音、语义和词汇的规则和方法就称为语法。由此可分析出,语言是一个由语音、语义、词汇和语法构成的复杂的、功能强大的符号系统。

其实,至今语言都没有一个被公认的标准化定义。我们只能从语言学家对语言的相关研究中综合总结出一个定义:语言是人类特有的,是重要的交际工具、思维工具和文化载体,是语音、语义、词汇和语法相结合的符号系统。

从这个定义中我们可以分析出四个方面的内涵:第一,语言是人类独有的,是其他动物所没有的;第二,语言具有自身的特殊性;第三,语言由语音、语义、词汇和语法组成;第四,语言是人类交际活动和思维活动的重要工具和载体。

2. 言语的含义

言语包括两方面的含义:一方面是指人们运用语言的行为动作,即"言语活动",如"某人不言语了",这里的"言语"明显是指运用语言的行为,而不是指语言;另一方面是指人们讲的话和写的话,即"言语作品",具体是指人们运用语言的产物,如我们写的句子、文章等,就属于"言语产品",而不属于语言。因此,言语与语言明显不同,我们不能将二者混淆。语言是全社会成员共同使用的工具,言语则是个人对语言的使用及使用结果。语言是言语的重要组成部分。使用同一种语言,不一定会产生同一种言语。

语言与言语之间的联系体现在以下几个方面。第一,语言与言语紧密相连、互为前提。语言是言语的重要组成部分。语言要成立,必须依赖一定的言语行为和言语作品;而言语要被人理解,必须依赖一定的语言来表达。第二,语言与言语相互依存、互为结果。语言是从言语中抽象概括出来的公共模式,言语是个人具体运用这种公共模式的结果。这就好比下棋,棋子和规则都是相同的,但个人运用相同的棋子和规则下棋的方法不同,而且个人的棋艺也有高低之分。第三,语言存在于言语中。个人言语使用的词汇、语法规则是有限的、不完全的,只有集体的总和才是完全的。此外,语言还以潜在的方式存在于人们的大脑中,储存于每个人大脑中的语言系统合在一起等于集体的语言系统。集体的语言系统是完全的,而储存于每个人大脑中的语言系统是不完全的。

（二）语言的特征

语言对于人类来说至关重要,它具有其他物种语言不可比拟的独特特征。

1. 二层性

二层性是指语言具有两层结构的特性。在语言中,上层结构指词之类的上层单位,底层结构主要指语音。上层结构由底层结构的元素构成。每层结构都有独特的组合规则。也就是说,话语的组成元素是语音,语音可组成词。语音是无意义的,而词之类的上层单位是有明确意义的。上层单位虽有意义却无法分成更小的元素。

语言的二层性使语言拥有了一种强大的能产性。大量的单位是由少数量的成分组成的。运用大量的词,可以产生无穷的句子,这些句子又可以形成无穷无尽的语篇。

2. 线条性

线条性是指人们在说话时,语言符号是依次出现在时间线条上的。在同一时间里,人们是不能说出两个符号或两个语音单位的,而且语音符号也不能在同一个空间面上呈现。语言的线条性特征体现了语言具有长度,语言要素是相继出现,而且不能同时出现两个语言要素。

此外,从语言符号的表现形式上也可以看出语言具有线条性。话语首先表现为具有语义的一连串音波,它只能一个音位接着一个音位,一个词接着一个词地说出来,从而构成一种链式排列。语言符号的线条性使得语言要素能够一个挨着一个地进行组合,构成不同的组合体。

3. 稳定性

稳定性是指语言符号一旦确立,便不会轻易改变。语言的稳定性是由语言作为交际工具的职能决定的。若语言频繁变动,人们之间的交际将难以正常进行。经过一代一代的传承,一些语言符号既已约定俗成,人们只能去接受。也就是说,处在一定阶段的语言是稳定的。稳定性为处在某一时点上的语言状态进行静态描写提供了可能。

4. 可变性

语言符号和整个语言体系又是具有可变性的。语音形式和语义内容需相互适应,但又往往不相适应,二者之间的这种矛盾关系必然会导致调整和变化,而语言会随着语音形式和语义内容的变化而发生变化。同时,语言与社会保持着密不可分的关联。随着社会的发展,语言也要相应发展,以满足社会交际的需求,从而更好地为社会服务。

(三)语言的基本功能

1. 语言的交际功能

语言是交际工具,人们运用语言进行交际的过程,实际上就是对信息进行处理的过程。这个信息处理过程具体包括信息的编码、发出、传送、接收和解码。

第一,编码。人们传递信息,需要借助一定的语句进行表达。而语句则是由词语组成。也就是说,人们先选择恰当的词语,然后将词语按照语义要求和语法规则进行组织编排,最后组成所要表达的语句。这就是语言的编码过程。在编码时,人们应力求编码清晰、明确,避免失误,防止造成语义表达错误。

第二,发出。编码完成以后,通过发送器把语言形式输出。口语的发送器是发音器官。发送器必须准确地把编成的语言形式输送出去。

第三,传送。语言形式一旦输出,语义内容随即附着语言形式进行传送。口语的声波负载着语义内容通过空气或信道传送到听话人的耳朵里。在传送过程中,保持信道畅通才能保证信息的正常传送。[1]

第四,接收。语言形式通过信道传送给接收者,接收者通过接收器接收语言形式。在口语交际过程中,听觉器官就是接收器。听觉器官必

---

[1] 倪立民.语言学概论[M].杭州:浙江大学出版社,1988.

须准确地辨认语言形式,以避免产生接收误差。

第五,解码。解码即接收者将接收的语言形式转化为语义内容,以理解传递者传达的信息。如果解码失误,那么信息理解便会出现差错。

总之,语言是人类特有的交际工具,是人类最重要的交际手段。语言可以不依赖任何其他工具的帮助而独自完成交际任务。若没有语言,人类社会就不可能形成。人类其他的交际工具都是在语言的基础上产生的,不能脱离语言而存在。

2. 语言的思维功能

从语言学的角度来说,人不是生而自由的。我们继承的语言充满了古怪的说法、各种古语和烦琐语法条目。更重要的是,我们继承的某些固定的表达方式,可能会束缚我们的思想。语言成为思想的塑造者,而不仅仅是表达思想的工具。换句话说,由于每种文化都以一种无意识和独特的方式通过语言对知识经验进行分类组合,语法思维在我们出生前就由我们所处的文化所决定了。

然而,直到20世纪早期,至少在西欧和美国,语言通常被认为是一种中立的媒介,不会影响人们体验世界的方式。彼时的观点认为,无论是学习和使用阿拉伯语还是说英语长大的人,他们对世界的体验都是相似的。人们并不认为语言的不同性质会影响说这些语言的人。从这个角度来看,语言仅仅是表达思想的载体,而不是思想的实质塑造者。

这种语言观后来受到了两位美国人类学语言学家萨丕尔和沃尔夫的挑战。他们认为,语言影响甚至决定了人们的思维方式。他们把语言和人们体验世界的方式之间存在这种关系的可能性形成了一种假设。根据这个假设,人们并不生活在整个世界的中心,而只是生活在世界的一部分,即我们的语言让我们知道的那一部分。语言为每个社会提供了一个不同的轨道网络,因此语言只集中于现实的某些方面。语言之间的差异不仅仅是交流的障碍,也代表了不同人的"世界观"以及他们对所处环境的理解的基本差异。

例如,对一首简单的诗的理解,不仅包括对诗中单个词的一般意义的理解,而且还包括对这些词引申意义及词中反映出来的整个社会生活的充分理解。即使是相对简单的感知行为,也比我们想象得更容易受到被称为语言的社会模式支配。例如,如果一个人画了几十条不同形状的线,他会认为它们可以分为"直的""弯的""弯曲的""之字形"等类别,因为这些语言术语本身具有分类暗示性。我们所看到的、听到的和体验到的在很大程度上与我们所做的相似,因为我们所在群体的语言习惯预先决定了解释和选择的倾向性。

由此可见,语言是形式,文化是内容,语言是传播文化的工具。思维是通过语言对客观世界间接的和概括的反映。语言是一个民族文化的表现与承载形式,要了解该民族文化必须了解其语言。①

二、语言学的发展历程

(一)现代语言学的发展历史

现代语言学发展经历了历史比较语言学、结构主义语言学、转换生成语言学和系统功能语言学四个阶段。

1. 历史比较语言学

历史比较语言学出现于18—19世纪的欧洲,当时研究的重点是印欧语系中不同语言的语音系统。英国学者琼斯发现法语和拉丁语、希腊语之间存在着密切的联系,这种联系是常见的,不是偶然因素导致的现象。若要想真正解释这种现象,就必须挖掘其本身所具有的内在含义。丹麦学者拉斯克和德国学者博普、格林等人进一步推测出这些语言共同起源于原始印欧语。

但历史比较语言学过多关注语言的纵向研究,而忽略横向的系统研究。

2. 结构主义语言学

结构主义语言学出现于20世纪,以索绪尔语言学理论为代表。索绪尔提出了一套新的研究理论,为结构主义语言学的发展奠定了基础。

---

① 叶宝奎.语言学概论[M].北京:中国人民大学出版社,2015.

结构主义语言学注重研究口语,注重分析语言结构系统,强调要从整体性出发对语言进行深层次的研究。

结构主义语言学过分注重语言的形式,而忽略其本身所具有的一些含义,不能用来解释语言中的一些同形异构现象。

3. 转换生成语言学

转换生成语言学,又称"先天语言能力学说",是乔姆斯基提出的一种语言学理论。乔姆斯基生成语法学理论不再受行为主义言语获得理论的影响,它认识到在婴儿言语获得的过程中,神经系统发挥了重要的作用,同时提出了研究言语过程的心理机制问题。乔姆斯基生成语法学理论特别强调先天性的作用,不重视环境和教育在言语习得过程中的重要作用,忽略了语言的社会性。

从某种程度上来说,转换生成语言学的出现促进了语言学的研究进程,为现代语言学的发展奠定了坚实的理论基础。

4. 系统功能语言学

系统功能语言学是由英国语言学家韩礼德创立的,重点研究语言的性质、过程、共性及应用等问题。系统功能语言学的观点综合起来有以下几点。第一,语言是一种社会现象,能促进人与外界的交流。要从社会的角度对语言进行分析。第二,在语言研究过程中,应先研究语言的功能,再剖析语言的结构。第三,及物性是认知内容的集合,是对语言外经验的语言表达。意义的识解是社会主体间相互作用的过程。语言识解人的经验和语言实施过程、社会交往互为补充。第四,语篇或话语构成语言。

从本质上来讲,系统功能学语言理论研究侧重语法结构,因此在研究过程中必须要借助特定的组合,才能最大限度地体现语言的意义。

(二)现代语言学的发展趋势

从语言学的发展历史来看,每个学派都对语言本身及其演变形式进行了研究,但因语言观点和方法论的不同,每个学派的研究侧重点又有所不同,从这些研究成果中我们可以了解语言学的发展趋势。

最初,人们应用静态的研究方法研究语言系统,对已有的资料进行研究,从浅层次比较句子、词语等因素的本质,然后深入分析这些因素的特点,重新定义某些关系。这种静态的研究方法在一定程度上使人们更加深入地了解了语言系统,但不能完全解释人类语言的本质及含义。

所有具有一定规律性的系统都会与其他系统产生联系。任何一种系统都不能脱离其他系统而独立发展和存在。语言作为一种独特的社会现象,在发展过程中势必会与多种外界因素相联系。因此,我们在研究和分析语言系统时,必须要关注语言与外界社会的关系,打破静态研究的局限性,改变原有的单一性研究模式,转变为综合性研究,如此才可以最大限度地促进现代语言学的发展。

第三节　英美文学的语言特征

一、形象性与抒情性

传统的语言本质观把语言视为传达意义的工具和手段。根据这一观点,学者们把文学语言视为作家、诗人用来描绘人生图画的特殊工具,是集中传达人们审美意识的物质手段。一般来说,文学作品所使用的语言是文学语言,而理论著作、科技论著所使用的语言是理论科技语言。文学语言与理论科技语言之间存在着明显的区别。这种区别在原作和译文里都可以体现出来。例如:

The angel of death has been abroad through the land; you may almost hear the beating of his wing.

死神飞遍了整个大地;你似乎听得到它翅膀的拍击声。

这个句子引自英国 19 世纪著名演说家约翰·布莱特在众议院的演说,原文和译文都带有鲜明的形象性和感情色彩,是典型的文学语言。

形象性是文学语言的重要特征。刘勰《文心雕龙·物色》曾称赞《诗经》的语言:"灼灼状桃花之鲜,依依尽杨柳之貌,杲杲为日出之容,瀌瀌拟雨雪之状,嗜嗜逐黄鸟之声,喓喓学草虫之韵。"[1] 文学语言的形象性弥漫于作品的字句声色之间,读者可以有直观的感受和体悟。例如,别林斯基曾指出,"果戈理不是写,而是画;他的描绘呈现出现实世界的奇颜丽色,你能看到和听到它们,每个词、每个句子都清晰地、明确地、浮雕般地表现着他的思维。"[2]

此外,文学语言的形象性还表现在作者善于巧妙地使用比喻、象征等修辞手段。钱锺书先生曾指出,"比喻是文学语言的擅长,一到哲学思辨里,就变为缺点——不严谨,不足依据的此类推理(analogy)。"[3] 钱先生这里既指出了文学语言的特征,又指出了文学语言与哲学思辨语言的本质区别。

文学语言的另一个显著特征是它的抒情性。优秀文学作品的语言都带有浓郁的感情色彩。语言的感情色彩是作家思想感情的流露,作家根据创作的需要决定使用感情色彩的浓淡强弱。比如,作家在有的地方写得很含蓄,有的地方情景交融、声情并茂,有的地方则直抒胸臆。由于体裁的不同,文学作品语言的抒情性就有了程度上的不同。例如,诗歌的语言感情色彩就比较浓重。同样是小说,语言的感情色彩也不一样,抒情小说的语言在感情色彩上就比一般叙事作品的语言浓一些。

二、前景化和语法形式

从某种角度来看,语言的语音、语法和语义特征显著化或前景化的程度,可以作为区分语言的文学用法或非文学用法的标志。

前景化这一概念本身源自视觉艺术,与"背景"是相对应的概念,但是在文体学中,前景化这一概念非常重要。著名学者利奇(Leech,1969)在研究文体学时,就将前景化定义为"以艺术手法为动机的偏离"[4]。这种偏离可以被理解为一种非常规的用法,将语言的所有层面加以覆盖,如语音、词汇、语法等。重复也是偏离手法的一种,因为不断重复的出现导致了语言常规被打破。之后,许多通过对词汇进行重复使用

---

[1] 李润新.文学语言概论[M].北京:北京语言学院出版社,1994.
[2] 郑海凌.文学翻译学[M].郑州:文心出版社,2000.
[3] 郑海凌.文学翻译学[M].郑州:文心出版社,2000.
[4] 吕兴玉.语言学视阈下的英语文学理论研究[M].长春:东北师范大学出版社,2017.

的修辞手法应运而生,使得前景化的手法得以普遍采用。

请看下面的例子。这一例子描述了美国城市内部的衰颓。例子出自《观察报》(1995年11月29日刊)。

Four stores have no windows left to smash.
四层楼没有窗户可以打碎。
But in the fifth a chipped sill buttresses.
但是第五层一个破碎的窗台支撑着。
Mother and daughter the last mistresses.
母女也是最后的主人。
Of that black block condemned to stand, not crash.
那尚存未毁的黑色楼房。

诗句的第二行以 But in the fifth 开头,其与常规用法不同之处在于,句子的谓语由一系列嵌入成分组成。如果将它们用完整的形式写出来,就可以看出这一点:"A chipped sill buttresses mother and daughter who are the last mistresses of that black block which is condemned to stand, not crash."(一个破碎的窗台支撑着母亲和女儿。她们是那个无法居住的尚未坠毁的黑色楼房的女主人。)

三、字面语言和比喻语言

词典定义中所提供的一个词的第一个意义通常是它的字面意义。例如"树"一词的字面意义是指"一株大的植物"。然而,在谱系树的语境下开始谈论一棵树时,它就不再是字面意义的"树",而是一棵具有比喻意义的"树"。"树"一词的基本用法是指有皮有枝有叶的生物体。谱系树也同时具有上述属性的一部分:从构图上看,家族的平面图和树的图像看起来很相似,而且某种程度上,双方都具有一个有机生长的过程,因此我们使用同一个词表达它们。但是当我们用这个词指植物时,是用它的字面意义,而用它来描述谱系时,则是使用其比喻意义。

短语 as cold as ice(冷得像一块冰)就是一个普通的明喻;coldness(冷)这一概念被表现为一种实际的、具体的事物。as(像)一词就标志着这个比喻是明喻。例如,下列 Robert Burns 作品的第一行就是一个明喻。

为了表达情感,诗人邀请读者一起去感受其爱人所拥有的一些如玫瑰般的特征,如美丽、清新、芬芳、脱俗以及珍贵。

暗喻(metaphor),即是把一个事物的特性转移到另一个事物的过程,明喻与暗喻二者有形式上存在着明显差异,即在暗喻里诸如 like 或 as(像、好像、好似、如)一类的词并不出现。

The world is like a stage.(明喻)

All the world's a stage.(暗喻)

例如,hands(手)在"They were short of hands at harvest time."(他们在收获季节缺乏人手。)这个句子里指工人、劳动者或帮手。

甚至有些语言学家认为我们对世界和自身的诸多认识都是由语言的比喻用法所塑造的。

第四节　文学思潮与英美文学的历史发展脉络概述

一、西方文学思潮研究

与中国文学的发展历程相比,西方文学的发展明显呈现了"波浪式运动""螺旋式上升"的样态,而这种动态式的发展样态是由一波波脉络清晰的"文学思潮"不断向前推动的。比如,近代资本主义五大文学思潮:从 14 世纪至 16 世纪文艺复兴时期的人文主义文学思潮,到 17 世纪法国古典主义文学思潮、18 世纪法国启蒙时期的启蒙文学,再到 19 世纪初期的浪漫主义文学思潮、19 世纪 30 年代至 60 年代的批评现实主义文学思潮。甚至可以毫不夸张地说,一部近代资本主义文学思潮发展史其实就是一部近代资本主义几百年来波澜壮阔的发展史。自然主义、唯美主义和前期象征主义是肇始于 19 世纪 60 年代,终结于 19 世纪末叶的过度时期的文学思潮。进入 20 世纪,部分现实主义文学沿袭了 19 世纪的现实主义文学思潮继续向前发展,而 20 世纪西方文学的主流是西方现代主义文学思潮和继之而起的后现代主义文学思潮。

现代主义文学是诞生于 19 世纪末并流行于 20 世纪的许多文学思潮流派的总称。主要包括象征主义文学、表现主义文学、未来主义文学、超现实主义文学、意识流小说等 10 多种文学思潮流派。现代主义植根于 20 世纪的社会现实,其思想基础是 19 世纪末期以来流行的非理性主义哲学。现代主义文学的基本特点是主张反传统,着力表现的是人在现代社会中的扭曲和异化;表现手法上追求新奇和怪诞,语言往往晦涩难懂;人物形象的塑造不再遵循典型化和个性化规律,甚至只是某种抽象概念的符号;特别重视人物内心世界的挖掘,人物的活动日益从外部世界退回到内部世界。现代主义文学与后现代主义文学的分野大致以 20 世纪 60 年代作为界限。第二次世界大战以后出现的后现代主义文学主张把文学拉回到"现实",但就表现生活的异化和人生的迷惘而言,它与现代主义文学一脉相承。后现代主义文学思潮主要包括存在主义文学、荒诞派戏剧、新小说派、垮掉的一代、黑色幽默文学、魔幻现实主义等。

综上所述,一系列的文学思潮运动呈波浪式前进的特征,勾勒出西方文学史发展的清晰脉络。可见,文学思潮是西方文学发展的一条红线,只要把握住了西方文学思潮的发展脉络,就相当于把握住了西方文学史发展的线索与整体风貌。文学批评家、文学史家们普遍认为,尽管古典主义、浪漫主义、现实主义这类术语比较宽泛,并且描述性质颇为明显,但是这些术语却是不可或缺的,自有其特定的价值与意义。将作家、作品、主题和体裁描述为古典主义、浪漫主义或者现实主义,其实就是运用一个有效的标准划分为某种文学思潮流派,以便更有效地对其展开分析研究。也正是基于这一原因,在学界对于文学思潮研究是文学研究的一个重要向度,其研究成果也颇为丰富。

二、文学思潮与英美文学流派

文学思潮(literary current)与文学流派关系十分密切,以至于二者常常被作为同义词来使用。不过,文学思潮与文学流派又明显是各有其独特内涵所指的两个概念,因而即使二者有交叉或相似相关之处,也绝不能等同划一。对此,波斯彼洛夫曾给出了经典论述:"只有为表示某个国家和时代的那些以承认统一的文学纲领而联合起来的作家团体的创作,保留'文学思潮'的术语,而称那些仅仅具有思想和艺术的共性的作家集团的创作为文学流派,才是相宜的。"① 但二者的区别并不"仅仅

---

① 畅广元,李西建.文学理论研读[M].西安:陕西师范大学出版总社有限公司,2013.

在于前者的代表在创作上具有思想和艺术的共性,又建立了创作纲领,而后者的代表没有建立这样的纲领",因为"建立并宣布了统一创作纲领的某个国家和时代的某个作家团体的创作,却只有相对的和偏向一方面的创作共性,这些作家事实上属于不是一个而是两个(有时甚至更多的)文学流派。……换言之,把不同流派作家的创作联合在自己周围的文学思潮是常有的"。

结合其相关论述来看,波斯彼洛夫其实是在同时承认文学思潮与文学流派共性与差异的前提下来辨析二者的复杂关系的。二者的共性在于:均具有众多作家参与其中的群体性或集体性;均不构成文学创作的必要条件,因为可以有构成文学思潮与文学流派的文学创作,也大量存在着无文学思潮与文学流派的文学创作。二者的差异在于:文学思潮强调的是特定作家集体的创作自觉性、创作观念(理论、纲领、方针等)的明确性和相对统一性,文学流派则突出的是特定作家集体创作在思想内容和艺术表现形式两方面的共性与相似性。

文学思潮与文学流派二者的复杂关系有如下三点。

第一,拥有或承认大致相同文学纲领的作家集体,亦即同处于某一文学思潮中的作家集体,可以同属一个文学流派,更有可能分属多个截然不同的文学流派,概言之,一种文学思潮可以产生不止一个文学流派,或者说一种文学思潮可能由多个文学流派构成。

第二,"并不是某一作家团体所宣布的纲领原则决定了他们创作的特点,正相反,是创作的艺术和思想的共性,把作家联合在一起,并促使他们意识到和宣告了相应的纲领原则。""因此,在古典主义以前的各民族文学中,如果说,还没有已明确形成的思潮的话,那么,种种不同流派始终是存在的。"换言之,并非先有了文学思潮才有文学流派,而往往是某个或多个文学流派促成了一种文学思潮的诞生,流派可以先于思潮而产生或存在。

第三,文学流派通常表现为由思想和艺术上的共性而不一定由纲领上的共性联系着的作家集团,因而文学流派独立于文学思潮,可以不受制于思潮的影响而存在,同时,某特定文学流派的出现并不一定能形成文学思潮。

波斯彼洛夫是结合自古希腊——尤其是欧洲古典主义以来的西方文学史来表明其上述看法的,因而整体是有助于廓清文学流派与文学思潮的关系的。不过,针对上述波斯彼洛夫关于文学流派先于文学思潮而存在的观点,国内学者席扬却表达了截然对立的意见:风格的群体性呈现流派的存在,而群体性风格的思想倾向则表现为思潮或在思潮影响下产生。……整体上,文学思潮在发生学意义上是先于文学流派。应该说,此看法更符合自觉性鲜明的自创式文学流派、主义流派与文学思潮的实际关系,却不符合具有不自觉性特征的他创式或合创式文学流派、风格流派与文学思潮的实际关系。因而,对于文学思潮与文学流派的先后影响关系,需要具体地、有区分地对待,不能抽象地争论二者究竟谁影响了谁,从而排出二者的先后顺序。

与波斯彼洛夫总体上侧重于以强调作家集体的创作自觉性、创作观念的明确性和相对统一性来界定文学思潮不同,国内学者更普遍地从强调其社会思潮或思想趋势的性质、通过作家创作与理论倡导两个层面体现自身以及广泛的影响力诸方面来界定文学思潮概念。在此种背景下,文学思潮一般被理解为:以创作与理论倡导某种文艺观念而形成的具有较大影响力的社会思潮。这样,从概念上讲,"文学思潮"同"文学流派"的确各有其不同的旨趣与内涵,因而并不容许相互混同,因为文学思潮以成气候的文艺观念形态确立自身,而文学流派则以创作观念与艺术特色两方面的共性为标志。①

就二者共同的群体性观念的呈现方式范围而论,文学思潮显然要大于文学流派,因为文学流派的群体性观念主要是通过作家群体的创作即作品来呈现的(即使那些自创式文学流派,其赖以确立自身的关键也主要不是其成员的理论宣言,而是其成员的作品,否则就有可能是文学理论流派而非文学流派),而文学思潮的群体性观念,不仅通过作家群体的创作即作品得以间接地体现,也可以通过相关作家与批评家的文艺宣言或理论纲领直接来表达(就文学思潮是兼顾作家创作与理论倡导两方面的观念表达而言,文学思潮就与只用于理论家关于文学观念的文学思想概念划清了界限)。

从二者与社会文化思潮的关系或其功能影响而论,文学思潮与社会文化思潮的关系是直接的,因为文学思潮既是特定社会思潮在文学领域内的具体体现,也是社会思潮的重要组成部分;而文学流派与社会文化思潮则"既不是直接,也不能是直接的(直接势必导致图解,其形式的功

---

① 畅广元,李西建.文学理论研读[M].西安:陕西师范大学出版总社有限公司,2013.

能则会趋近于零)",甚至社会文化思潮"从反向上成为流派的启迪",产生一些与主流文学思潮对抗的边缘性流派,如 20 世纪 30 年代相对于"革命派"文艺思潮的新月派、论语派、京派及海派等。

第二章　英美文学翻译概论

在翻译中,文学翻译是一种特殊的"品类",其除了翻译原作的基本信息外,还要传达原作的艺术审美信息,是一种艺术实践。文学翻译具有十分悠久的历史,是人类翻译活动的重要组成部分。而在文学翻译中,英美文学翻译是了解西方文化和西方文明的重要窗口和渠道。基于此,本章首先对英美文学翻译相关理论展开探究。

第一节　翻译学概论

一、翻译的界定

任何一种翻译活动,无论从内容方面(政治、社会、科技、艺术等)还是从形式方面(口译、笔译、同声传译等)都具有鲜明的符号转换和文化传播的属性。作为文化和语言的转换活动,翻译的目的是沟通思想、交换信息,进而实现人类文明成果的共享。没有翻译作为媒介,文化、传统、科技的传播就无从谈起,所以从某种意义上说,翻译是人类文明发展及人类社会进步的助推器。

从文化维度的考量来看,文化具有动态性特征,伴随经济的发展、科技的进步,文化也会随之而发生改变。例如,互联网和电子媒体技术的发展,带来了网络文化的繁荣,进而催生了今天各式各样网络语言和网络文化的产生。对于翻译活动的参与者而言,需随时掌握文化动态,既要了解世界文化的流变,又要及时跟进母语文化的进化,成为翻译这一行业从业者的基本要求。所以,作为翻译从业人员应该对当下政治、科技、经济、社会的发展趋势和演化路径保持高度的敏感性,及时了解当

第二章　英美文学翻译概论

下最前沿信息,才能在翻译实践中做到胸有丘壑,游刃有余。[①]

语言的功能是通过语音、文字等符号赋予外部世界以意义。相同的事物或事件在不同文化语境中会引发人们不同的感受。语言的功能包括心理学功能和社会学功能两个方面。语言的心理学功能表现在:语言是人们用来与客观世界沟通和交流的手段,是人们认知外部世界的心理过程。语言的心理学功能可细分为命名功能、陈述功能、表达功能、认知功能和建模功能五种形式。

(1)语言的命名功能。语言的命名功能指使用语言来对客观世界的事物给予定义和说明。当我们遇到一个新事物时,出于本能的需要就是要如何对其称谓。这一心理需求从人类幼儿时期就已经产生,并伴随个体的成长逐渐发展壮大。

(2)语言的陈述功能。语言的陈述功能指的是语言被用来说明事物和事物之间的关系。人们通过语言来说明一事物与其他事物之间的复杂关系。

(3)语言的表达功能。语言的表达功能是指人们自己的内在思想情感需要通过语言媒介向外部世界传递。

(4)语言的认知功能。语言的认知功能表现在语言是人类思考的手段和媒介。人们的思维活动是以语言作为载体的,这就是为什么我们进行翻译时,看到一个单词,最初的反应是它在我们母语中的语义是什么,而不是它所代表的具体事物的形象。

(5)语言的建模功能。语言的建模功能指的是语言是被用来构建反映客观世界的认知图式的手段。比如,原始人对树的认知只是孤立的一种存在感知,而随着人类认知能力的提升,他们会发现树有很多品种,而且脑海里也形成了各种树的形象图式。

语言还具有社会学功能。语言是人际沟通的手段,包括思想交流、信息获取、形象描述和情感表达等。人们通过语言可以维系和改善与他人的关系;人们可以通过语言来获取知识,所以语言就有了信息获取的功能;语言还被用来发出指令、请求、提醒和告诫等,如各种军队的命令、母亲对孩子的告诫提醒等;语言还被用来说服社交对象,激发人的情感、影响人的情绪等,这是语言的煽情功能。在翻译中,译者在使用传译这些功能时应该注意用词及语调等的变化,从而更加传神地将信息传

---

① 孙致礼.新编英汉翻译教程[M].上海:上海外语教育出版社,2003.

递给目标人群。

翻译本身是个笼统的概念,可以划分为口译(interpretation)、笔译(translation)、机器翻译(machine translation)和机助翻译(machine-aided translation)。在口译中又有交替传译(consecutive interpretation)和同声传译(simultaneous interpretation)。从外国语言翻译为母语称为"里译",从母语翻译成目标外语称为"外译"。

翻译的标准有很多,但基本的共识是要达到"信、达、雅"这三个标准。"信"即对原文的忠实,翻译是不可以随意发挥和篡改原作者的语义和情感的。"达"是指翻译的内容要使读者或听者充分准确地理解,令人迷惑不解的译文是不合格的。"雅"是指语言的优美,能让人产生美感。当然"雅"应该是建立在"信"和"达"的基础之上的,没有对原文含义的"信"和表达的通顺,"雅"就没有了任何意义。

翻译中的口译具有即时性的特点,译者往往没有充足的时间做准备,要根据现场情况及时、准确地理解和传达,因此译者需具有更加强大的心理素质和更加广博的知识存储。另外,口译对于译员的心理素质和生理条件也会有一些基本要求,如比较胆怯的性格特点,或者有先天性语病的(如口吃、发音障碍等)就不适合担当口译工作。

笔译的从业者则要从不同的方面来考量。首先笔译要求翻译内容更加准确和优美,为此,译员应该事先做好充分的准备,包括对原文作者的了解,对材料背景和相关专业知识的学习和准备。只有做足了功课,才能确保对原文语义的精准理解。表达是笔译的第二步,当然表达的准确程度依赖译者对原文的理解程度。最后还要对翻译的内容进行校对,以确保不遗失信息,没有笔误。

翻译的方法可以简单分成意译和直译两种形式。意译指的是译者只忠实于原文的语义,而不拘泥于原文的表现形式。因为中外文化之间存在巨大差异,很多词语和表达法在另一种语言中完全不存在或部分存在,这样就要求译者对原文语义要有全局性的把握,从而在不改变基本语义的情况下,对表达方式做出适当调整。而直译法则既能保持原文的语义又能保持原文的形式,甚至包括原文的修辞手法和基本结构,从而既准确表达了语义,又保留了原汁原味儿的异国情调。在具体翻译实践中,不能僵硬地使用意译或直译一种风格,采用哪种翻译方式要视具体情况而定,这取决于原文的特点。在绝大多数情况下,需要两种翻译方式配合使用,才能创作出理想的译文。

最后说一下翻译者基本素养的修炼。首先当然是译者要有较高的外语水平,只有这样才能从理解和表达的角度做到准确无误。其次译者还要有扎实的汉语基础,这与要有雄厚的外语基础同样重要。除此以外,译者还应该具有广博的知识储备、丰富的翻译经验和认真的工作态度。只有具备了上述条件,才能成为一名优秀的翻译工作者。

二、翻译技巧概述

(一)长定语的翻译

英语的长定语包括从句、独立结构等,较之汉语的定语有位置、使用方式、使用频率方面的不同,所以长定语的翻译一直是我们英语学习中的难点。学习外语不可避免地会以母语作为参照,因此外语学习的过程就是摆脱母语干扰的过程。在翻译比较复杂的语言文字时,大脑需在两个语言频道间频繁转换,由于对母语本就有着自然惯性依赖,大脑更容易受母语影响,而长定语翻译的困难之处正在于此。

在翻译实践中,根据原句的特点和句子长短,可尝试运用两种翻译技巧。

①原句较短,可译成标准的汉语定语句式。例如:

Besides coffee industry, there are many other fields in which Uganda and China can cooperate.

除咖啡产业外,乌中之间在很多其他领域都可以开展合作。

②原句较长,可将定语从句拆开单译。例如:

After years of economic reform, this country has achieved macro-economic stability characterized by low inflation, stable exchange rates and consistently high economic growth.

经过数年经济改革,这个国家实现了宏观经济的稳定,其特点为低通胀、汇率稳定和持续高速的经济增长。

因为在即时口译翻译中时间有限,若译成较长的句子,容易产生口误或错误,导致听者理解困难。汉译英时更要注意长定语的翻译,毕竟我们英语的使用不如汉语熟练,如果在长句翻译中稍有语法错误就会影响翻译质量。英文母语使用者首要追求是意义的清晰明了,而不是句式和用词的复杂华丽。

(二)无主句的翻译

无主句是汉语使用中常出现的情况。例如:
医院将提升学术水平作为重中之重,实施科研精品战略,以立足长远、收缩战线、调整布局、突出重点、加强协作、结合医疗为方针,加强学科建设、重点实验室和科研队伍建设,先后培养出5个国家重点学科,18个省重点学科,8个卫健委重点实验室,为获取重大科研课题和重大科研成果奠定了基础。

在这样一个长句中只有开头一个主语。翻译中如果也这样设计句子结构,就会产生非常混乱的感觉。建议具体翻译方案如下:

添加主语: The hospital prioritizes the upgrading of academic capacity and establishment of key disciplines. It practices the "Strategy of Premium Research". It holds on to the Long-term based, concentrated, restructured and concerted guideline which combines with medical service.

被动语态: Key disciplines and key labs are emphasized in the process which resulted in the establishment of 5 national level disciplines, 18 provincial ones and 8 labs of ministerial importance.

在书面和非常正式的场合可用从句: That premium research is practiced as a strategy, that the guideline of long-term, concentrated, prioritized development are emphasized.

(三)替代词的使用

在我们阅读翻译作品时,常常感到文字表述不顺,很重要的一个原因在于:英文替代词的使用要远多于汉语。其中包括代词、名词、助动词、系动词等。此时,我们应该注意依照目标语言的使用习惯进行转译。例如:
沈阳是个以制造业为经济基础的城市,……,沈阳还是个有着上千年历史的古城。

Shenyang is a manufacturing based industrial city…, it is also a thousand years old ancient city.

I prefer cars made in Germany to those made in Japan.

相比日本汽车,我更喜欢德国车。

另一种替代是用可表示其特点的名词替代。例如:

Both China and the United States are great countries in the world and their partnership will be contributive to world peace and development. The greatest development country and the greatest developing country will certainly play leverage in world affairs.

中美两个大国及其伙伴关系会对世界和平和发展做出巨大贡献,两国在世界事务中将起到举足轻重的作用。

注:英文表述中分别用表示各自特点的名词 the greatest developed country 和 the greatest developing country 替代各自的名称。这样的情况在英文中比比皆是。例如,提及中国时可用 the fastest growing economy; the most populous country in the world; the ancient oriental civilization 等。提到美国时可用 the most advance economy; the only superpower 等。

(四)三段式翻译

中文表述中常出现多谓语情况。例如:

大连地处辽东半岛南端,风光美丽宜人,是东北乃至东北亚地区重要的海港城市。

这种情况下,建议将次要谓语译为独立结构,另两个谓语译为双谓语句子。翻译如下:

Situated on the south tip of Lidong Peninsula, Dalian is a city of pleasantry and a harbor city of regional importance in Northeast China, even in Northeast Asia.

(五)插入语

英文会使用很多插入语,跟汉语相比这是较为独特的现象,在翻译中应该注意句子成分位置的变化,以达到更加地道的语言表达效果。例如:

Another impediment to archeological research, one of worldwide concern, was the increasing resistance to excavation of the remains of indigenous inhabitants.

令世界关注的另一个对考古研究的阻碍是人们对当地居民遗产的发掘的抵制。

Zookeepers know, to their despair, that many species of animals will not bread with just any other animal of their species.

令他们失望的是,动物饲养员知道很多动物并不随意与同类交配。

(六)句子成分转换

一些经验不足的译者往往进行字对字的翻译,经常费力不讨好,且译出的语言文字显得不伦不类,有时甚至令人费解。实际上,翻译是一个思想传递的过程,而非一味追求语言的绝对忠实。例如:

装备制造业是国家工业化、现代化的标志。也是国民经济的基础,是一个国家竞争力的体现。

Capacity of Equipment manufacturing indicates industrialization and modernization, underlies national economy and backs up national competitiveness.

上例中,将原文的宾语译成了谓语。

(七)填词、省略法

在翻译过程中,原则上不能随意加词,但为了更好地表达,以便读者或听者更好地理解,翻译时也可添加词,前提是虽原文中未提及,但明显隐含其意。例如:

Without your help, my trip to China wouldn't have been such a pleasant one.

如果没有你的帮助,我的中国之行不会如此愉快。

有添,就有略,两者都是由文化差异、语言习惯造成的。如果不进行必要的处理,自然无法达到最佳翻译效果。例如:

会议讨论了环保问题。

Meeting discussed environmental protection.

上例中省略了"问题"。

第二节　英美文学翻译的内容与形式

一、原文艺术内容和语言形式同译文艺术内容和语言形式的关系

　　文学译品也是文学作品，但是文学译品所反映的并不是译者自己所接触的社会生活，而是原作中包含的社会生活映像，也叫艺术意境（艺术现实）。因此，文学译品的艺术内容就是译者对原作中包含的社会生活映像的艺术认识，或者说是，译者按照自己的社会和审美理想所反映的一定的社会生活现象。由此可知，译文的艺术内容和原文的艺术内容实在并不是同一种东西，因为译文的艺术内容，不但包含着原作中的生活映像（艺术意境），而且包含着译者按照自己的社会和审美理想对这一生活映像的理解和评价。因此，我们不应该把译文的艺术内容和原文的艺术内容完全等同起来。

　　但是，由于文学翻译的艺术再创造性质，为了研究上的方便，我们不妨假定，在理想的情况下，我们可以客观地、准确地、毫无遗漏地把一定的生活映像，由一种语言中移植到另一种语言中去。这就是说，我们不妨假定原文的艺术内容就是译文的艺术内容。在这样的假定下，我们就可以进而考察译文的语言形式和原文的语言形式的关系。

　　在这里，我们需要对本书中使用的"语言形式"一词给予科学的界说。我们所谓的"语言形式"是指摆脱了语言外壳的内部形式而言。大家知道，任何事物都有自己的内容和形式。形式可以进一步划分为外部形式和内部形式。举例来说，一个人的内容就是他的各种社会关系的总和；他的形式就是他的容貌、性格、人品等。内部形式还可以再进一步划分为表层内部形式和里层内部形式。一般来说，表层内部形式同事物的物质材料关系密切一些，里层内部形式同事物的内容关系密切一些。容貌属于表层内部形式，性格、人品等就属于里层内部形式。

　　文学作品的内部形式分为三个层次：语义结构（semantical structure）、修辞结构（rhetorical structure）和好音结构（euphonical structure）。语义结构和修辞结构属于里层内部形式；好音结构属于表

层内部形式,同语言的物质外壳关系比较密切。我们所说的好音结构是指脚韵、头韵、好音法、拟声法、声音象征、诗歌格律以及语调、节奏等形成的结构。词、词组和句子都可以只有语义一层结构,也可以兼有语义和修辞两层结构,或语义和好音两层结构,也可以兼有语义、修辞和好音三层结构。有一些英语词(词组)和汉语词(词组)具有同样的语义结构(其中许多是通过翻译形成的)。例如:

sleeping car 寝车
state bank 国家银行
mockingbird 模仿鸟
ways of living 生活方式
school bus 校车
Silk Road 丝绸之路

但是,更多的情况是,二者并不具有同样的语义结构。例如:

city hall 市政厅
sweetheart 情人
motherland 祖国
black tea 红茶
red tape 官样文章
top dog 胜利者

特别值得注意的是,有少数英语词(词组)和汉语词(词组),语义结构一样,但意思并不一样。这就是所谓"常不住的朋友"。这种内部形式的虚假一致是一种陷阱,稍一不慎,很容易上当。例如:

《英汉翻译教程》① 中有这样两个英语句子,

His father had a small business in the city of Pisa.

This city is in the north of Italy near the sea.

他的父亲在意大利北部近海的比萨做小生意。

Small business 和"小生意",内部形式相同,但意思不同。small business 在英语中是指"小商行","小生意"在汉语中是指"肩挑贸易"。

英语词(词组)有时可以兼有两层结构或三层结构,但要为这样的英语词(词组)找到相应的汉语词(词组),却是非常困难的,如英语词组 hot potato。兼有两层结构:一层是语义结构(热马铃薯),另外一层是修

---

① 张培基. 英汉翻译教程[M]. 上海:上海外语教育出版社,1980.

辞结构(用作隐喻,指"难题")。遇到这个词组,一般只好译作"难题",既牺牲了语义结构,又牺牲了修辞结构。

从以上对译文艺术内容和语言形式同原文艺术内容和语言形式关系的粗略分析中,我们可以知道,译文的艺术内容和原文的艺术内容并不是同一的东西,译文的语言形式和原文的语言形式更不是斤两悉称的;文学翻译原是一个同时探索译文艺术内容和译文语言形式的过程。只是为了研究上的方便,我们才假定译文的艺术内容就是原文的艺术内容。在这种假定下,我们就可以看出,文学翻译是一个在新的语言基础上把作品的艺术内容和语言形式重新加以统一的过程。那么,怎样才能在新的语言基础上把作品的艺术内容和语言形式很好地重新统一起来呢?这是一个十分复杂的问题。

在文学创作中,内容和形式的统一有两种类型。作品内容和形式的统一可以是建立在真实地反映生活基础之上的,也可以不是建立在这种基础之上的。在后一种情况下,作品也许不能真实地反映一定的社会生活,但是,作品本身的内容和形式仍然可能是和谐统一的。

在文学翻译中,内容和形式的统一也有两种类型。文学译品的内容和形式的统一可以是建立在真实地反映原作艺术意境的基础之上的,也可以不是建立在这种基础之上的。在后一种情况下,文学译品也许不能真实地再现原作艺术意境,但是,文学译品本身的内容和形式仍然可能是和谐统一的。这一类型的文学译品不在我们讨论之列。一般来说,我们要求在真实反映原作艺术意境的基础上,以求得文学译品的内容和形式的和谐统一。

二、把原作艺术意境作为探求译文艺术内容和语言形式的出发点

在探求译文艺术内容和语言形式时,我们可以有两种不同的出发点,从而也就会产生两种不同的结果。我们可以把原文的语言形式作为出发点,力求加以复制,更精确地说,就是力求"复制原文形式的特点(如果语言条件允许的话),或创造在作用上与原文特点相符合的东西"。这种方法是从形式走向形式的方法,可以称作复制原作的翻译方法,又叫形式主义的方法。我们也可以把原作艺术意境作为出发点,力求抓住这一艺术意境作为自己的文学译品的艺术内容,同时力求在译文语言中寻找可以表现这一意境的完美语言形式,而不受原作语言形式的束缚。

这种方法是从内容走向形式的方法,可以称作再现意境的翻译方法,又叫再创造的方法。

第一种形式主义的翻译方法由于没有抓住原作艺术意境,也不了解同一艺术意境在不同语言中要求有不同的语言形式,因而居于被动地位,处处捉襟见肘,穷于应付,往往不能真实地再现原作艺术意境。

而第二种再现意境的翻译方法由于抓住了原作艺术意境,因而居于主动地位,处处得心应手,左右逢源,往往能真实地再现原作艺术意境。

总之,抓住原作艺术意境,并且真实地加以再现,这就是翻译艺术的真谛之所在。

三、寻找完美的语言形式

在文学创作中,内容和形式的和谐统一是一项根本性要求。作品形式必须符合内容的性质和特点。形式的粗陋和散乱必然导致内容的贫乏化。在文学翻译中,情况也是如此。下面是几个关于准确性的例子。

The company applauded the clever deception, for none could tell when Chopin stopped and Liszt began.

译文1:在座的人无不称赞这种巧妙的骗术,因为谁也不知道在什么时候肖邦停了下来,由李斯特接着弹下去。

译文2:在内的人对这种移花接木的巧妙手法,无不啧啧称赞,因谁也不知道在什么时候肖邦停了下来,由李斯特接着弹奏下去。

deception确有"欺骗"之意,但是在这个具体场合译为"移花接木的手法"比译为"骗术"要准确得多。

He was an accomplished host.

译文1:他是一个有才艺的东道主。

译文2:他是一个八面玲珑的东道主。

accomplished在这里译为"八面玲珑的"比译为"有才艺的"准确得多。

But you look grave, Marianne, do you disapprove your sister's choice?

译文1:可是,玛丽安,你看上去很严肃;你不同意你姐姐的选择吗?

译文2:可是,玛丽安,你板着个脸;你不同意姐姐的选择吗?

(孙致礼 译)

在这里,look grave 译为"板着个脸"比译为"看上去很严肃"更为准确。

总之,准确、鲜明、生动、自然是翻译艺术中完美的语言形式的四项基本要求。这四项要求不仅适用于文学翻译,而且也同样适用于非文学翻译。

第三节　英美文学翻译的标准与原则

一、整体把握

整体性原则是一切艺术普遍具有的审美原则。整体性原则要求创作者从整体上把握艺术创造的全过程。丰子恺先生在《艺术三昧》一文中写道:"有一次我看到吴昌硕写的一方字,觉得单看各笔画,并不好。单看各个字,各行字,也并不好。然而看这方字的全体,就觉得有一种说不出的好处。单看时觉得不好的地方,全体看时都变好,非此反不美了。原来艺术品的这幅字,不是笔笔、字字、行行的集合,而是一个融合不可分界的全体。各笔各字各行对于全体都是有机的,即为全体的一员。字的或大或小、或偏或正、或肥或瘦、或浓或淡、或刚或柔,都是全体构成上的必要,绝不是偶然的。即都是为全体而然,不是为个体自己而然的。"[①] 翻译与书画创作,运用的材料与技法不同,但在审美原则上是一致的。丰子恺先生这段话对译者的启示,不单单在审美原则方面。它让我们联想起"整体"的方法论意义。文学作品的译本,是以其整体的和谐为审美原则的。和谐以原作与译作的有机整体性为基础,离开了整体,就谈不上和谐。译者要营造译作的有机整体,首先要对原作的有机整体(包括原作的思想内容和艺术形式)进行解读,然后在艺术传达的过程中对原作的艺术整体进行具体有序地重构。在原作解读方面,译者依据格式塔心理学的有关原理和方法,通过对原作的感知、理解和领悟,领会和把握原作的内在意蕴和结构艺术。这里需要注意的是,译者对原作的解读不同于文学研究者对作品的解读。译者解读原作是为了

---

① 张晓春. 艺林散步[M]. 上海:上海社会科学院出版社,1995.

翻译,而文学研究者的解读是为了研究,二者所关注的重点不同。例如,解读一部小说,文学研究者可能会更多地关注人物形象的构成形象体系的构置、叙述形式的艺术性等文学要素,而译者关注的是它的翻译学要素。除了从整体上把握它的审美意义、对中国读者可能产生的影响之外,译者更多地关注作品的语言形式,包括它相对于译者的难易程度以及翻译的难度。在艺术传达方面,所谓译者的整体把握,就是心中有整体,从整体着眼从局部着手,按照"和谐"的翻译原则行事,在词句、段落的表达方面既要考虑它在整体中的表现,又要考虑它与原作以及译作的各方面关系的协调。

在翻译实践中,西方语言的一词多义现象,迫使译者随时随地做出必要的选择,而译者做出判断与选择的依据恰恰是他的整体和谐观念。

二、译意为主

我们研究文学翻译的方法技巧,首先需要解决"译什么"的问题。这就是说,先明白了"译什么",才能谈得上"怎么译"的问题。"译什么"看似简单,实际上却是一个长期困扰着中外译者和译论者的难题。

我国很早就有了"直译"与"意译"两种翻译倾向。古代佛经译者的文质之争,20世纪二三十年代之交的"信""顺"之争,都与这两种翻译倾向有直接的关系。所谓"直译",就是译文在词句上与原作的词句相对应,西方人叫做逐词对译。"意译"则不太讲究词句上的对应,而强调把原作的意思译出来。对于非文学翻译,如理论著作、法律文件、国际条约的翻译,译者一般倾向于"直译",而文学作品的翻译就有两种意见:一种意见倾向于"直译",另一种倾向于"意译"。例如,鲁迅先生主张"硬译","宁信而不顺",就是倾向于"直译"。但是,鲁迅并不是要逐词翻译,他曾批评把 go down on one's knees(跪下)译作"跪在膝之上",把 The Milky Way(银河)译作"牛奶路"。严格来说,"直译"与"意译"并不是学科意义上的翻译方法,不能作为文学翻译的指导原则。从翻译的实际情况来看,"直译"是行不通的。

黄雨白先生认为,很多例子都不能"直译",因为按照原文的词句形式逐词翻译过来,意思就完全变了。可见,"直译"作为一种翻译方法是不科学的,对翻译实践没有普遍的指导意义。但是,"直译"作为翻译活动中的一种倾向,对于我们探索文学翻译的艺术生成,具有积极的方法论意义。"直译"的倾向是我国传统的"以信为本"的翻译思想的反映,它的方法论意义在于,提醒译者在形式上紧贴原作,不可脱离原作自行其是。我们在"直译"倾向的基础上,提出"译意为主,形意相随"的方法原则。通过以上译例可以看出,在大多数情况下,翻译是以译意为主的,因为翻译的主要目的是让读者领会原作的意蕴。如果译文让读者看不懂,等于没有翻译。"形意相随"是对"译意为主"的限定和补充。在一般情况下,"译意"要保持原作的形式。有时为了传达原文的"意",不得不改变原作的表达形式。原文的"意"随着形式的改变,也发生了一定程度的改变,但是不影响(或者有利于)译文整体上的和谐。尤金奈达认为,"翻译就是译意",也是指译意为主,并且尽量不改变原作的形式。从语言学的角度看,由于人类思维方式具有一致性,不同国家与民族的语言之间是有共性的,不同的语言之中匿藏着原生的共通性。这种共通性表现在语言的形式上,就是一致性。这就是说,中外文学语言有差异,也有相通性与一致性。译者在翻译时不需要完全彻底地改变原作的表达形式,而只需在那些"不一致"的地方改变下原作的形式。

三、以句为元

作为文学翻译的方法原则,"以句为元"是对"译意为主"的补充,也是对文学翻译方法论的一个问题的澄清。"译意为主"讲究保留原作的"形式"。我们重视俄国形式学派所强调的形式与内容的不可分离性,把内容与形式看作一个水乳交融的统一整体,为了方便起见,仍沿用传统的内容与形式二元论来看待原作与译作,而把"形式"看作作品的纯感性的外在表现和作者(或译者)的表达方式。在翻译实践中,不论是把外国文学作品译成中文,还是把中国文学作品译成外文,不改变原作的形式是不可能的。而改变程度最大的是词形和词序,改变较小的是句子结构。原作者的表达手段在翻译中基本可以保留。

"以句为元"的方法原则,是"和谐"理论的具体体现。"以句为元",关注的是句子与句子之间的和谐,句子与段落与篇章之间的和谐,译语的句子与源语句子之间的和谐,译语的段落、篇章与原文的段落与篇章之间的和谐。译者把握和谐的关键是整体观念。在译者的心目中,句子既是整体又是部分,对于单词它是整体,而对于段落、篇章来说它是部分,是子系统。译者在翻译中把部分连成段落和篇章,靠的是"意链"。

索绪尔认为,任何一篇书面作品或口头讲话,都有一条由若干大小不一的意义单位组成的完整的意链。译者的翻译活动,正是在这条"意链"上实施具体操作的。

"以句为元",并不是一定要把原作的一个句子译作一个句子。在翻译实践中,译者根据整体和谐的原则,可以把原作里的一个句子译作一个句子,也可以译作几个句子,也可以把原作里的两个(或者更多)句子译作一个句子。"以句为元"要求译者在断句或者造句时遵循文学翻译的整体性原则,既注意译作与原作之间的和谐,也要关注译作本身的和谐。

第四节 英美文学翻译的主体研究

一、英美文学翻译中的全方位对话

文学翻译活动的各个参与者之间存在着"之间"领域,意味着他们的不同需求需要通过对话得到解决,并最终在译文中通过妥协实现"相遇"。因此,各个参与者之间需要通过多层次、复杂的以及全方位的对话才能实现"相遇"的过程。在这个复杂的对话过程中,参与翻译活动的各个参与者之间彼此敞开,以"我—你"的态度面向其他参与者,抛弃工具性、功利性的目的,才能实现真正的对话。在这个复杂的对话过程中,译者是真正的中心,他决定着对话是否全面充分。前文中的各种对话关系是否能真正得到实现,同样取决于译者。译者只有尽可能向其他参与者敞开,才能与其进行全面而充分的对话,并最终在译文中显示出其他参与者的存在,及其通过对话所实现的"相遇"。在具体的翻译实践过程中,问题在于如何实现翻译活动各个参与者之间真正的对话,如果这个问题能够得到解决,从对话关系及对话哲学角度可以给翻译研究带来新的契机。[①]

文学翻译是一个全面对话的过程。文学翻译过程中涉及众多参与者,各个参与主体以及两大文本系统之间交互作用,从而使文学翻译过

---

① 仝亚辉著.对话哲学与文学翻译研究[M].郑州:河南大学出版社,2013.

程成为一个复杂的对话网络。

（一）全面的对话

在翻译之初,译者首先需要与翻译活动发起者／赞助人对话,了解其需求。这种对话可以是面对面的,也可以通过电话或者电子邮件等其他方式进行。相对来说,这种对话是翻译主体之间对话比较直接的一种。明确了翻译发起者／赞助人的要求之后,译者开始接触原文文本。译者所要做的,是尽可能全面理解原文的意义。在此过程中,译者必须与原作者、原文、源语文学系统中的主流诗学及源语文化的意识形态等等进行对话。

译者带着自己的偏见、历史性和阅读期待视野进入与原文的对话过程中。他走在通向原文和原作者的道路上。此时,原作者和原文并不是静静地等待着译者到来,他们也在积极地向译者这个特殊读者靠拢。原文文本是艺术的表现形式之一,富有生命和灵气,读者唯有全心全意地向其倾吐自身,才有可能与文本建立亲密无间的关系。文学作品是一个富有活力的生命体,在与作品中人物同喜同悲的生命交融中,她／他成为"我"生命的一部分,"我"在体验、同感他人生命的同时也领悟到了生命存在的另一种维度。

译者（读者）与原作者和原文必须经过最初的"我—它"的工具性的认知,才有可能最终实现"我—你"的对话和交融。译者作为特殊读者,他在接触需要翻译的文本之前,要对原作者的生平、文体风格等有所了解,在接触文本后,要对原文进行细致的分析,弄清楚原文的结构、语言特征及文本的内在外在意义,才能对其有一个感性认识。但是仅仅满足于这种冷漠的关系,译者对原作者和原文就不可能有真正的理解,将原文在译语文化中完整再现也不过是一个美好的幻想而已。只有在译者、原作者和原文都向对方敞开,在译者与原作者和原文相遇的时刻,才能实现译者与原作者和原文之间的理解和对话。在这个关系世界里,作为译者的"我"和原作者及原文"你"自由相对,相互作用,作者的生平和其他特征以及文本的局部和细节不再是译者关注的重点,他已经完全将作者及文本融会于心,审美对象和审美主体既为对象而存在,又自我存在,从而实现审美意义上的自由。

此时,译者对作者和文本的实体性存在持一种冷漠态度。"我"无视"你"的存在,然而作为原作者和原文的"你"已经完全在"我"心中。译者与原作者及原文之间达到"我—你"的理解和沟通之后,原作者和原文已全然在"我"心中,译者的心中澎湃着一股创作激情,他要将这种激情即刻通过翻译得以释放。译者有别于普通读者的地方在于,他在进入与原作者和原文的对话过程中时,带着更多的目的性和更多的责任感。他必须对原文有超出普通读者的理解,才有可能将原文的精髓转化在译文之中。由此,译者将原文和译文也带入对话过程中。有差异才有对话,原文和译文始终处于对话之中,所以才会需要不断地出现新的译本。在原文和译文的对话过程中,原文中不断出现新的差异因素,呼唤新一轮的对话、交流和沟通,这可以部分地解释同一文本不同时期需要重译和复译的原因之所在。

在译者创作译文的过程中,他的自身文化修养、目的语文学文化系统中众多前文本与译文文本的互相印证和指涉等,都会影响到译者的创作,并最终影响译文的结果。此外,译者还需要与目的语文化中的意识形态等以及原文文学系统内的主流诗学等进行对话,不断调整译文语言在目的语中的被接纳程度,以求最大限度地被译语环境和译文读者所接受。

因此,翻译活动发起者/赞助人、原文、原作者、源语语言文化体系以及译文、译文读者、目的语语言文化体系等,都是译者在翻译过程中必须进行对话的对象。只有这些翻译参与者之间经过了全面的对话,优秀的译文才有可能产生。这样的译文,既可以与源语系统中的原文遥相响应,又可以在目的语文化系统中得以延续原文的生命。

(二)直接的对话

如布伯所说,真正的对话是直接的,不需要中介,也没有任何障碍。在理想的情况下,译者与翻译活动参与者之间会形成真正的对话关系。布伯列举了树的例子来阐释:在面对一棵树时,"我"可以把它看作一幅图像,一束沉滞的光波或以湛蓝色、银白色为背景的点点绿斑,"我"可以把它当作实例划其为某一属类,以研究其生命的构造;"我"可以漠视它的实体存在,把它当作与万物对抗而趋于平衡的规律;"我"可以把它分解为纯粹的数量关系……在这种种关系中,树都是"我"的对象,我作为主体客观地把握其空间位置、时间限度、性质特点和形式结构,从而形成"我"对树的认识和把握,凡此种种,"我"与树之间都是一种"我—它"的关系。

在"我—你"关系中,我让发自本心的意志和慈悲情怀充溢自身,我凝神观照树,"我"与树之间进入了一种物我不分的境界,树成为一个生命体,与我进行无声的对话,此时就是审美主体与审美对象的"共在",是审美活动中的生命与生命的交融。"欲使人生汇融于此真性,决不能依靠我但又决不可脱离我。我为实现我而接近你;在实现我的过程中我讲出了你。"①

也就是说,译者与其他翻译活动参与者之间的真正对话有赖于译者"我"进入一种澄明之境。然而,这不是说审美活动不需要知识。布伯强调,"我"所观察到的树的图像与运动、种类与实例,规律与数量都融汇成不可分割的整体,树的形貌结构、物理运动、碧绿翠华、化学变化,它与水火土木的交流,与日月星辰的类通都汇入这一整体中,才会有"我"和树之间的神交与情感上的契合。

在解读原文的过程中,译者与原作者和原文之间经历了从"我—它"的工具性认识到"我—你"的真正的精神上的理解和契合。实现了译者与原文、原作者之间真正的对话和交流之后,译者的心中洋溢着创作的激情,急切地需要将原文内容在目的语中再现。然而作为译者,他的翻译创作与原文作者的创作不同,原文作者可以随时调整或者改变创作思路,生产出与计划不同的文本。而译者的翻译创作,却必然受到原文的限制。

与此同时,译者还要与目的语语言及其文化系统、译文的接受环境以及译文读者的阅读期待等进行直接的对话。译者与这些翻译活动参与者之间的关系同样需要经历从"我—它"的认识到"我—你"的理解。实现了这种全面而直接的对话之后,译者的翻译过程才可以达到事半功倍的效果。

二、英美文学翻译的读者主体

文学的文化功能要得到发挥,作为文学创作主体的作家为人们提供的文学作品必须是优秀的,是能够启发人的生存自觉性,丰富和革新人

---

① 马丁·布伯.我与你[M].陈维纲译.北京:三联书店,2002.

的认知范式并能优化人的情感体验的,这关系到艺术对象能否创造出懂得艺术和能够欣赏美的大众问题。如果没有这样的前提条件,所谓文学活动的文化功能的发挥纯然成为一句空话。有了优秀的文学作品,作为文学活动的接受主体,也必须具有相应的阅读欣赏能力,这关系到读者能否创造出对文学作品的新知觉,使作品成为满足自己精神提升需要的对象问题。

文学作品由三个层面构成:物理语言层面、心理意象层面和思想意义层面。习惯于从自己习得的理论出发去解析作品的读者和满足于对作品的某些细节或情节记忆的读者,其阅读大都停留在一般化的心理层面,这是不可能发挥好文学活动文化功能的。文学阅读是读者的生存体验与文学作品流程的审美结合,这种结合的实质是读者的审美意象与作品的审美结构的一种相互作用。从既定的理论出发解析作品,满足于复述作品的细节与情节,这两种阅读之所以不是文学性的阅读,就是因为接受主体从精神上没有进入审美状态中去,没有经历那种自我生存体验与作品流程的审美结合。前者是用理论取代了自己的生存体验,是理论与作品流程的对照,这种对照更多的是一种理性辨析;后者虽不乏感性色彩,但由于主体的兴趣在于撷取可资谈论的细节与情节,阅读常处于一种详略不一的状态,因而不可能实现完整的审美结合。真正的文学阅读要求接受主体具备如下基本条件。

(一)具有对现实人生的实际分析能力

阅读文学作品就是读者在精神上经历一次作家笔下的人生,这种经历虽不与读者产生实际的利害关系,却能激发其强烈的爱憎,使其不得不在阅读过程中不断地做出某种审美判断。不能设想,一个在现实人生中缺乏实际分析能力的人,会对写入文学作品的人生做出应有的分析。一般来说,对现实人生的实际分析能力,是在日常实践中形成的,这种能力要真正具有科学性,有赖于个体的客观态度即实事求是的精神,要尽可能地摆脱各种因素造成的认识偏见;要有关于人生的问题意识,这是个体经常联系实际,思考人生、人的本质和意义等诸多问题而积淀下的相对稳定的意向、感受、体验和思想。它的状态如何直接关系到分析能力的品位和水平;要与分析对象保持相应的心理距离,这关键是个体要具有科学的"将在"人生价值目标,有了它,就有了一个较为宏观的视

第二章 英美文学翻译概论

野,就不会仅囿于"现在"看问题,而是以"将在"为价值目标,把"曾在"与"现在"相结合来认知对象。

(二)要重视审美经验的积累

刘勰在《文心雕龙·知音》中提出"操千曲而后晓声,观千剑而后识器,故圆照之象,务先博观"的见解,这是很有道理的。只是我们要注意,这"千曲""千剑",应该有所界定和指涉,不要误以为只要文学作品读得多了,自己的审美经验就丰富了,就能"晓声""识器"了。这"千曲"当是名曲,"千剑"亦应是精品,一个人读经典名著读得多了,而且读得很认真,在他的头脑里便会自然而然地形成一种审美尺度。这种尺度即使他难以言传,却仍然实际存在着,他关于文学作品的艺术感觉,自觉不自觉地受着这种尺度的制约,因此可以说它标志着一个人的审美经验的品位。如果一个人阅读了大量的一般性的文学作品,不能说他的审美经验没有丰富和提升,但这与在经典名著濡染下的审美经验是不可同日而语的。它们的差异就在于给读者积淀下的审美尺度的档次不同上。审美是一种复杂的精神现象,它既与审美对象本身有着直接的联系,又与和审美对象相关的文化状况关系密切。一部文学名著往往并不一定能够顺利地获得社会的认同,它的冷遇和遭际及其之后曲折的经典化过程,作为文学接受主体都应该知晓,这有利于作为文学接受主体的审美经验历史感的形成和建构。

有无这种审美经验的历史感是大不相同的,人们常说历史的经验值得注意,就是因为它凝聚着规律性的东西,往往给人一种前车之鉴的启示,使其审美实践不至于重蹈歧途。文学接受主体理应重视其审美经验历史感的建构。文学阅读是不具有强制性的,但文学接受主体却需要超越审美经验建构的自在状态。一个人的审美经验是其审美实践的总结,如何总结,这就关乎审美经验的建构状态了。盲目的或纯兴趣的审美实践必然会导致审美经验的某种不完整性,对此,人们容易理解;在审美实践的基础上,认真回味一下自我在审美活动中的艺术感受如何,思考一下它与审美对象所呈现的艺术特征是否和谐,同时总结一下本次审美对象与既存的艺术惯例是一种什么样的关系等,人们往往认为上述努力没有任何必要,其实,这正是对审美实践的总结。这样做开始时人确实有某种游离审美活动的感觉,但坚持下去,一旦它成为一种阅读习

· 39 ·

惯,审美思路的整合将会把这种总结性思考内化到审美过程中去,使其不再成为审美之后的一种思辨。此时的接受主体,不仅审美经验的建构超越了自在状态,而且其审美活动的能动性与创造性也得到了激发和强化。

(三)要保持开放的审美心态

审美心态是接受主体正在进行的接受活动的直接心理状态,它的变动性较强,这不仅因为接受主体将要面对的审美对象呈多样化的形态,而且其阅读本身也要受艺术创新和探索的无止境性的制约。审美心态的变动性,虽然在客观上有可能具有某种开放的特性,但由于审美心态的真正开放,是与主体的文艺观本身的开放与否有着密不可分的关联,因而不能简单地视"变动"为"开放"。我们说"保持开放的审美心态",旨在强调自觉,强调主体应该从文艺观的层面出发,对文学创新和发展的难以预测性与不确定性保持清醒认知,只有这样才能处理好文学阅读中的"同化"与"顺应"的关系,使其审美心态不但呈开放姿态,而且还能在阅读实践中提升其审美品位。

为了保持开放的审美心态,主体的阅读还应该是虚静专注的状态,排除外界事物的干扰,相对地终止纯理性逻辑的制约,为思维易生直觉的、非功利的、富有情感的联想和想象创造条件。苏东坡诗云:"欲令诗语妙,无厌空且静。静故了群动,空故纳万境"。这虽讲的是关于诗歌的创作心态,其实对建构开放的阅读审美心态也是同样适用的。[①] 真正做到了"空且静",既定的社会文化必然带给接受主体心理上的防御机制就会松懈乃至暂时性消除,在这种情况下,主体的全身心便是轻松的,既没有清晰理念规范下的排他意识,也没有严密逻辑层次决定的转换、递进等思路的干扰,更没有一般思维活动中所不可缺少的中介环节,"了群动""纳万境"的审美效果便会产生。而且还会使主体已获得的艺术发现的思路,在保持自身指向的同时,形成一种弥漫性和散射性,给主体的联想与想象以特定的时空氛围,从而保证了阅读过程的审美体验的完整性。

---

① 仝亚辉.对话哲学与文学翻译研究[M].郑州:河南大学出版社,2013.

第三章 语言学维度下的英美文学翻译探索与研究

西方翻译理论研究历来按两条路线进行：一是文艺翻译理论路线，二是语言学翻译理论路线。从历史的发展来看，翻译语言学派批判地继承了19世纪施莱尔马赫、洪堡等人的语言学和翻译观。从发展的趋势看，语言学翻译理论路线已占据现代翻译理论研究中的主导地位。本章就对语言学维度下的英美文学翻译展开研究。

第一节 英美文学作品中的语言信息研究

在英美文学作品中，如何呈现语言的魅力，让读者更好地掌握理解文学作品的内涵，是语言学面临的重要课题。阅读优秀的文学作品，可以让读者穿越到不同的时代，深刻理解某一时代的语言。英美文学中有无数的优秀作品，在文学界特立独行，且有较高的地位和影响力。因此，学习英美文学中的语言艺术，可以帮助人们开阔眼界，加深人们对英美文学的认识和理解，对促进国与国之间的文化情感交流具有重要的现实意义。

一、英美文学作品的语言艺术起源

提到英国文学，人们首先想到的便是威廉·莎士比亚，莎士比亚是英国文艺复兴时期伟大的诗人和剧作家，同时代的本·琼生在纪念莎士比亚的诗歌中称赞莎士比亚"不仅属于一个时代,而且属于所有时代"。他的作品包括四大悲剧《哈姆雷特》《麦克白》《李尔王》《奥赛罗》,以及四大喜剧《威尼斯商人》《仲夏夜之梦》《皆大欢喜》《第十二夜》。威廉·莎士比亚是英国伊丽莎白时期众多剧作者之一,其戏剧作品是英国戏剧文学的巅峰之作,对后代文学艺术产生了无与伦比的影响。[①]

  而美国的文学历史并不悠久,从理论上讲,在美国独立以前,北美洲土著印第安人是没有文字的,作品大多是通过口头来传播,其中包括一些传奇故事。美国独立以后,美国文学才真正脱离了殖民主义的桎梏,以其独特的魅力吸引世人的瞩目。直到后来的英美"文学之争"促使美国作家下决心发展民族文学。美国文学吸取了欧洲浪漫主义文学的精髓,着重于想象和情感,并与古典风格形成鲜明对比。美国作家描述美国的历史、传说和现实生活,对自然的赞颂,对普通人和个人情感的表达,以美国为背景的作品也随之涌现。

  无论是英国文学还是美国文学,其语言艺术离不开古希腊罗马的神话传说。大众熟知的《圣经》便是英美文学早期的经典著作,同时也是英美文学的艺术起源,对后世英美文学作品的创作产生了深远影响。《圣经》是后人对古希伯来的基督教文化进行提炼与研究,经过时间的积累融合逐渐形成了基督教的教义经典内容,《圣经》也成为世界文学的经典之作。《圣经》在对古希伯来的地域文化进行凝聚融汇的同时,还汲取了当地各类优秀文化的精华。与此同时,《圣经》一书对英美文学的创作思想、艺术手法、结构构筑、语言价值给予了深刻而持久的影响。英美文学的创作者热衷于对《圣经》的语言文化予以学习与借鉴,从中汲取写作素材,甚而因此确立了自己的写作风格和创作方向。大多数英美文学作品往往以情感表达为主,少数英美文学作品以对古诗以及寓言的分析为主。

  神话回归成为现代派文学作家的重要转向之一。大量英美文学作家都纷纷把视野对准了遥远的古代,试图从古希腊罗马神话和《圣经》神话中选取丰富的写作素材。古希腊罗马神话和《圣经》神话在潜移默化中激发了作者的创作灵感,并成就了大批英美文学作家,为英美文学创作的繁荣格局奠定了坚实的根基。

---

① 陈红,陆颖,陈彦如,孙燕宁.英美文学精粹赏析[M].北京:人民邮电出版社,2014.

第三章　语言学维度下的英美文学翻译探索与研究

二、英美文学语言赏析的主要原则

（一）遵循文化之间的差异性

各国文化之间的差异主要表现在价值观、思维方式、生活习惯等方面的差异。如果谈到文学作品中的语言差异，从文本意义上来看，必须对各国语言的不同之处进行比较。例如，汉语是庞大的语言体系，其每个词伴随着不同的上下文，会产生不同的意义。同样的一句话，在不同的语境中，可以表达出不同的含义，这也是中国文学作品具有不朽的艺术魅力的原因之所在，在描述场景的时候，汉语言表达会更加优美细腻。无论何种文体，汉语言文学作品都具有独特的审美价值。与英美的文学作品相比，两种语言文字构筑的文学作品各具特色，各有千秋。

英美文学与中国文学在深层文化内涵上存在着明显的差异性。在英美文化语境中，个人主义被视为积极情感的象征，文化极力宣扬个人至上的个人主义。但在我国文化中，个人主义往往被视为一种消极的思想。上述情况表明，思维方式的不同会导致文化差异。生活习惯是各国人民在长期生存和发展中逐渐形成且约定俗成的。例如，在餐饮氛围方面，中国人在吃饭时，普遍喜欢热闹，很多人围在一起吃吃喝喝，说说笑笑，营造热闹温暖的用餐氛围。而西方人在用餐时，则更喜欢优雅、安静的环境。中国人常说"民以食为天"，在打招呼时喜欢问"吃饭了吗"，然而若跟西方人这样打招呼，则会认为你想请他吃饭或者干涉其私事，会产生不必要的误解。因此，我国文化与英美文化之间存在着较大的差异，在对英美文学翻译或鉴赏的过程中，应尊重这种文化之间的差异性。

（二）秉承交际性和实用性原则

在对英美文学的语言艺术进行鉴赏的过程中，应秉承交际性和实用性相结合的原则。交际性原则是指各国文化的交际能力，语言作为文化交流的基本载体，是各国文化传承的载体和核心。因此，在对英美文学作品进行研究时，应结合不同的语言以及文化背景，对文化交际与沟通

· 43 ·

能力予以强化。除此之外,要在现实文化背景的基础上遵循实用性原则,将文学作品的语言艺术风格与客观事实紧密结合,进而实现文学作品与现实生活的统一。

(三)培养文学素养意识

要想深入研究英美文学经典作品,需要熟读更多的文学作品,使审美境界和阅读水平上升到更大的高度,丰富文学知识,开阔文学视野,加深对英美文学的认识和理解。与此同时,读者在阅读一部优秀文学经典时,需事先对作者的生平事迹以及所处的时代背景予以充分了解与把握,只有这样才能够更深层次地把握作者的写作意图以及所要表达的中心思想,从而提高英美文学的鉴赏能力。

三、英美文学语言艺术赏析

(一)英美文学语言的意象性

英美文学之所以吸引人,就在于创作者可以根据语言,创作出虚拟的世界,这个世界的背景是固定的,但也有诸多不确定性的戏剧性场景。意象性是英美文学语言中最常见的艺术特征之一,其种类涵盖视觉意象、听觉意象等诸多类型。作家在文学创作中,往往会使用大量的意象,表现不同的情绪,或是对同一情绪进行不同方式、不同程度的表达,从而创造出独特的审美愉悦,让读者从多个角度去了解作家所要传达的思想感情。

(二)英美文学语言的含蓄性

含蓄性是英美文学语言中的一种表现形式。在经过一定程度的加工和修饰后,作者会用一种隐晦的语言方式来表达思想。这就需要读者充分发挥想象力,从而更好地理解和把握作者的思想和情感。比如,在海明威的《老人与海》中,有很多关于主人公"硬汉"形象的描写,但对于鲨鱼的描写着墨就少了许多。作者在表达方式上如此取舍,就是要含

第三章 语言学维度下的英美文学翻译探索与研究

蓄地表达桑提亚哥虽然从物质层面上来看一无所获,但从精神的层面上却收获了意志的凯旋,讴歌所谓"打不败"的硬汉精神。在老人将男孩叫醒时,作者虽然未对老人当时的内心活动做出直接、细致的描写,但是通过"老人轻柔地握住男孩的一只脚,直到男孩醒来"这一描写,还是让读者感受到老人对男孩的那种细致入微的关爱,表达了象征人类少年和老年的那种神秘的基因传承和联系,而这体现的就是语言所具有的含蓄表达的艺术魅力。

(三)英美文学语言的情感性

英美文学作品通常具有显著的目的性,作者在实际的创作过程当中会抒发一些诸如悲伤、喜悦、压抑等个人情感,而这些情感的表达都需要以语言为载体,语言能将作者的意图和情感体现得淋漓尽致。比如,美国著名作家安德森所著的《小城畸人》,勾勒出了小镇上形形色色的人物从行为方式到精神深层的"怪异性",用杂乱无章的语言将这个小镇的混乱和无助表现得淋漓尽致。作者试图通过这种混乱的语言,从"疯子"的角度进行反讽,凸显了人们对爱和被爱的渴望。此外,诗中也会呈现更多的情感表达。比如,在阅读和研究《失乐园》的时候,可以和诗人一起对神提出疑问。因此,读者应该在平时的阅读中,尝试挖掘隐藏在文学作品语言背后的深层思想和情感,从而激发读者与作者的共鸣。

四、英美文学语言的艺术特点

(一)源于生活,高于生活

以英美文学的语言艺术为例,随着社会科技的发展,各国的文化都在发生不同程度的改变。正所谓"艺术来源于生活,却又高于生活"。在以往的古希腊神话中,众神都有其独特的能力,一些神可以造福人类,为人类带来美好的希望和心灵寄托,还有一些神使人类变得邪恶阴暗,就像打开的潘多拉魔盒。源于生活高于生活使英美文学语言具有现实性和艺术性的双重艺术特点。英美文学往往以现实社会为基础,对现实社会进行批评和嘲讽,进而升华到艺术性的高度。

英美文学注重表达作者的思想情感和哲学沉思,而这种表现方式与语言艺术是分不开的,要想读懂英美文学,就需要对其文学特征有深刻的理解。英美文学的素材尽管是从生活中获取的,但是由于融合了思想与哲理,就会具有比实际生活更高的艺术性。英美文学具有以现实为基础,但又高于现实的特征。英美文学的魅力体现在其丰富的文化内涵、多样化的文体风格和多重的表达方式上。

(二)重视典故的运用

英美文学的语言艺术主要从《圣经》或是古希腊罗马的神话传说汲取艺术营养,古希腊罗马神话和《圣经》对英美文学的经典作品有着巨大而深远的影响。因此,在后来英美文学发展过程中,许多创作者会从中吸取精华,去其糟粕,引用其中的典故,对文学作品的主题予以深化。因此,英美文学的特点之一是重视典故的运用,这也是英美文学内容丰富思想深邃的原因之一。比如,英美文学作品对《狼和小羊》的故事应用得较多,以此揭露当下的社会背景。在语言表达中,英美文学更偏向于用简单的词语或句子叙述更为直白的故事内容,这一点与我国许多优秀的文学作品具有异曲同工之妙。

(三)重视语言独白的运用

英美文学作品对独白等语言表现手法应用得较多,以此丰富了英美文学作品的艺术表现力。独白是便于情感集中表达的一种艺术表现手法,尤其是戏剧性的独白更是在戏剧中得以淋漓尽致的运用,独白也成为戏剧表达思想和哲学思辨的重要艺术手法之一。例如,在《骑士与圆颅党人之歌》这部作品中,其文学语言特色的表现手法就以戏剧性的独白为主。在许多英美文学作品中,尤其是诗歌作品,都对独白等语言表现手法进行了有效传承和沿用。独白的艺术特点主要是将作者与说话人物相分离,在文学中运用大量的独白,能够使作品的真实感更强,从而让读者切身体会到说话人物的语气、神态、情感等,有利于读者对书中的人物进行客观的评价,为作者提供了更为开阔的思想领域和想象空间。

五、英美文学语言艺术所具有的文化意蕴

由于英美早期的文学创作深受《圣经》与古希腊罗马神话传说的影响,其文化意蕴既有对现实生活的反映,也有对宗教教义的传播。在鉴赏英美文学作品时,必须通过对作品所蕴含的神话传说和宗教寓意予以剖析与把握,了解其语言背后所蕴含的深层文化意蕴和思想内涵。在许多英美文学作品中,大量的神话故事和圣经传说穿插其中,读者需要剥离语言表象理解作品的深刻内涵。因此,在鉴赏英美文学作品时,不仅要理解英美文学中的语言艺术特征,还要对其深层文化内涵进行全面而深刻的把握,而神话与圣经传说正是浸润西方文化的母体。

英美语言艺术的文化意蕴不仅表现在上述几个方面,还表现在对当地风俗习惯的描述和反映上,这也是其文化意蕴的组成部分。从英美文学的自身角度来看,文学作品本来是记录文化的载体,久而久之,文学作品本身就会变成一种文化,此种文化是人类与自然长期融合和发展而形成的。文化意蕴在英美文学中占有举足轻重的地位。在漫长的历史长河中,文化的诞生必然是要经过时间的沉淀的,而文学作品所扮演的角色不仅仅是记录者、传承者、见证者,还是类希望、勇气、正义、荣耀等亘古精神的引导者,这也是英美文学所要表达的深层文化意蕴之所在。

综上所述,语言不仅仅是人类情感交流的工具,而且是人类思想的另一种寄托和表达方式。要想对英美文学语言特点进行研究,必须对文学作品的社会背景以及作者的创作风格进行了解与掌握,只有这样才能加深对英美文学作品的理解,更好地赏析英美文学作品。

第二节 交际理论与英美文学翻译

一、交际理论概述

交际理论运用交际学和信息论,把翻译看作交流活动,是两种语言之间传递信息和交流思想的一种方式。比较原文和译文在各自语言里

的交际功能,认为任何信息倘若起不到交际作用,就毫无价值可言。交际学的翻译观着重研究动态使用中的语言,刻意分析文本内容、形式、接受者以及交际情景对翻译的影响。[①]

美国翻译理论家尤金·奈达(Eugen A. Nida)是交际翻译理论的代表。[②]他的翻译理论可归纳为六个方面。

(1)理论原则。所有语言都具有同等表达能力,而翻译的首要任务就是使读者看译文可一目了然。

(2)翻译的性质。按照奈达的定义,"所谓翻译,是指从语义到文体(风格)在译语中用最切近而又最自然的对等语再现源语的信息"。其中三点是关键:一是"顺乎自然",译文不能有翻译腔;二是"最切近",在"自然"的基础上选择意义与原文最接近的译文;三是"对等",这是核心。所以,翻译必须达到四个标准:(a)达意;(b)传神;(c)措辞通顺自然;(d)读者反应相似。

(3)翻译的功能。从社会语言学和语言交际功能的观点出发,奈达认为翻译必须以读者为服务对象。

(4)正确的翻译。翻译正确与否取决于译文读者能在什么程度上正确理解译文。

(5)语义分析。翻译的重要过程之一就是对原文进行语义分析。语义可分为三种:语法意义、所指意义和内涵意义。

(6)翻译的程序和方法。他认为,整个翻译程序分为四步:分析、传译、重组(按译语规则重新组织译文)和检验。

彼得·纽马克认为完全照搬奈达的"等效"理论(重内容而轻形式)并不可取。[③]他提出了交际翻译和语义翻译两种方法,前者致力于重新组织译文的语言结构,使译文语句明白流畅,符合译文规范,突出信息产生的效果;后者则强调译文要接近原文的形式。

---

① 黄田,郭建红.文学翻译:多维视角阐释[M].北京:中央文献出版社,2009.
② Nida, Eugena A. *Toward a Science of Translating*[M].Leiden: EJ, Brll, 1964.
③ Newmark Peter. *Approaches to Translation*[M]. Shanghai: Shanghai Foreign Language Education Press, 2001.

二、文学翻译：跨文化的交际行为

郭建中教授认为："最近二十多年来，翻译研究中出现了两个明显的趋势：一是翻译理论深深地打上了交际理论的烙印；二是从重视语言的转换转向更重视文化的转换。"[①] 这两种倾向的结合，就把翻译看作是一种跨文化交际的行为，翻译已不仅仅被看作语言符号的转换，而是一种文化转换的模式。

翻译，简单说来就是通过语种转换把一种语言所承载的信息转移到另一种语言当中。自古以来，翻译就在文化交流中起着举足轻重的桥梁作用。人类是社会性的动物，有交际的需要。同样，不同的人类文明之间也有沟通的需要，因为各文化之间的交流是人类文明发展和前进的动力。各种类型的翻译作品通过语言文字来展现不同民族和国家的文化，翻译也一直扮演着文化传播者和文化沟通载体的角色。[②] 正是因为有了翻译，各个国家和民族之间的文化交流才得以实现。翻译不仅促进了各国、各民族自身文化的繁荣，同时也丰富了世界文明，促进了世界文明的发展。可以这样说，翻译不仅是信息在文本之间的过渡，更是在文化之间的过渡，它的实质是一项以交流信息为目的的跨语言、跨文化活动。

第三节 功能翻译理论与英美文学翻译

一、功能翻译理论概述

1971 年，翻译目的论的创始人凯瑟琳娜·赖斯（Katharina Reiss）提出了功能主义翻译批评理论，首次将功能类别引入翻译批评，将语言功能，文本类型和翻译策略联系在一起。赖斯的学生汉斯·维米尔（Hans Vermeer）继续发展了这一理论，提出了目的论。他认为"任何形式的翻

---

① 郭建中.文化与翻译[M].北京：中国对外翻译出版公司,2000.
② 黄田,郭建红.文学翻译：多维视角阐释[M].北京：中央文献出版社,2009.

译,包括翻译本身,都可以视为一种行为。任何行为都有目的或目标。"目的论包含三个原则:"目的原则(Skopos Rule)、连贯原则(Coherence Rule)和忠实原则(Fidelity Rule)"。在这三个原则中,最重要的是目的原则。

功能学派翻译理论学认为翻译目的决定了所有翻译行为,包括翻译策略的选择。译文优劣的评估标准在于译文是否在跨文化语境中获得等值的交际功能。连贯性原则是译文要具有可读性和可接受性,符合文本语内连贯(intratextual coherence)的标准,符合目的语读者的文化语境和阅读习惯。忠实性原则指译文文本必须忠实于原文。

功能翻译理论被介绍到中国后,许多翻译研究者把它应用到外宣翻译的研究中,不少学者从功能翻译理论的角度对不同文体的翻译进行了研究。例如,徐敏和胡艳红(2010)以功能翻译理论为理论依据,提出在对企业外宣文本进行翻译时应关注译文的外宣效果,并从宣传效果中的"了解层次、认同层次和诱动层次"三个方面阐述了企业外宣文本的翻译原则和翻译策略。白蓝(2010)运用功能翻译的理论分析了张家界旅游资料英译,提出可使用解释,增补及改译等具体的翻译策略来达到旅游宣传文本的目的。王丽丽(2010)进行了翻译目的论视角下的旅游网站翻译研究,提出旅游文本的翻译应该坚持"内外有别"的原则,充分实现旅游文本"呼唤"功能,从而达到旅游网站应有的广告效应,吸引国外游客。

莱斯建议"不同类型的文本采用不同的翻译方法"。也就是说,翻译行为和翻译策略应该根据翻译目的进行灵活调整。功能翻译理论视角下的外宣翻译研究以读者为中心,以达到良好的外宣效果为目的,对翻译实践具有重要的理论和现实指导意义。

二、功能翻译理论视角下的文学翻译

费米尔认为"目的论"是概括性的翻译理论,因此适用于文学翻译。文学创作可能源于各种各样的意图。文学文本作者的意图是通过描写一个虚构的世界来激发人们对现实世界的领悟。文学作品对读者而言可以产生特有的艺术美感或诗意效果,这就是文学作品的独特功能或效果。①

---

① 黄田,郭建红.文学翻译:多维视角阐释[M].北京:中央文献出版社,2009.

第三章 语言学维度下的英美文学翻译探索与研究

20世纪七八十年代,学界主张从文化交际的角度去研究翻译。认为译作要与原作实现功能对等。在翻译研究的各种流派中,德国功能派提出了一种近似科学的理论。他们将翻译视为一项需考虑读者和客户要求的全新的目的性交际活动,认为翻译是一种目的性行为。功能派试图把翻译从以源语还是以译语为中心的奴役中解放出来,认为只要实现了功能对等,满足了读者或客户要求就是成功的翻译。功能翻译理论打破了翻译界以"等值论"为基础的传统的语言学式的研究模式,把翻译视为有目的的跨文化交际活动,翻译目的决定翻译策略。这为文学翻译提供了多角度的动态标准。功能翻译理论是描述性的,这和文学文本开放性特征相符,它具有指导文学翻译和评价的理论优势。从功能主义角度研究文学翻译是富有启迪意义的。多元的动态标准在宏观层面上为译者指明了方向,也在微观层面上为译者采用具体的翻译策略提供了可行性途径。功能派翻译理论把文本分成三类:信息类型(Informative)、表达类(Expressive)和操作类(Operative)。针对每一类文本的特点提出相应的翻译策略。诺德在他的著作里也谈到了文学翻译及功能理论在文学翻译中的应用。一个翻译作品就其本身来说并没有好与坏、对与不对之分。但从它要传递的功能来考虑,鉴赏者就可以对它进行评价,分出优劣。下面通过比较《简·爱》的一个翻译实例来加以说明。

"Wicked and cruel boy!" I said. "You are like a murderer—you are like a slave-driver—you are like the Roman emperors!"

译文1:

"你这男孩真是又恶毒又残酷!"我说。"你像个杀人犯——你像个虐待奴隶的人——你像罗马的皇帝!"

(祝庆英 译)

译文2:

"残酷的坏孩子!"我说。"你像一个杀人的凶手——你像一个监管奴隶的人——你像罗马的皇帝!"

(李霁野 译)

这两种译文最大的区别在于对第一句引言的翻译。文中的"我"是童年时代的简·爱,一个只有十岁大的孩子。她说这句话的语境是被表兄欺负,跌倒在地。在当时极其愤怒的情况下,一个孩子能否说出译文1中的"你这个男孩真是又恶毒又残酷"这么完整的句子呢?原文中用的是Wicked and cruel boy直译过来应该是"恶毒残酷的孩子"。这

· 51 ·

完全可以反映当时简的愤怒了。译文2省去了"恶毒"这个意思,没有充分传达原文的意思。可能译者是把wicked译到后面"坏孩子"里去了。但"恶毒"和"坏"这两个形容词在感情色彩上有很大的差距,在功能上不能完全对等。这应该划归于诺德指出的第三或第四种翻译错误,而译文1则属于第二类或第四类翻译错误。笔者认为,这句话还是译为"恶毒、残酷的坏孩子"比较恰当。

第四节 描写翻译理论与英美文学翻译

所谓描写翻译理论,就是指描写性翻译研究在研究翻译的过程、产物以及功能的时候,把翻译放在时代之中去研究。广而言之,是把翻译放到政治、意识形态、经济、文化之中去研究。相对于规范性的翻译理论,描写性翻译理论的一个最大的重点在于它的宽容。[①]正如描写学派代表人物图里(Gideon Touy,1980)指出的:什么是翻译?"翻译就是在目的系统当中,表现为翻译或者被认为是翻译的任何一段目的的语言文本,不管所根据的理由是什么。"[②]

描写翻译学派的思想发端于20世纪50年代。1953年约翰·麦克法兰(John MacFarlane)在杜伦大学学报上发表论文"翻译的模式"。麦克法兰在论文中指出,否认翻译的作用,剥夺某些译法所自己叫做翻译的权利,仅仅因为译文没有做到在所有方面同时实现对等,这是一种胡批滥评,简单易行,然而又是随处可见。麦克法兰引用理查兹(I. A. Richards)在英美新批评重要著作《文学批评原理》中的话指出,对于同一部作品常常同时有不同的读法。由此可以推断,我们绝不可以认为有唯一的翻译;由于(原文)有不同的意义,不可避免地会从中产生出不同的翻译,这些翻译也许都是翻译,但没有一个翻译是"理想的"或"真实的"翻译。麦克法兰进一步指出,意义既然如此复杂,如此不可捉摸,我们便不可能从中得出准确翻译的绝对标准。他争辩道"我们倒是需要

---

① 黄田,郭建红. 文学翻译:多维视角阐释[M]. 北京:中央文献出版社,2009.
② Toury, Gideon. *In Search of a Theory of Translation*[M]. Tel Aviv: The Porter Institute, 1980.

第三章　语言学维度下的英美文学翻译探索与研究

一种与此不同的研究翻译的方法。这种方法接受现有的翻译,而不去理会我们理想中的那种翻译,这种方法从研究翻译的性质中获得灵感,而不是让翻译从事它办不到的事情"。

图里认为,翻译更主要的是一种受历史制约的、面向译入语的活动,而不是纯粹的语言转换。因此,他对仅仅依据原文而完全不考虑译入语因素(与源语民族或国家完全不同的诗学理论、语言习惯等)的传统翻译批评提出了批评。[①] 他认为,研究者进行翻译分析时应该注意译入语一方的参数(parameters),如语言、文化、时期等,这样才能搞清究竟是哪些因素,并在多大程度上影响了翻译的结果。

图里进一步指出,研究者不必为翻译在(以源语为依据的)"等值"和(以目的语为依据的)"接受"这两极之间何去何从而徒费心思,在他看来,翻译的质量与特定文学和特定文本的不同特点的翻译标准有关。他把翻译标准分为三种:前期标准、始创标准和操作标准。

(1)前期标准(preliminary nom):对原文版本、译文文体、风格等的选择。

(2)始创标准(initial norm):译者对"等值""读者的可接受性"以及"二者的折中"所做的选择。

(3)操作标准(operational norm):反映在翻译文体中的实际选择。

图里认为,译者的责任就是要善于发现适宜的翻译标准。描写学派的功劳在于给予各种各样的翻译以正确的定位,避免了由于规范性的翻译标准而造成的概念上的困惑以及无谓而又无止无休的争论。描写翻译学派对翻译有两个基本的认识。一个是翻译的"不完整性"(partiality),就是说你不可能把原文百分之百统统翻到译文中去。在这个基础上导出描写学派的另一个认识,即任何翻译都经过了译者程度不等的摆布(manipulation),因此同一个原文会在不同的译者手里,会在不同的时代出现许多不同的译文。[②] 这里要特别强调的是,描写翻译学派并不想完全推翻传统的规范性的翻译标准。他们试图解构传统的翻译理论,也就是对传统的翻译理论当中的一些不尽完善的地方提出批评,而不是想摧毁(destroy)传统的翻译理论。

[①] 谢天振.译介学概论:谢天振学术论文暨序跋选[M].北京:商务印书馆,2020.
[②] 罗选民.结构·解构·建构:翻译理论研究[M].上海:上海外语教育出版社,2009.

第五节 解构主义理论与英美文学翻译

解构主义是法国哲学家德里达(Jacques Derrida)在20世纪60年代倡导的一种反传统思潮。[①]他在1967年出版的《文学语言学》《声音与现象》和《书写与差异》三部书标志着解构主义的确立。他引入"延异"(differance)这一概念,革新性地包含了"延迟"(defer/delay)和"差异"(differ)两个方面,前者体现时间上的差异,后者则是空间上的区分。它表明意义始终处于延迟呈现的状态,需要不断对其进行增补,所以无法从根本上确定下来。为此,德里达强调文本是开放且不完整的系统,文本的意义没有终点,既无固定中心亦无完整结构,可以由"意义链"(chain of signification)去涵盖不同时空下有差异性的意义,进而交织成具有更多可能的意义网络。所以,解构主义引导人们在解读文本时要超越"在场"的意义,关注到其背后"未在场"的意义。人们通过把握不同语境下文本留下的"痕迹"(traces),方能体会到文本的不确定性和互文性。

法国的一些文论家、作家及哲学家组成了太凯尔集团,打出了"后结构主义"的旗号,对法国乃至世界学术界产生了巨大影响。其主要成员德里达吸取了尼采的"文字超越一切观念形态"的思想和海德格尔对西方形而上学哲学传统的解构思想,认为应该颠覆西方理性主义的解读传统,代之以转喻式思维解读。他认为,传统的形而上学的哲学以二元对立思维为基础,文学创作理论的研究,也受到这种思维方式的影响,其表现为:对等—不对等、深层结构—表层结构、典范文学—非典范文学等分析模式。[②]从此,解构主义声势日趋浩大,并形成了以法国的德里达、福柯、罗兰·巴特以及美国的保罗·德曼、劳伦斯韦努蒂等著名翻译理论家为重要代表的解构主义思潮。他们既批判传统的结构主义,又

[①] Derrida J. Difference[A]. *Derrida Reader: Between the Blinds*[C]. In Peggy Kamut (ed.).Kamut: The Columbia University Press,1991.

[②] 黄田,郭建红.文学翻译:多维视角阐释[M].北京:中央文献出版社,2009.

第三章　语言学维度下的英美文学翻译探索与研究

批判阐释接受理论的不彻底性,从而瓦解西方传统的形而上学的观点。

德里达把西方哲学称为"在场的形而上学",而他的解构理论就是要颠覆这种只有一个本原、一个中心、一种绝对真理的"在场的形而上学"。他认为,语言是传统哲学的同谋和帮凶,但他的颠覆又非借助语言不可,因此他创造了许多新词,或旧词新用来摆脱这个困扰,其中最著名的如"异延"(difference),对本体论的"存在"这个概念提出质疑。例如,"在场(presence)就是存在吗?""异延"的在场就是缺场,因为它根本就不存在。将这一概念用于阅读文学作品,则意义总是处在空间的"异"和时间上的"延"之中,没有确定的可能性。这样作品文本就不再是一个"在场"所给定的结构,而是通向了更加曲折幽深的解构世界。读者每次阅读作品都会有似曾相识之感,却又有新的体验,然而永远也不可能达到本真世界,只能感知到作为异延的必然结果——"踪迹",这意味着意义永远没有被确定的可能,读者见到的只能是似是而非和似非而是的"踪迹"。福柯则对"原作"这个概念进行了解构,认为任何对原文的翻译都是一种侵犯,"对等"根本就无从说起。

解构主义学者将解构主义引入翻译理论,给翻译研究注入了新的活力,逐渐形成了解构主义的翻译流派,又称翻译创新派。这一流派跟以往的翻译流派的不同之处主要表现在:抨击逻各斯中心主义,主张用辩证的、动态的和发展的哲学观来看待翻译。解构主义者不像结构主义者那样机械地把原文看成一个稳定而封闭的系统,而是认为由于能指和所指之间存在着差异,原文意义不可能固定不变,而只是在上下文中暂时被确定下来。

由于原文意义不可能确定,译者应充分发挥主观能动性来寻找原文意义,发掘出使原文存活的因素。由于文本的结构和意义既不确定,又难以把握,因而解构主义流派否定原文—译文,以及由此派生出来的种种二元对立关系,主张原文与译文、作者与译者应该是一种相互依存的共生关系,而不是传统理论中的模仿与被模仿的关系。[1]

解构主义学者认为,原文取决于译文,没有译文原文无法生存,原文的生命不是取决于原文本身的特性,而是取决于译文的特性。文本本身的意义是由译文而不是由原文决定的。解构主义学者还认为翻译文本书写我们,而不是我们书写翻译文本。解构主义的翻译思想还体现在

---

[1] 李文革. 西方翻译理论流派研究[M]. 北京:中国社会科学出版社,2004.

"存异"而非"求同",并且解构主义流派超越了微观的翻译技巧的讨论,从形而上的角度审视了翻译的性质与作用,从根本上改变了人们的翻译观念。

解构主义致力于消解传统的二元对立结构并否定中心和本原的存在。它发掘出文本意义的不确定性,主张以一种开放性、延续性、差异性的观点来解读文本。本雅明(Walter Benjamin)于1923年发表了《译者的任务》一文,他提出在完整和抽象的"纯语言"(pure language)概念下,使用不同具体语言的译文和原文都是"纯语言"的碎片,二者同为"纯语言"的组成部分却又相互区别。这意味着二者不再是从属关系,译文获得与原作一样独立平等的地位。通过反映语言间的差异,译作能发掘出原作的深层内涵和价值,成为原作的"来世"(afterlife),为其延续生命力。本雅明的观点启发后人进一步解构译文与原文之间的关系,为解构主义翻译理念发出先声。

解构主义翻译观认为,译文和原文是平等共存、互为补充的关系,就此打破了译文与原文二元对立的传统格局。解构主义视角下,翻译是一种"可调控的转换"(regulated transformation),译文应当保留语言转换之间产生的差异,用以揭示文本的多重意义。原文可以在不同的文化语境下被改写并重建,译文的忠实性也不再是优先的衡量标准。解构主义翻译观还主张并推动译者从依附于作者的主从关系里面解放出来,从而肯定了译者的主体性和创造性。

第四章 文化维度下的英美文学翻译探索与研究

近年来,随着文化多元化的发展,国内文学作品传播与阅读需求呈现出持续增长的趋势,进一步促进了英美文学作品翻译的发展。作为具有文化转换和传播功能的行为,英美文学作品翻译要尊重和保持文学作品中的文化内容,尽可能使文学作品中独特的语言、艺术风格得以保留和传播。因此,跨文化问题是英美文学作品翻译中需要重点关注和解决的问题。本章就英美文学作品翻译中的文化差异表现以及处理文化差异的方法进行深入探析,旨在寻求适用于文化维度下英美文学作品翻译的科学方法,丰富文学作品翻译实践。

第一节 英美文学作品的艺术表现

不同文化背景有着不同的文学作品,世界很大,人类社会发展史很丰富,各个国家有着自己独特的文化背景。了解不同国家之间的文化,有助于更好地消除不同文化之间的隔阂。其中英美文学作品作为世界文化宝库的瑰宝,要通透理解其中内涵,体会文字情境,就必须了解其语言特点,这样才能跨越文化壁垒,加强世界文化之间交流的同时,不断丰富世界文化内容,推进人类社会文明的和谐发展。

翻译是在保持内容大致不变的前提下,将某种语言转换为其他一种或几种语言呈现的语言转换行为。作为一种典型的翻译行为,英美文学作品翻译有别于其他类型的翻译行为,而这种独特性使得其在实际翻译中面临更高的要求,具有更高的价值。就目前文化交流实践而言,英美文学作品翻译的价值主要体现在以下几个方面。

一、促进英美文学作品的跨文化传播

英美文学作为世界文学中的重要组成部分,具有丰富的文学艺术和思想精神内涵,是人类文学艺术发展历程中的重要产物。对一些知名度高的英美文学作品进行翻译,可以促进作品在不同文化背景下的国家和地区的传播,进而使更多的人阅读到人类文学艺术创造的经典内容,更为完整地了解世界文学的发展历程和成果。例如,通过英美文学作品的翻译,可以让更多人了解作品中提到的古希腊、古罗马经典故事,使人们对古代时期人类的思想、信仰等内容有更深刻的把握和理解。

二、丰富本土文学作品创作

文学作品创作通常是在前人文学实践的基础上进行再创造。在当前文学艺术多元化发展的背景下,越来越多的作家倾向于从经典文学作品中寻找创作的灵感、思路和素材。英美文学作品作为世界文学作品中的宝贵内容,是英美文化背景下作家的创作成果,其中蕴含着丰富的文学作品创作智慧和要素。通过文学作品翻译,可以丰富本土作家文学作品的阅历,拓宽其创作来源,从而促进本土文学作品的产生。例如,目前国内的一些作家会适当在作品中引用英美文学作品的经典片段或者经典人物形象,以此来提高作品的艺术感染力和多元文化内涵。

三、满足读者多样化的文学阅读需求

网络的普及使得读者获取文学作品信息的渠道变得更加多元化与便捷化。读者除了阅读本土化的文学作品,还期望有机会阅读到国外的一些经典著作,了解反映国外生活和社会发展情况的文学艺术作品。在这样的情况下,英美文学作品的阅读需求呈现出了持续性增长,诸如莎士比亚的《哈姆雷特》、海明威的《老人与海》等文学作品的畅销就印证了这一点。并且,随着阅读的深入,读者希望能够接触到更多经典的英

美文学作品,以丰富自己的阅读经历和经验。显然,在满足读者持续增长的阅读需求方面,英美文学作品翻译可以发挥明显的作用。

第二节　文化视角下影响英美文学发展的因素

一、文化视角下影响英美文学发展的语言因素

英汉语言有各自的特点。英语句子有严谨的句子结构。无论句子结构多么复杂,最终都能归结为五种基本句型中的一种(主语＋谓语／主语＋系词＋表语／主语＋谓语＋宾语／主语＋谓语＋间宾＋直宾／主语＋谓语＋宾语＋宾补)。英语句子结构形式规范;不管句型如何变化,是倒装句、反义疑问句还是 there be 句型,学习者都可以从中找到规律。英语句子还采用不定式、现在分词、过去分词、引导词以及连词等手段使句子简繁交替,长短交错,句子形式不至于流散。比较而言,汉语句子就没有严谨的句子结构,主语、谓语、宾语等句子成分都是可有可无,形容词、介词短语、数量词等都可以成为句子的主语。一个字"走",也可以成为一个句子,因其主语为谈话双方所共知,所以不用明示其主语。汉语句子,不受句子形式的约束,可以直接把几个动词、几个句子连接在一起,不需要任何连接词,只要达到交际的语用目的即可,句子形式呈流散型。英汉两种语言的区别概括如下。

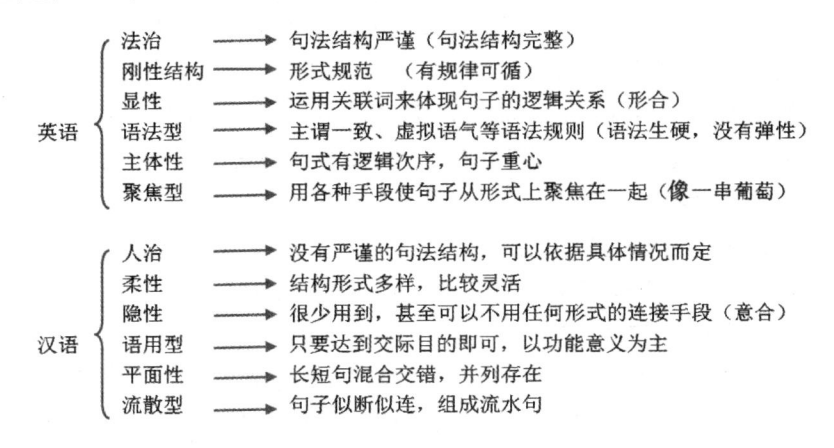

英语
- 法治 —— 句法结构严谨(句法结构完整)
- 刚性结构 —— 形式规范　(有规律可循)
- 显性 —— 运用关联词来体现句子的逻辑关系(形合)
- 语法型 —— 主谓一致、虚拟语气等语法规则(语法生硬,没有弹性)
- 主体性 —— 句式有逻辑次序,句子重心
- 聚焦型 —— 用各种手段使句子从形式上聚焦在一起(像一串葡萄)

汉语
- 人治 —— 没有严谨的句法结构,可以依据具体情况而定
- 柔性 —— 结构形式多样,比较灵活
- 隐性 —— 很少用到,甚至可以不用任何形式的连接手段(意合)
- 语用型 —— 只要达到交际目的即可,以功能意义为主
- 平面性 —— 长短句混合交错,并列存在
- 流散型 —— 句子似断似连,组成流水句

综上所述,英语是以形寓意,汉语则是以神统法。下面就从形合意合与句子重心位置两个方面进行具体阐释。

(一)意合与形合

意合(parataxis)即词与词、句与句的从属关系的连接不用借助连词或其他语言形式手段来实现,而是借助词语或句子所含意义的逻辑关系来实现,句子似断似连,组成流水句,语篇连贯呈隐性。中国的唐诗、宋词在建构语篇情境时,采用的就是意合。"形合"(hypotaxis)常常借助各种连接手段(连词、介词、非限定性动词、动词短语等)来表达句与句之间的逻辑关系,句子结构严谨,连接关系清楚。句与句之间、段落与段落之间彼此关联、相得益彰,像摆在我们面前的一串串葡萄。

1. 意合语言

汉语中很少用到甚至不用任何形式的连接手段,而比较重视逻辑顺序,通常借助词语或句子所含意义的逻辑关系来实现句子的连接,因此汉语是一种意合语言,句与句之间的连接又称"隐性"(implicitness/covertness)连接,汉语句子可以是意连形不连,即句子之间的逻辑关系是隐含的,不一定用连接词,这无论是在中国的唐诗、宋词、元曲等古文作品中,还是在现代文作品以及翻译中都体现得淋漓尽致。

苏轼的《水调歌头》:

明月几时有?把酒问青天。不知天上宫阙,今夕是何年?我欲乘风归去,又恐琼楼玉宇,高处不胜寒。起舞弄清影,何似在人间?转朱阁,低绮户,照无眠。不应有恨,何事长向别时圆?人有悲欢离合,月有阴晴圆缺,此事古难全。但愿人长久,千里共婵娟。

全词言简意赅,没有借助任何连接手段,而是完全借助隐含的意义上的逻辑关系,完成了整个语篇意义的建构,以月抒情,表达了词人在政治上的失意,同时也表达了他毫不悲观的性格。

在现代文中这样的例子也比比皆是,下面就是一例:

到冬天,草黄了,花也完了,天上却散下花来,于是满山就铺上了一层耀眼的雪花。

可以看出,汉语句子的分句与分句之间或者短语与短语之间在意思上有联系,但用很少的关联词连接每个分句或短语。英语中也有意合结构,但这种情况很少,句句间可以使用分号连接。

2. 形合语言

英语有严谨的句子结构,句型有规律可循(倒装句、反义疑问句、祈使句、疑问句以及 there be 句型等),语法严格而没有弹性(主谓一致、虚拟语气、情态动词用法、冠词、介词、代词、名词的格和数、时态及语态等),常常借助各种连接手段(连词、副词、关联词、引导词、介词短语、非谓语动词、动词短语等)来表达句与句之间的逻辑关系,因此英语是一种重"形合"语言,其语篇建构采用的是"显性"(explicitness/overtness)原则。例如:

So far shipment is moving as planned and containers are currently en route to Malaysia where they will be transshipped to ocean vessel bound for Denmark.

到目前为止,货运按计划进行中。集装箱货物正在驶往马来西亚的途中,在那里将被转为海运,开往丹麦。

英语中有时需要用 and 把词与词、句与句连接起来,构成并列关系。如果 and 删掉,就违背了英语的严谨的句法规则,此句也就变成了病句。在汉语翻译中,and 不必翻译出来,句子的意义的表达也很清晰。

在复合句的表达上,英汉两种语言存在着形合与意合的不同,即在句与句之间的连接成分是否保留上二者有本质区别。英语以形合见长,汉语以意合见长。通过对上面英汉句子的对比我们可以看出,英译汉的过程中一些连接词的省译可以使译文更具汉语意合的特点,反之亦然。也就是说,在进行两种语言的翻译时,要考虑这两种语言的特点,做必要的衔接连贯手段的增添或删减。

(二)句子重心

中国人和西方人截然不同的逻辑思维方式,导致了两种语言句子结构重心(focus of sentence)的差异。英语重视主语,主语决定了词语及句型的选择。主语可以是人也可以是物。西方人还经常使用被动语态来突出主语的重要性。汉语重话题，开篇提出话题，再循序渐进，往往按照事情的发展顺序，由事实到结论或由因到果进行论述，所以在汉语中多使用主动语态。英语重结构，句子比较长，有主句有从句，主句在前从句在后，甚至于从句中还可以再包含一套主从复合句，句子变得错综复杂。每个句子就像一串葡萄，一个主干支撑着所有的葡萄粒。主句就是主干，通常放在句子的最前面。汉语重语义，句子越精炼越好，只要达到表意功能即可。

综上所述，英语句子的重心应该在前，而汉语句子的重心应该在后。这点在翻译中所起的作用是不言而喻的。在翻译过程中，为了突出对方的重要地位，经常使用被动句，把对方放在主语的位置上。为了让对方迅速了解信函的目的，开篇就要点明写作意图，然后再作解释说明。与此同时，必须弄清楚整个句子的句法结构，找到句子的主干以及分清句子中各成分之间的语法关系，即找出句子的主干，弄清句子的主句，再找从句和其他修饰限定，把重要信息放在主句中。例如：

我们打交道以来，您总是按期结算货款的。可是您 L89452 号发票的货款至今未结。我们想您是否遇到什么困难了。

Please let me know if you meet any difficulty. Your L89452 invoice is not paid for the purchase price. Since we have been working with you, you are always on time.

汉语句子开篇提出话题，然后再说明所发生的事情，最后说明信函的目的，显然句子重心在后。英语句子则不同，开篇就说明了信函的目的，而且以对方为主，表示对对方的尊重，显然句子重心在前。

我公司在出口贸易中接受信用证付款，这是历来的习惯做法，贵公司大概早已知道。现贵公司既提出分期付款的要求，经考虑改为 50% 货款用信用证支付；余下的 50% 部分用承兑交单 60 天远期汇票付清。

Your request for payment in installments, with 50% of the payment by credit card, and the remaining by D/A 60 days' sight draft, has been granted despite the fact that it's an established practice for our company to accept L/C in our export trade as you probably already know.

汉语由几个短句构成，先谈规则，再谈按照对方要求所做的改动（即最终结果）。英语句子仅仅用了一句话，借助介词短语、状语从句、方式状语从句等把所有的信息都涵盖了。句子错综复杂，理清句子结构显得尤为重要。句子中最重要的信息被放在了句首，也是句子的主干。为了达到这一目的,句子用物作主语,并使用了被动语态,突出了主句。主句 Your request for payment in installments has been granted 才是句子的重心。

The J. Paul Getty Museum seeks to inspire curiosity about, and enjoyment and understanding of, the visual arts by collecting, exhibiting and interpreting works of art of outstanding quality and historical importance. To fulfill this mission, the Museum continues to build its collections through purchase and gifts, and develops programs of exhibitions, publications, scholarly research, public education, and the performing arts that engage our diverse local and international audiences.

J. 保罗盖蒂博物馆通过购买或接受赠品来扩大其收藏,开办展览项目,出版作品等方式进行学术研究,开展公共教育,通过表演活动吸引当地观众和国际观众。J. 保罗盖蒂博物馆这样做的目的是通过收集、展览以及诠释高质量的、杰出的、有历史意义的艺术品,来激发人们对视觉艺术的好奇心,促进人们对艺术品的理解和欣赏。

相比较而言,英语总是能"直戳要害",开门见山地点出句子的重点和主题。我们平时阅读双语文章,有时候遇到汉语读不太懂的句段,反而看对应的英语翻译会觉得豁然开朗,大致原因也是要归功于英语的直观性了。

二、文化视角下影响英美文学发展的文化因素

文化差异是人类社会发展的综合作用结果,具有明显的地域性。由于作家的文学作品创作行为是在特定的国家和社会政治文化背景下进行的,因而文学作品中往往会包含特定的文化元素,而这种元素在跨文化翻译行为中需要重点处理。对应到英美文学作品翻译中,就是要区分好作品中涉及的各类文化差异。具体来说,英美文学作品翻译中表现比较多的文化差异主要有以下几个方面。

（一）文化价值观差异

文化价值观是影响人们文化认知的深层次要素。中西方文化是在中西方文明演进的过程中逐步沉淀、形成和传承的。文化产生和发展背景的不同,使得文化呈现出较大的差异,进而使得在文化熏陶下形成的价值观产生了比较明显的差异,体现到文学作品中,就是文学用语思维和习惯的差异。例如,在中国的文学作品中,经常会出现与"龙"相关的论述,因为在中华文化中,龙代表吉祥、富贵,深受民族认同和尊重;而在英美文学作品中,作家较少使用这一词语,因为在西方文化价值观念中,龙代表的是邪恶和毁灭。虽然文学作品创作是作家自身的事情,但由于文学作品最终要面向读者进行阅读和传播,因此作家在作品创作时,往往会从国家或者社会文化价值认同的情况出发进行遣词造句,这就使得文化价值观的差异在文化作品中较为常见,是英美文学作品翻译中需要重点关注的内容。

(二)自然环境差异

艺术来源于生活,又高于生活。这说明文化艺术作品通常是在生活环境的启发下产生的。文学作品虽然是作家对特定的人、事、物等要素进行理解和讲述,但其往往具有明显的环境依据。自然环境是人类生活环境中的重要组成部分,通常也是文学作品创作中重点挖掘和利用的要素。然而,同一自然环境因素,在不同的文化背景下往往被解读为不同的内容,这就使得中西方文学作品中的自然环境要素出现较为明显的差异。

受长期农耕文明的影响,中国的文学艺术作品中经常会出现牛、马、羊等与农业相关的语言,作家倾向于使用马到成功、龙马精神等具有褒义性的词语;而受海洋文明的影响,西方的英美文学作品中经常会出现与海洋相关的语言,并用这类词语来象征特定的意思。例如,会用 big fish 表达"大亨"的意思。自然环境差异的另一个表现就是国家地理位置的不同。以"东风"为例,中国位于亚洲大陆东部,太平洋西岸,深受"东风"的滋润,因此文学作品中经常用"东风"来寓意美好、有生命力;而英美国家分处于欧洲大陆和美洲大陆,所处的地理位置正好与我国相反,"东风"往往是寒冷刺骨的,因此在文学作品中,"东风"经常被理解为没有生命力或者寒冷的意思。

第四章　文化维度下的英美文学翻译探索与研究

（三）风俗习惯差异

风俗习惯是在特定文化背景下产生的人们共同遵守的行为模式或者行为规范。作家创作文学作品时，由于作家本人深受其自身成长环境中的风俗习惯的影响，这就使得文学作品中会出现风俗习惯表达方面的内容。地域性是风俗习惯具有的明显特点。对应到英美文学作品翻译中，受中西方地域文化差异的影响，作品中关于风俗习惯表达的翻译也会出现明显的差异。以社交礼仪习惯为例，受传统儒家思想的影响，中国的社交注重长幼有序，礼节上多采用点头致意或者拱手等保守性的礼貌表达，而西方国家的社交行为并不注重这些，更看重的是人与人之间的平等交流，礼仪表达也体现为贴面礼和吻手礼等。同时，出于礼貌的考虑，中国的社交讲究含蓄性表达，而西方的社交更侧重于意思表达清楚，且语言简单直白。显然，这些风俗习惯的差异使得英美文学翻译中的语言处理需要重点考虑作品对应的读者所处的风俗习惯氛围，确保风俗习惯翻译表达准确无误。

（四）神话典故差异

神话典故是中西方文学作品中经常引用的内容，其具有认知广泛和内涵深刻的特点。但是，受地域文化等因素差异的影响，中西方的神话典故往往表现出明显的不同。在西方文学作品创作中，作家倾向于选择古希腊、古罗马的神话故事作为作品中的素材，来提高文学作品中语言的夸张性和象征性；在中国文学作品中，作家倾向于选择符合世俗民情，且通俗易懂的经典神话或者坊间故事作为文学作品中含蓄性的语言表达，目的在于提高作品中语言的艺术性和生活化内涵。对于英美文学作品翻译来说，因为中西方关于神话典故理解的不同，往往需要对作品中的神话典故对应的背景内容进行系统性梳理，然后在目标语言的文化背景下进行语言意义的转化，使翻译的语言符合神话典故的原意，而不是简单、机械地翻译。

第三节　英美文学翻译中的文化差异现象

一、气象和天气文化差异

气象和天气是相互关联的,但又是两个不同的概念。如果想当然地认为气象的译法与天气差不多,那就错了。这里我们不关注"天气"的翻译,只看"气象"的相关英语表达。与"气象"相对应的英文单词是 meteorology,是一个专业术语,与它相关的表达有:

气象观测 meteorological observation
气象预报 meteorological report
气象卫星 meteorological satellite
气象学家 meteorologist
气象仪器 meteorological apparatuses
气象记录器 meteor graph

下面是一些与测量气象有关的仪器和用具的语汇译例:

wind speed counter 风速计
artificial rain device 人工降雨装置
mercury barometer 水银气压计
collecting vessel 积雨容器
cloud chart 云图
box kite 观测天气用的箱形风筝

当然"气象"也可用于比喻意义,如"气象万千"等,但是这是另外一个概念了,此处不做详解。

1. climate

与 weather 和 climate 相对应的中文选词分别为"天气"和"气候",两者表达的意思既相类似,又存在区别。相比较而言,前者为具体一些的小概念,后者为宽泛一些的大概念。例如:

我国北方气候干燥寒冷。
The climate in the northern part of our country is dry and cold.
只要天气好,明天我们就按计划动身旅行。
Weather permitting, we will set out on our journey as scheduled tomorrow.
那片区域属于热带气候。
That part of the region is subject to tropical climate.
这里的天气变化无常。
The weather here is changeable.

只有首先区分它们的异同才能保证译法的正确。相关语汇的译例还有:

continental climate 大陆性气候
marine climate 海洋性气候
frigid climate 严寒的气候
mild climate 温和的气候
bad weather 恶劣的天气
clear weather 晴朗的天气
damp weather 潮湿的天气
raw weather 阴冷的天气

可见,weather 和 climate 使用的场合并不一样,虽然"气象图"的译法也用 weather,即 weather chart,但是更多的时候二者是不能相互替代的。

2. weather

weather 多指比较具体的天气现象,如"阴晴雨雪"等,但同时它也可以表示"气象"方面的意思。例如:

weather balloon 气象学上的探空气球
weather center 气象中心
weather eye 气象观测器
weather fight 气象侦察飞行任务
weather minimum 最低气象条件
weather radar 气象雷达

再有,美国国家气象局就叫 National Weather Service。因此,相对于 climate 来说，weather 的用法灵活多变，应用范围也相当广泛。[①] 在进行英汉互译时，需要注意上下文语境，对原文做出准确地传达。例如：

broken weather 阴晴不定的天气

seasonable weather 合时令的天气

weather caster 天气预报广播员

weather modification 人工影响天气

weather prophet 天气预测器

weather vision 天气图像传递

The planes were weathered out at Shanghai airport.

因天气恶劣飞机无法进入上海机场。

We all saw a ship weather on us that day.

那天我们都看到一条船在我们的上风行驶。

3. 关于季节

汉语中的"季节"和英语中的 season 都可以指除了四季以外的某一特定时间段，当然春夏秋冬是它们最基本的义项。例如：

南京这时正是百花盛开的好季节。

Nanjing now is in its golden season, with hundreds of flowers in bloom.

南京不是太冷，就是太热，春秋两季非常之短。

Nanjing is either too cold or too hot, and people there can hardly feel the stay of spring and autumn.

不过，当它们用来指某一时令或时间段时，其使用的语境范围要比"四季"广得多。另外，中文还有些特有的时令说法。例如：

三九 the third nine-day period after the winter solstice—the depth of winter

三伏 the third ten-day period of the hot season—dog day

除此之外，"季节"和 season 还可用于比喻意义。例如：

经过这么多年的辛勤努力，他终于迎来了收获的季节：他的研究成果得到了专家们的一致肯定。

The harvest season finally came after so many years of hard work: his

---

① 冯庆华. 翻译 365[M]. 北京：人民教育出版社，2006.

research achievements had won the unanimous recognition of the experts.

4. 阴晴雨雪

谈天气经常是人们闲聊的一个话题,也经常充当人们调节气氛的一个手段。了解并学会一些描述天气阴晴变化的表达方式的译法,应该是具有其实际意义的。可能是简单一点的,如"今天天气真不错。"(It's really a nice day today.);也可能是稍难一点的,如"这些日子天气又阴又晦,人们的心情也随之阴暗起来。"(It's been gloomy and miserable these days, and people started to feel melancholy as well.)

事实上,掌握这些或难或易的天气用语,对我们日常的交流和必要的表述,都有好处。

以下是一些常用的天气状况的表达及其翻译:

毛毛细雨 drizzling rain   rainbow 彩虹
东南风 southeaster   morning dew 晨露
晴空万里 clear and boundless sky   frost flowers 霜花
天气晴朗 bright sunny day   timely rain 及时雨
一阵狂风 a violent gust of wind   snow cover 地面上的一层雪
一阵闷雷 a burst of muffled thunder cold wave 寒流
暴风骤雨 feeding storm   stuffiness 闷热
暴风雪 blizzard   icicle (垂于屋檐的)冰柱
冰雹 heavy snow   thin mist 薄雾

一碰上阴雨天,这路就没法走了。
Whenever it rains, the road simply becomes a muddy ditch.
突然而来的大风暴使我们不得不推迟计划的实施。
We had to postpone the execution of the plan because of the sudden tempest.

5. astronomy 和天文用语

astronomy 一词在使用过程中意义的变化相对较小,其最主要的义项就是"天文学"。天文学和其他学科一样,都牵涉到许多相关用语。有些还是非常基本的,像"天文学家""天文数字"等。虽然有些术语离

实际生活较远,但有些常用语汇却是应该掌握的。例如:

天文学家 astronomer.
天文数字 astronomical figures
天文台 astronomical observatory
天文摄影机 astronomical camera
天文仪器 astronomical instrument
天文观测卫星 astronomical satellite
天文馆 planetarium
天文望远镜 astronomical telescope
天文年历 astronomical yearbook
天文位置 astronomical position
天文测量 astronomical surveying
天文单位 astronomical unit
天文时 astronomical time
天体物理学 astrophysics

6. warm 和 hot, cool 和 cold

在汉语中,我们经常会听到这样的表达:"真热啊!""冻死我了!"虽然中文就两个字:"冷"和"热",可是英语表达这两个概念的词语却有好几个,如不对它们进行正确的区分,在使用中就有可能出现错误。比如,当天气太热,令人感觉不舒服时,可以说"It's too hot!"然而如果表达天气暖和,感觉暖洋洋的,则可以说:"What a warm day today!"

另外两个词 cool 和 cold 也是类似的情况:一个是"令人舒适的凉爽",一个是"感觉不舒服的寒冷"。因此,在翻译时,一定要注意"冷暖适度",恰如其分。例如:

这里真冷!
It's rally freezing here!
他冷得发抖。
He was shivering from cold.
南方人不怕热。
People from the south are accustomed to hot weather.
天气热得叫人喘不过气来。

It's stifling hot.(I am suffocating in here.)
太阳晒得他浑身暖洋洋的。
He was enjoying the genial warmth of the sun.
外面虽然冰天雪地,可屋内却一片暖意。
It was a world of ice and snow outside, but here inside it's cozy and warm.
一阵秋雨过后,天气凉快多了。
It became pleasantly cool after a spell of autumn rain.
初春时节,仍有凉意。
The chill lingers in the early spring.

二、观念文化差异

(一)价值观差异

中国人自古就强调集体主义,个人利益应服从于集体,强调以"共性"为中心的道德价值观,坚持"团结就是力量"的口号。这种观念在西方人看来是难以理解的。西方人注重个体,强调以"个性"为中心的功利价值观,因而有各自价值体系的表达方式。例如,欧美影片中经常可以看见主人公以个人的力量拯救世界的情节,塑造了一个又一个英雄人物形象。再如,汉语中男权社会背景下形成的词语"讨老婆""嫁人"等汉语表达以及 American dream, Aunt Jemima 等英语表达。

1. 中西价值观形成的环境影响

一个民族价值观念的产生、形成和发展主要受三种因素的影响:环境适应(environmental adoptions)、历史因素(historical factors)和思维方式的哲学基础(philosophical basis of thinking pattern)。由于不同民族在地理环境、历史条件等方面的差异形成了不同的思维方式,同时也形成了不同的价值观。一个民族的基本价值观念一旦形成,就会牢牢扎根于本民族人们的心中,而且代代相传。

中国位于亚欧大陆东部,东临太平洋,广大的中部平原适宜农耕,由此衍生出了中华文明。农耕生活方式,一方面使中国人可以安居乐业;另一方面,在生产力不发达的情况下,家族成员必须团结配合相互帮助才能够应对自然灾害的侵扰。这样便使得中国的家族发展很快,而且极易形成大家族或家族群落。所以,在中国人的世界观和价值观里,家族成员之间的关系是生活的核心问题,久而久之,便产生了针对熟人圈子的仁(benevolent)、义(righteous)、礼(courteous)、智(intelligent)、信(trustful)等道德价值观念。

西方文明发源于古希腊,而古希腊紧邻大海,岛屿多,岩石多,土壤比较贫瘠,气候条件极不稳定,四季不分明,极不适宜农业生产。独特的地理环境和生产力的发展,决定了许多人无法从事农业生产而被迫"背井离乡",只有从事手工业生产,才能弥补自身的资源缺陷,得以生存。手工业者和工商业者的经济活动就是在交换中寻求利益,追求个人利益的最大化,只有这样才能够保证自己的生活。受此生产方式的影响,智慧(intelligent)、勇敢(courageous)、节制(temperance)、正义(righteous)便成了西方人普遍信奉的道德价值观念。

就价值观的五个价值取向而言,中西文化差异很大。在人性方面,中国文化的核心主张"性善论",即"人之初,性本善(human nature is essentially good),性相近,习相远";西方文化受基督教影响,崇尚"原罪说"(theory of original sin),认为"人性本恶"(humans are basically evil)。在人与自然的关系上,中国文化自始就强调人类与自然的和谐,主张"天人合一"(harmony between man and nature),热爱自然,珍惜万物,追求和谐共生;西方社会认为人类是大自然的主人,为了人类自身的利益,必须征服和主导自然力量。在时间取向上,中国人高度重视传统文化,重视过去的经历,会习惯地往后看,并喜欢沿用过去一贯的做法;西方欧美人士更取向未来时间,更注意变化和多样性,更注重科学研究及改革创新。在活动取向上,中国文化是存在的趋向,提倡"以静制动"(take the quiet approach),"以不变应万变"(coping with all motions by remaining motionless);西方社会是一个强调行动"做"的社会,人们必须不断地做事,不断地处于行动中才有意义。在处理人与人之间的关系时,中国人比较崇尚集体主义的价值观,它是中国文化的主线;英美价值观念的主线是个人主义(individualism),崇尚个人,相对社会的独立自主性,它强调的是自我和个人的成就。

第四章　文化维度下的英美文学翻译探索与研究

2. 中西价值观的外在体现

在中国传统社会中,道德价值观与政治是密不可分的。道德价值观往往是从上至下、从中央到地方逐步推行的。在实践中,传统德治的主要内容包括施仁政(practice the benevolent governance)、重教化(pay attention to the cultivation)、强调官员道德修养(emphasize the moral cultivation of officials),以及建立社会的伦理纲常(to establish social ethics)等四个方面。从社会制度文化来看,中国自隋唐以来实施1000多年的科举制度(imperial examination system),以严格的德智为基本要求,遴选知识分子精英作为官员,组成管理国家的政治集团,一大批知识分子精英从社会不同层面代表了不同声音进入国家执政集团,与最高统治者一起讨论如何治理国家,有一定的民主作用。

在西方,天赋人权(innate human rights)的思想成为社会主流思潮,形成了西方个人本位的道德价值观。在西方道德价值观中,以不侵犯别人权利的个人本位作为准则。个人本位(individual standard)是西方人主张人的个性张扬与展示,主张享受人的权利与自由。这种传统使得西方社会不得不依靠法律来约束个人的社会行为,使平等、自由等成为人与人之间价值观的核心。受传统因素的影响,西方现代社会依旧在相当程度上属于分权制度(decentralization system),这是由西方社会政治多元化、党派多元化、信仰多元化的社会现实所决定的。各种利益的代表者由于惧怕最高权力统治者损害自己这个利益帮派的权益,主张权力制衡机制(check-and-balance mechanism)。所以,这种民主是既得利益各派权益的多向冲突抗衡而导致的民主,一种拉帮结派竞争型民主,民主政治通过竞选(running for presidency)、普选(general election)、推荐(recommendation)等方式实现。

3. 中西方价值观的具体差异

中国传统哲学观是"天人合一",指的是人对大自然的顺从和崇拜,并与大自然和谐统一。中国神话故事如女娲造人、夸父追日、精卫填海及神农尝百草等都体现了救世精神(salvation spirit)、现实主义精神(spirit of realism)、坚韧不拔的精神(perseverance)和利他主义精神

(altruistic spirit)。中国"天人合一"的思想必然导致集体主义取向、他人利益取向和以天下为己任的大公无私精神。讲仁爱、重民本、守诚信、崇正义、尚和合、求大同是中华优秀传统文化中的思想理念,也是一种思想道德价值追求和人格修养的独特品质。中国人崇奉以儒家仁爱思想为核心的道德规范体系,讲求和谐有序,倡导仁、义、礼、智、信,追求修身(cultivate one's moral character)、齐家 regulate the family)、治国(manage state affairs)、平天下(run the world),追求全面的道德修养和人生境界,形成了中华传统美德和民族精神的核心价值理念。

西方哲学观自古倾向于把人与大自然对立起来,即天人相分(separation of nature and human),强调人与大自然抗争的力量。所以,西方重个人主义(individualism)、个性发展(personality development)与自我表现(self-expression)。他们认为一个人有时达不到自己的目的,那不是天命(God's will),而是自己懒惰,缺乏斗争精神。因此,西方价值观强调以个人为主体和中心,也就是有突出的"利己"(egoism, self-interest)思想。这种思维方式以实现个人利益、维护个人尊严等作为出发点,决定各种社会人际关系的建立,影响人们的价值评判,并形成相应的行为方式和态度。它肯定个人作为宇宙间一个独立实体的价值,强调人的权利和人与人之间的竞争,认为只有通过个人奋斗和竞争才能够确立自我价值(establish one's self-worth)和实现个人目标(achieve personal goals)。

(1)集体主义文化与个体主义文化

儒家思想(Confucianism)是集体主义文化的思想根基,汉语文化中更重视一个人是某个集体中的人(a group member)这个概念,所有"个人"被看作是整个社会网中的一部分,不强调平等的规则,而是强调对群体的忠诚。集体主义者对他直接隶属的组织承担责任,如果不能完成这些责任和任务,他们就会感到丢脸。集体主义者对自己群体内的人很关心,甚至达到舍己救人牺牲自我的地步,对群体外的人可能会很强硬。集体主义文化把"自我肯定"(self assertiveness)的行为看作是窘迫的,认为突出自我会破坏集体的和谐(harmony)。集体主义文化中强调互相帮助和对集体负责。任何个人的事都要在集体的协助下完成,一个人的事也是大家的事,朋友之间对个人事务要参与和关心。与集体主义(collectivism)和利他主义(altruism)相伴随的是无私的奉献精神(spirit of utter devotion),当国家、社会和他人的利益与个人利益相冲突时,传统道德价值观往往教育我们要舍弃个人利益,以国家、集体和他人利益为重,把国家、社会和他人的利益放在个人利益至上,这种无私奉献公而忘私的精神一直受到社会推崇,受到民众敬仰。

西方的个体主义思想的哲学根基是自由主义(liberalism),它的基本主张是每个人都能做出合理的选择(make well-reasoned choices),有权依照平等和不干涉的原则(equality and non-interference)去过自己的生活,只要不触犯别人的权利,不触犯法律和规章制度,他们有权利追求个人的兴趣和爱好,一个好的公民是守法(law-abiding)和讲究平等的人(egalitarian)。在个人主义高度发达的社会中,它的成员逐渐学会并擅长表达自己的独特性(uniqueness)和自信心(self-confidence and assertiveness),表达个人的思想和情感,对于不同意见公开讨论,这些都是人们看重的交流方式。他们不害怕别人的关注(attention),因为这种关注才能证明他们的独特性。

(2)家族为本与个体为本

中国长达两千多年的封建社会是以家族为本位的社会制度,所以家族本位(family standard)在中国人的思想意识中根深蒂固。中国人以血缘关系结成错综复杂的层次网络,形成了高低贵贱的不同等级。中国古代传统道德的"三纲五常"(三纲指的是父为子纲、君为臣纲、夫为妻纲,可译为 the Three Cardinal Guides—ruler guides subject, father guides son and husband guides wife,五常通常指仁、义、礼、智、信,可译为 five Constant Virtues)阐述和规范的是人与人之间的关系问题。在古代中国,子女即便是成年,依然与父母一起生活。在社会道德规范里,子女的首要义务是赡养父母。其次,中国人在处理事情的时候,往往从家族的整体利益出发,并且习惯考虑父母或者长辈的意见和建议,强调无大家就无小家,无国亦无家,家国一体。在中国的传统文化中,家风家训(family tradition and family instructions)文化是一个十分重要的组成部分,家风家训是建立在中华文化之根本上的集体认同,是每个个体成长的精神足印,是一个个家族代代相传、沿袭下来的体现家族成员精神风貌、道德品质、审美格调和整体气质的家族文化风格。传统家训的主要作用在于有效维系家庭成员之间的关系,从而建立和谐的家庭秩序。历史著名的司马光家训、颜氏家训、曾氏家训所蕴含的道德教育,主要内容包括:孝顺父母长辈、维持兄弟和睦、关爱他人、勤以修身、俭以养德、诚信无欺、早睡早起、参加家务劳动以及读书明理、学以致用等等。这些家风家训伴随着中华文明的发展,已经深入到了我国国民的骨髓中,不仅能够在一定程度上提升人民的物质生活水平,同时还能丰富一个人的内在精神。

西方"天赋人权(man's natural right)"的思想及个人主义价值取向可以追溯到古希腊罗马时期,古希腊神话如乌拉诺斯、潘多拉的魔盒、苹果之争、俄狄浦斯王等,体现了竞技性、竞争性、尚武性、残酷性、自私自利性等文化特征,也形成了包含乐观主义、确信生命只有为其自己而活着才有价值,为自我满足而奋斗才有意义的希腊精神,构成了整个西方文明和价值观念的灵魂。这种以个体为本的价值观认为,当个人利益与国家利益、社会利益、家族利益以及亲属利益相互冲突时,应当优先考虑个人的利益。个体主义文化是一种以"我"为中心的文化,即 I cultures。在这种文化下,每个人都被看作拥有独特的价值(intrinsic worth),每个人都极力表现出自己与他人的不同来表现这种独特价值。个体主义文化非常重视个人主义(individualism)取向,强调"自我",在交际中表现出强烈的肯定和突出自我的色彩。这种突出自我的思想意识体现在行动上就是敢于标榜和突出自我,敢说敢为,敢于表现自己,表现出强烈的自我奋斗和自我实现的进取精神。另外,因为他们身体力行个体主义,个体化意识根深蒂固的缘故,他们认为年龄、婚姻状况、收入、宗教信仰、体重等都属于个人隐私,不允许别人干涉,打听个人隐私是令人难以容忍的。西方人非常重视个人主义(individualism)取向,强调"自我",在交际中表现出强烈的肯定和突出自我的色彩,这种观念可以在英语中大量的以 ego(自我,自我意识)和 self(自我,本人)组成的词组中体现出来,如 egocentric(自我中心的),ego ideal(自我理想化),ego trip(追求个人成就),ego-defense(自我防御),self-control(自我控制),self-confidence(自信),self-made(靠个人奋斗而成功的),self-reliance(自立),self-fulfilling(自我实现),self-help(自立),self-image(自我形象),self-interest(自身利益),self-protection(自我防护),self-respect(自尊)及 self-seeking(追求个人享乐)等。

(二)哲学思想差异

各自语言中有许多反映其独特文化内涵的表达,如"不看僧面看佛面""平时不烧香,临时抱佛脚"等汉语表达;Curious as Lot's wife, doubting Thomas, wise as Solomon 等英语表达。[1]

在中国,尤其是在许多农村地区依然保存着盖房子、选坟墓等必先找人看风水的习俗。其中的"风水"我们绝对不能把其直译为 wind and water,因为其深刻的内涵绝不等同于 wind and water。因此,有人建议将其音译为 Feng Shu,但当"老外们"看见拼音 Feng Shui 时,其中深刻的内涵不知他们懂得几分?

三、社会习俗差异

(一)节日文化差异

1. holiday, festival, vacation 和节假日

holiday, festival 和 vacation 这三个词在表示节日或假日的时候意思有交叉重叠的地方,关于什么时候用哪一个词最合适,很多人并不清楚。这里我们介绍一下它们的用法和译法。

holiday 和 vacation 在表示"休假""外出度假"和"假期"时意思是一样的,差别在于 holiday 是英国用法,而 vacation 是美国用法。

I'm on holiday/vacation until the 1st of June.

我休假要休到 6 月 1 日。

summer holidays/vacation 暑假

Christmas holidays/vacation 圣诞假期

但 holiday 还可以表示"法定节假日",而 vacation 无此含义。

The 1st of May is the national holiday in China.

5 月 1 日是中国的国定假日。

如果要表达某一机构里职员享受的带薪假则两词均可用。

Employees are entitled to four weeks' paid vacation annually.

职员每年可以享受四个星期的带薪假。

上面讲的是 holiday 和 vacation 用法的异同,下面再来看一看

---

[1] 任林芳,曹利娟,李笑琛. 中外文化翻译与英语教学研究[M]. 北京/西安:世界图书出版公司,2017.

holiday 和 festival 的异同。holiday 在表达"节日"时含义比 festival 广泛,既可以指法定节日,又可以指宗教节日,但 festival 不能用于法定节日,通常是指宗教节日或传统节日。

Christmas and Easter are church festivals.

圣诞节和复活节是教会的节日。

Spring Festival 春节

2. carnival 和"嘉年华"

carnevale 在英文中被译作 carnival。如今已没有多少人坚守大斋节之类的清规戒律,但传统的狂欢活动却保留了下来,成为人们的一个重要节日。

carnival(a public event at which people play music, wear special clothes, and dance in the streets)是一种狂欢的节日,即"狂欢节",香港人把它音译成"嘉年华",这个优美的译名传入内地后,很快成为大型公众娱乐盛会的代名词,如 a book carnival(书籍博览会),a water carnival(水上运动表演会)。但现在 carnival 似乎大有被滥用的趋势,如"太妃糖嘉年华""啤酒嘉年华""花卉嘉年华"等,其实这里"嘉年华"只是"节日"的一个时髦叫法,与原来狂欢的概念已经相差甚远了。[①]

下面是几个世界著名的狂欢节。

Rio Carnival 里约热内卢狂欢节

Carnival of Venice 威尼斯嘉年华

Notting Hill Carnival 诺丁山嘉年华会

3. 和春节有关的词汇

春节(the Spring Festival)是中国人最隆重的传统节日,春节的历史非常悠久,所以与春节有关的词汇也特别丰富。下面我们介绍一些和风俗习惯及饮食有关的词汇。

customs 风俗习惯

过年 celebrate the Spring Festival

春联 Spring Festival couplets

[①] 邵志洪. 英汉对比翻译导论[M]. 上海:华东理工大学出版社,2010.

剪纸 paper-cuts
年画 Spring Festival picture
买年货 do Spring Festival shopping
烟花 fireworks
爆竹 frecrackers
舞狮 lion dance
舞龙 dragon dance
杂耍 variety show; vaudeville
灯谜 riddles written on lanterns
灯会 exhibit of lanterns
守岁 stay up for the new year.
拜年 pay New Year's all; New Year's visit
祭祖宗 offer sacrifices to one's ancestors
压岁钱 lunar New Year money gift to children
food 食品
年糕 nian-gao; rice cake; lunar New Year cake
饺子 jiaozi
团圆饭 family reunion dinner
年夜饭 the dinner on lunar New Year's Eve
八宝饭 eight treasures rice pudding

4. 中西节日文化性质对比

西方节日的起源虽然与宗教密不可分,深受宗教影响,但是由于西方推崇"人性""个体价值",追求个人主义价值观,因此西方节日文化越来越注重单一的娱乐精神。虽然也有一些综合性质的节日,如圣诞节,但是相对来说,单一性质的节日更多。

中国传统节日是一种综合文化现象,往往集热闹、怀念、娱乐、祭祀等于一体。以清明节为例,其最初为农事节目,逐渐发展为与祭祀、禁忌以及郊游、踏青等活动相汇合的综合性节日。春节则是中国影响最大的综合性节日,人们在节日期间会有祭神、祭祖、游览庙会、拜年、走亲访友等各种活动。①

中西方节日性质对比具体如表 4-1 所示。

表 4-1 中西方节日性质对比

	中国	西方	
年节	综合	圣诞节	综合
元宵节	单项	狂欢节	单项
人日节	单项	复活节	综合
春龙节	综合	母亲节	单项
清明节	综合	愚人节	单项
端午节	综合	划船节	单项
七夕节	综合	情人节	单项
鬼节	单项	鬼节	单项
中秋节	综合	父亲节	单项
冬至节	单项	仲夏节	单项
腊八节	综合	啤酒节	单项
小年节	综合	婴儿节	单项
除夕节	综合	葱头节	单项

（资料来源：刘立吾、黄姝，2014）

（二）饮食文化差异

1. 英语饮食文化

（1）英国饮食结构及烹饪

西方饮食文化精巧科学、自成体系。西方烹饪过程属于技术型，讲究原料配比的精准性以及烹制过程的规范化。比如，人们在制作西餐时对各种原料的配比往往要精确到克，而且很多欧美家庭的厨房都会有量杯、天平等，用以衡量各种原料重量与比例。食物的制作方法的规范化特点体现为原料的配制比例以及烹制的时间控制。比如，肯德基炸鸡的

---

① 王武兴.英汉语言对比与翻译[M].北京：北京大学出版社，2003.

制作过程就是严格按照要求进行的,原料的重量该多少就是多少,炸鸡的时间也要按照规定严格地操控,鸡块放入油锅后,15秒左右往左翻一下,24秒左右再往右翻一下,还要通过掐表来确定油炸的温度和炸鸡的时间。

相比较中国人的饮食原料,西方人的饮食原料极其单一,只是几种简单的果蔬、肉食。西方人崇尚简约,注重实用性,因而他们不会在原料搭配上花费太多的精力与时间。西方人只是简单地将这些原料配制成菜肴,如各种果蔬混合而成的蔬菜沙拉或水果沙拉;肉类原料一般都是大块烹制,如人们在感恩节烹制的火鸡;豆类食物也只经白水煮后直接食用。

相对于中餐而言,西餐文化更讲究营养价值,他们看重的是菜的主料、配料以及烹饪方法。西餐的菜品主要有以下几种。

①开胃品。西餐的第一道菜是开胃品,一般分为冷品和热品,味道以咸、酸为主,数量较少,质量较高。常见的开胃品有鱼子酱、奶油制品等。

②汤。汤是西餐的第二道菜,大致可以分为四类:清汤、蔬菜汤、奶油汤和冷汤。

③副菜。副菜一般是鱼类菜肴,是西餐的第三道菜。水产类菜肴与面包类、蛋类菜肴等都可以作为副菜。鱼肉类菜肴之所以放在肉、禽类菜肴的前面作为副菜,其主要原因在于这类菜肴比较容易消化。西方人吃鱼往往使用专用的调味汁,如白奶油汁、荷兰汁、美国汁、酒店汁等。

④主菜。主菜通常是肉、禽类菜肴,是西餐的第四道菜。肉类菜肴主要取自牛、羊、猪等,牛排或者牛肉是西餐中最具代表性。肉类菜肴的主要调味汁有蘑菇汁、奶油汁、浓烧汁、西班牙汁等。禽类菜肴主要取自鸡、鸭、鹅等,烹制方法有烤、焖、蒸、煮,通常用咖喱汁、奶油汁、黄肉汁等作为主要的调味汁。

⑤蔬菜类菜肴。在肉类菜肴之后是蔬菜类菜肴,有时可以作为配菜和肉类一起上桌。西餐中的蔬菜类菜肴以生蔬菜沙拉为主,如用生菜、黄瓜、西红柿等制作的沙拉。

⑥甜点。西方人习惯在主菜之后食用一些小甜点,俗称饭后甜点。实际上,主菜后的食物都可以称为饭后甜点,如冰激凌、布丁、奶酪、水果、煎饼等。

⑦咖啡、茶。咖啡或茶是西餐的最后一道菜。西方人咖啡通常会加

糖和淡奶油,喝茶一般加糖或者香桃片。

虽然中西饮食文化存在着差异,但是随着中西文化交流的进一步加深,中西饮食文化也逐渐相互融合。现在的中餐已经开始注重食物的营养性、搭配的合理性以及烹饪的科学性;西餐也开始向中餐的色、香、味、意、形的境界发展。

(2)英语饮食文化特征

①主食与菜品。英国的气候受海洋影响,不冷也不热,适合这类气候的谷物有大麦、小麦、燕麦等。小麦可以用来制作面包,所以面包作为主食;大麦可以用来酿酒;燕麦可以用来饲养牲畜。因此,英美人主要食品是面包、牛奶、黄油和奶酪。这些食品在习语中有充分的体现。例如,bread 一词就有很多的词组。

  bread and butter 生计;谋生之道

  bread and circuses 食物与娱乐

当然,英国人常吃黄油,他们根据黄油的特点来做比喻,如在形容人看上去老实巴交时,他们用 butter would not melt in his mouth 来表示,意思是黄油放到他嘴里都不敢让它融化,可见此人有多老实。

现在英国人喝的牛奶多数直接到超市购买,回来后放在冰箱,买一次可用多天;而以前是由送奶的人天天早上很早送到家门口,所以如果有谁晚上很迟或者凌晨才回家,他们就说 come with the milk,意思是"和早上的牛奶同时来"。白垩(chalk)和奶酪外表看起来很像,而实质则完全不同,白垩是粉刷材料,奶酪是食品,所以英国人在形容两种事物表面相似而实质截然不同时说(as)different as chalk and cheese,即"像白垩和奶酪一样截然不同";如果奶酪是硬邦邦的,不是变质就是太陈旧的,吃起来真不是滋味,因此 hard cheese 便用来比喻"倒霉"或"不幸"。

类似的与饮食习俗相关的习语还不少。例如:

  cry in one's beer 借酒浇愁

  big cheese 重要人物;老板

  out of a jam 走出困境或麻烦

  save one's bacon 使自己摆脱困境

  live on the breadline 生活贫困,仅能糊口的

  jam tomorrow 明天的果酱;可望而不可即的事物

  know which side one's bread is buttered 知道自己利益所在

第四章　文化维度下的英美文学翻译探索与研究

half a loaf is better than no bread 半块面包胜过没有面包；聊胜于无

②茶文化。英语里面也有各种茶，如加了草药的 herbal tea 或者 Tisane（法语），把不同产地不同品种的茶混在一起制作的 tea blends，以及 organic tea 和 decaffeinated tea。如果把它们译成中文，herbal tea 或 Tisane 可以译成"凉茶"，tea blends 可以译成"混制茶"，organic tea 译成"有机茶"，decaffeinated tea 译成"低咖啡因茶"。

③饮品。时值炎夏，烈日如火，冰凉止渴的饮料便成了大家的最爱，从那些充斥着黄金时段的饮料广告就可见一斑。在饮料品种推陈出新的时候，我们也来关注一下饮料名称的翻译。

说到饮料名称翻译大家必然会想起 coca-cola 译成"可口可乐"而在中国大获全胜的佳话。据说在可口可乐公司准备进驻中国市场的时候，请人翻译公司的主打饮料 coca-cola，用过各种版本的译文效果都不甚满意，直到一位蒋姓先生用神来之笔译为"可口可乐"才皆大欢喜。因为"可口可乐"四字不仅用双声叠韵译出了原文押头韵和尾韵的音韵美，而且迎合了消费者的心理，消费者理想的饮料就是既要"可口"又要"可乐"。原文 coca-cola 只是两种用来制这种饮料的植物的名称，因为碰巧语音接近而比较悦耳，相比之下作为饮料名称译文更音义俱佳，更容易激起食欲。正因为"可口可乐"的成功，所以后来人们把这一类的饮料都叫作"可乐"，于是我们有了"百事可乐"（Pepsi cola）、"非常可乐"（Future cola）等。

类似的成功例子还有 Sprite 和 Seven up 的汉译。Sprite 也是可口可乐公司旗下的饮料，在英语里的意思是"鬼怪，妖精"，如果直译成中文，对经常想方设法驱魔辟邪的中国人来说不会有多大的吸引力，所以在进入中国市场的时候根据饮料晶莹透亮的特征翻译成"雪碧"，让人一看到这个名称就联想到"飞雪和碧水"，顿时觉得浑身清凉，舒适解渴，当然是很快就畅销中国喽！Seven up 在英语里是由 seven 和 up 两个词组成的，up 有蓬勃向上、兴高采烈之意，要想找一个具有和 up 相同意思的汉字是不太可能的事，但是"喜"字比较接近，因为我们习惯把一切好事都叫作"喜"，如"双喜临门"，因此译成"七喜"可以说既符合中国人喜庆的心理又忠实于原文。相比之下，Fanta 译成"芬达"就逊色得多，只是译音，并没有兼顾语义。

翻译饮料名称不同于其他翻译，要注意音形义结合，最好还要好看、好读、好记,结合商业规律和译文文化背景,使译文起到成功的品牌效应。

2. 中国饮食结构及烹饪

中国的饮食文化丰富多彩、博大精深,烹饪技术更是独领风骚,风靡世界。了解中国饮食的结构与烹饪是做好饮食文化翻译的必备条件。

(1) 饮食结构

中国的物产丰富,从而造就了中国人民丰富的饮食内容与结构。通常而言,我国用以烹制菜肴的原料主要分为以下六种类别。

①瓜果类。瓜果类的种类也很丰富,包括瓜类食品如黄瓜、丝瓜、冬瓜、南瓜、西瓜、甜瓜等;包括能制作干鲜果品的枣、核桃、栗、莲子、松子、瓜子、椰子、槟榔等;还包括多种果、核、壳类食料,如苹果、葡萄、柑橘、菠萝、香蕉、桃、李、梅、杏、梨、石榴、柿子、荔枝等。

②蛋乳类。这类食料是指由家禽派生出来的蛋类和乳类,如鸡蛋、鸭蛋、牛奶等。

③蔬菜类。蔬菜类可分为两种:一种是可食用的野菜,一种是人工栽培的各种可食用的青菜。就目前而言,人工栽培的各种可食用的青菜是人们主要的菜肴原材料。蔬菜的种类广泛,既包括白菜、菠菜、韭菜、芹菜等茎叶蔬菜,也包括土豆、甘薯、萝卜莲藕等块根、块茎的蔬菜,还包括蘑菇、木耳等菌类蔬菜,番茄类和笋类的蔬菜以及葱、蒜等。

④油脂类。主要是指由家禽和鱼类提供的脂肪以及植物种子榨取得来的可食用油。

⑤调味类。主要是指各种调料,如姜、辣椒、花椒、桂皮、芥末、胡椒、茴香、盐、糖、醋、酱油、味精、鸡精、料酒等。

⑥鱼肉类。鱼肉类作为菜食原料是对古食俗的传承,主要包括家畜中的猪、牛、羊以及家禽中的鸡、鸭、鹅的肉以及大部分内脏;也包括野兽以及野禽的肉(受保护的珍禽野兽除外);还包括水产中的鱼、虾、蟹等。

在中国人的饮食结构中,素食是主要的日常食品,即以五谷(粟、豆、麻、麦、稻)为主食,以蔬菜为辅,再加少许肉类。

除了以素食为主外,中国人还喜欢热食、熟食。在中国人的餐桌上,只有开始的几道小菜是冷食,随后的主菜多是热食、熟食。在中国人看

第四章　文化维度下的英美文学翻译探索与研究

来,热食、熟食要比冷食更有味道。中国人对热食、熟食的偏好与华夏文明开化较早和烹调技术的发达有很大关系。

（2）常用烹饪技术

中国饮食制作精细,烹饪方法多种多样。如果把上述六种食料用不同的方法烹饪,可以做出成千上万种不同风味的菜肴。以下我们主要介绍一些中国饮食的烹饪技术。

①精细的刀工。加工食料的第一道工序是用刀,用刀要讲究方法和技巧,也就是刀工。日常的刀工主要有以下几种。

切、削——cutting；切片——slicing（鱼片：fish slice/ sliced fish）；切丝——shredding（肉丝：shredded meat/pork shred）；切丁——dicing（鸡丁：chicken dice/diced chicken）；切柳——filleting（羊柳：mutton fillet/filleted mutton）；切碎——mincing（肉馅：meat mince/minced meat）；剁末——mashing（土豆泥：mashed potatoes/potato mash）；去皮——skinning/peeling；去骨——boning；刮鳞——scaling；去壳——shelling；刻、雕——carving 等。

②各种烹调方法。中国的菜肴烹调方法有 50 多种,但常用的主要有以下几种。

炒——frying/stir frying。这是最主要的烹调方法,如韭菜炒鸡蛋可译为 Fried Eggs with Chopped Garlic Chives。

爆——quick frying。这种方法与煎大致相同,但所放入的油更少,火更大,烹饪时间更短。

煎——pan frying。这种方法就是在锅内放少许的食用油,等油达到一定的温度后将菜料放入锅内煎烹。

炸——deep frying/cooked in boiling oil。这一方法就是在锅内放入更多的油,等到油煮沸后将菜料放入锅中进行煎煮,经过炸煮的食物一般比较香酥松脆,如炸春卷可译为 Deep Fried Spring Roll。炸通常可分为以下三种：酥炸（crisp deep-frying）、干炸（dry deep-frying）、软炸（soft deep-frying）。

烧——braising。这也是烹调中式菜肴时最常用的一种方法。所谓烧,也就是在锅内放入少量的食用油,等到油达到一定的温度后,放入菜料和佐料,盖上锅盖进行烹煮。比如,红烧鱼可译为 Braised Fish with Brown Sauce。

蒸——steaming。这种方法操作如下：将用配料以及调料调制好的菜料放在碗或碟内,再将其放入锅中或蒸笼中隔水煮。比如,清蒸草鱼可译为 Steamed Grass Carp。

煮——boiling。这种方法是指在锅内放入一定量的水、佐料,在文火上烧。比如,煮鸡蛋可译为 Boiling an Egg,涮羊肉可译为 Instant Boiled Lamb。

炖、煨、焖、煲——simmering/stewing。这种方法操作如下:将菜料放在水或汤中,用文火慢慢加热熬煮。比如,莲藕猪蹄汤可译为 Stewed Pig's Trotters with Lotus root。

白灼——scalding。这种烹调制法的操作如下:将食物放在沸水中烫煮,然后取出来放佐料拌制或用热锅炒制。这种方法通常用于烹制海鲜食品。

烘、烤——grilling/roasting。烤是指将菜料放在火上或火旁烧烤;烘是指将菜料放在铁板架子上或密封的烘炉里烘,食物不与火直接接触。比如,北京烤鸭是 Roasted Beijing Duck,而广式铁板烧则是 Grilled Dish in Boiling Oil。

熏——smoking。这种烹调制法是指将宰杀的家禽或野味,用调料或香料调制好以后,将其用特殊的树木柴火进行熏烤,经这种方法烹制的菜肴往往风味独特,如五香熏鱼是 Smoked Spiced-fish。

四、思维模式差异

中西方的思维模式存在明显差异,并且不同的思维模式,其影响下的词语用法、句法结构、句子语序、句式结构以及行文特点等也有所不同。

(一)螺旋形思维模式

中国人的思维模式是螺旋式的流散型思维模式。整个思维过程按事物发展的顺序、时间顺序,或因果关系排列,绕圈向前发展,把做出的判断或推理的结果,以总结的方式安排在结尾,也就是先说事实、理由,再得出结论。行文如行云流水,洋洋洒洒,形散而神聚。例如:

昨晚,我厂发生了火灾,虽然最终扑灭,但是部分货物还是受损严重,其中有本打算周末发往您处的沙滩帐篷。我厂将尽快赶制一批帐篷,望您方将收货日期延长至下月底。

汉语思维:A fire broke out in our warehouse last night. Though it was put out soon, part of the stock was seriously damaged, including the tents which had been intended to send to you this weekend. We will try hard to produce a new consignment, and we hope that you can extend delivery to the end of next month.

英语思维:We will be grateful if you could extend delivery of the tents to the end of next month. A fire broke out in our warehouse last night, and destroyed part of the stock which we had intended to ship this weekend. We are trying hard to produce a new consignment to replace the damaged ones.

我们试着从买方看到汉语思维译本可能做出的反应的角度来分析一下,括号内为买方的可能反应。A fire broke out in our warehouse last night.(Oh, sorry to hear about that. 仓库着火,深感同情。)Though it was put out soon, part of the stock was seriously damaged,(still, sorry to hear about that. 库存损失严重,还是深感同情。)including the tents which had been intended to send to you this weekend.(What! 什么?我们买的帐篷也烧了?惊愕!)We will try hard to produce a new consignment,(oh, yeah? 你们在赶做我们的货啊?)and we hope that you can extend delivery to the end of next month.(Why don't you say it at first? 要推迟交货日期到下月末,哎呀怎么不早说呀!)。相比而言,英文思维译本显然就比汉语思维译本好多了。开篇就先把与买方息息相关的内容做了阐述,态度也会显得比较诚恳(We will be grateful if),不像汉语思维译文,会有推诿之嫌,引起对方的不快。在翻译中,不能按照汉语的思维方式来翻译,否则会导致交际失败,甚至影响贸易的顺利进行。

(二)直线型思维模式

在思维方式上,西方人理性思维发达,具有严密的逻辑性和科学性,是直线型思维模式。他们往往以直线推进的方式,进行严密的逻辑分析。在语言表达上表现为先论述中心思想,表明观点,而后再对背景、事件起因、经过、结果等分点阐述说明。在建构语篇时,他们也习惯于开篇就直接点题,先说主要信息再补充说明辅助信息。在翻译过程中,应该按照西方人的思维模式:先点题,再阐述具体信息;结果放前,原因放后;先中心思想,后具体细节信息;先主要信息,后次要信息或辅助信息。例如:

You will receive an itemized statement on the thirtieth of each month, as the enclosed credit agreement specifies.

按照附件中的信用卡使用协议,每月 30 日收到详细账单。

英语思维方式是先主要信息(receive an itemized statement),后辅助信息(as the enclosed credit agreement specifies);汉语思维方式是把主要信息放在后面(即每月 30 日收到详细账单)。

We will open the L/C as soon as we are informed of the number of your Export License.

我们收到你方的出口许可证号,就开信用证。

英语思维方式是先目的(open the L/C),再提条件(we are informed of the numberof your Export License);汉语思维方式是先提条件(收到你方的出口许可证号),再说明要达到的目的(开信用证)。

五、其他方面的差异

(一)人名和地址差异

集体主义文化的中国在命名时通常会注意名字的意义,而且在命名方面很有创意,组合形式无限。中文名字表达了父母对孩子的期盼,但要避开长辈名字中的字,甚至谐音都不允许,对长辈及领袖的尊重包含对其姓名的尊重,对版权所有极为尊重。在汉语人名中姓在名前,而且同一家族的人往往倾向于名字中共用某一个字,尤其是男性,像某些姓如"孔""孟"等从名字中还能看出辈分。汉语地址是按地域从大到小的归属顺序排列,如"北京市海淀区清河小营东路 12 号北京信息科技大学图书馆"。

西方父母给孩子起名字时通常会表达一种纪念,用他们羡慕的人或爱戴的人的名字给新生儿命名,很可能会用祖父或祖母的名字或名人的名字。英文名字中 given name,还包含一个 middle name 或 Christian name。英文名字注重其纪念意义,但是需要注意的是名字与姓构成的首字母缩写(initials)不要生成一个贬损的词语(uncomplimentary word),如 Andrew Simon Smith, Edward Grey, Machael Adam Davies, Graham Adam Yiend, Fiona Alice Tanner, Nichola Ann Green 等。英文中名字在前,姓在后,如 Bill Clinton, George Bush, Michael Jordan。英语地址是最小的地名写在最前面,最大范围的地点写在后面,在信件地址上明显可以看到这样的例子,如 Mr. Smith, 947 Flat Holtow Marina Road, Speedwell, TN37870, USA.

(二)人际关系以及交往问题

个体主义者相信平等(equality),对待上级和下级一个样,对待朋友和陌生人一样。个体主义者不强调对群体内部的人要负责任,对孩子个人的事务干涉会少,对老年人的照顾也缺乏,对待客人的态度也是以不过分干涉为原则"Help yourself to..."是常见的礼貌用语,各种礼让(offer)也是一次就够。

集体主义强调听从和敬重(deference),对社会阶层(social hierarchy)中比他低或高的人得到的待遇有明显差异。集体主义者非常重视群体内部的人之间的责任,家长对孩子有严格的监管权,而赡养老人是一件义不容辞的责任,孝顺(filial)是衡量一个人品质的重要因素。对待客人,主人是个有"特权"的人,礼让次数越多,越显示出热情,越是表现出极大的强迫性,越能体现出好客。

(三)对独处隐私的不同态度

西方文化,尤其是美国文化,比较注重个人的价值。个人主义的文化强调自我意识、自主性、情感上的独立性,着意于个人的首创精神,保护个人隐私和私有财产,追求个人物质的满足,个人目标凌驾于集体目标之上,认为每个人都是自己的主人。西方人会刻意展现自身特点,注重依靠自我,重视自我保护,把外在的个人利益看得很重。西方人认为社会有必要满足个人的需求,个人的权利要高于社会需求。个体主义者重视独立(independence)和自立(self-reliance),在其文化中的基本单位是个人而非集体,他们需要表现出与众不同,而且需要私人空间来避开公众的视线,也就是"隐私空间"(private space)。英语国家的人看到别人买来的东西,从不去问价钱多少;见到别人外出或回来也不会去问上一句"你从哪里来"或"去哪儿";至于收入多少更是不能随便问的事。谁想在这些方面提出问题,定会遭人厌恶。美国人往往用"You've nosed into my affairs."(鼻子伸到人家的私生活里来了)这句话来表示对提问人的不满。[①]

中国人一般高度重视社会关系,隐私观念不强。熟人见面时往往关心地问对方:"吃了吗?"或客气地询问:"你到哪里去?""你在忙什么?"等问候语来表示寒暄,大家都习以为常,因为大家彼此心里也清楚这些问候只是街坊邻居、熟人同事在路上相遇时说的一句客套话。这种传统的问候方式体现了中国源远流长的熟人圈文化,也反映了千百年来人们对饮食的注重。中国人私事观念不强,主要是传统群体生活中不分彼此留下的遗迹。在西方人眼里视为"隐私",需要保护或者不能过问的事情,在中国人眼里是可以过问甚至是关心他人的具体体现。

第四节 英美文学作品翻译的跨文化翻译策略探析

文化交流是不同文化背景下的人与人之间发生的沟通行为。随着近年来国内外文化艺术交流活动的日益频繁,一些经典的英美文学作品开始在国内得到广泛传播。英美文学作品翻译作为搭建英美文学作品在国内传播桥梁的中间环节,其翻译的质量和效果,直接影响到读者对文学作品中的精神思想、文化艺术风格的理解和把握,进而影响到英美文学作品的国内认同度。然而,文化差异因素的存在,使得如何处理好文学作品中的文化内容的有效转换,成为英美文学作品翻译中需要重点关注和解决的问题。实际上,英美文学作品翻译既要从语言学、翻译学等学科角度出发进行探讨,也需要从社会学、人文学等学科加以剖析研究,进而使最终的翻译内容既符合文学原则的精神内涵和语言习惯,又能够迎合不同文化背景下多元主体文学作品阅读的习惯和兴趣,而这需

---

① 陈国海,安凡所,刘晓琴,陈伟珍. 跨文化沟通[M]. 北京:清华大学出版社,2017.

第四章 文化维度下的英美文学翻译探索与研究

要在长期的文学作品翻译实践中进行调适和优化。

英美文学作品翻译中的文化差异是客观存在的。翻译者应采用艺术性的手法和技法来处理作品中的语境和文化差异,使作品中的语言鸿沟被缩小甚至填平,这样才能够尊重原作品的同时,完整地呈现作品的内容。结合上述明确的英美文学作品翻译中存在的文化差异,在实际的英美文学作品翻译中,可以通过以下策略来应对跨文化翻译的挑战。

一、丰富翻译参考辅助资料

与文学作品创作不同,文学作品翻译需要兼顾作品在不同文化语境下的含义,确保翻译结果的准确性和完整性。中西方文化差异的普遍存在,使得负责英美文学作品翻译的人员要尽可能多地掌握英美文学作品内容相关的信息,保证翻译过程和结果的准确。因此,对于翻译者来说,在作品翻译过程中,要多查阅相关参考资料,明确中西方文化的差异,为文学作品中文化差异内容的顺利翻译提供信息支持。这里仍以 fish 一词为例进行分析。翻译者除了掌握该词汇对应的一般性意思——鱼,还要对特定语言背景下该词汇对应的意思进行查阅、积累和推敲。例如,在 wetter than a fish 这一组合中,fish 就具有"湿"的意思,而在"Like a fish out of water."中,fish 则对应对环境依赖度高的人或者对象。显然,对于中西方存在明显差异的文化内容,翻译者需要做的就是多了解和掌握相关的资料,尽可能地掌握词汇或者句子对应的所有意思,然后再根据具体的语境进行整体性的翻译处理。

二、注重艺术性加工处理

虽然跨文化语境下的英美文学作品翻译要注重原作品意思表达的完整性,但这并不等同于用机械性的方法来转换词汇或者语句的意思,而是要在保证翻译内容结构和意思整体完整的基础上,进行艺术性表达,使文学作品中的艺术内涵和特点能够得以保持。对应到实际的翻译活动中,就是要在掌握词汇或者语句真实意思的基础上,从文学的思维出发,对内容进行艺术性的润色和修饰,使语言表达更加顺畅、直接和艺术。例如,在翻译"You are making a pig's ear of that job."时,可以首先从字面上将其理解为"你在刮猪毛",但是这种翻译显然不符合语句对应的语境,出现了违和感,这时就需要从上下文的语境中寻找准确的理解思维,即这句话是在批评或者抱怨一个人把事情处理错了,继而可以将该句翻译为"你把事情弄糟糕了",相比而言,这种翻译要比"你在刮猪毛"的粗糙翻译更加具有文学内涵。实际上,在翻译中,对于可能因为自然环境或者风俗习惯差异而出现的翻译问题,可以带着简单翻译的内容到目标语言环境下寻找更为贴切地表达。例如,在翻译 wetter than a fish 时,可以从中文语境环境下找寻能够表达"比鱼还湿"的对应表达,进而可以找到诸如"淋得像落汤鸡一样"等更为切合原文意思的表达方式。

三、准确把握文学作品的情感基调

情感表达是作家创作文学作品的目的之一。能否准确地将作家在作品中表达的情感表现出来,是衡量英美文学作品翻译效果的关键性指标。在实际的作品翻译中,翻译者应通过整体阅读的方式,理顺作品中人物、故事的脉络,并对作者赋予的各个人物的情感、态度等立场性内容进行基本确定,然后细化翻译,这样可以确保不会因为翻译而扭曲了作者通过作品想要表达的真实情感意图。例如,在作品《老人与海》中,翻译者通过阅读作品,可以将桑迪亚哥这一人物的性格特点确定为不趋炎附势,然后以此为人物的性格标志进行相应内容的翻译,这样既可以保持整部作品中这一人物描述的统一性,也能够保证翻译结果与作品原文内容的一致性。

文学作品翻译是促进文化传播交流的重要手段。开展英美文学作品翻译,具有促进英美文学作品的跨文化传播,丰富本土文学作品创作,满足读者多样化的文学阅读需求的功能。但是,在实际的英美文学作品翻译中,通常会遇到跨文化翻译的难题和挑战,这主要体现在文化价值观差异、自然环境差异、风俗习惯差异、神话典故的差异等方面。针对这些翻译中面临的差异,翻译者要在丰富翻译参考辅助资料的同时,注重艺术性加工处理,准确把握文学作品的情感基调,以确保翻译结果的准确性、完整性和艺术性。

第五章　文学体裁维度下的英美文学翻译探索与研究

　　文学翻译是翻译的一个重要类别,它不仅要考虑不同语言间的转换,更需要在此之上使用较为具体、灵活的文学翻译策略。在英美文学翻译中,不同的体裁形式所运用的语言独具特色,具有美学功能,并与艺术活动所蕴含的形象思维有着密切联系。因此,不同的文学体裁应采用不同的翻译策略,这就对译者提出了更高的要求。译者不仅需要具备深厚的语言功底,还需要拥有丰富的文学修养,在对原作理解与表达的过程中最大限度地传达出原作的艺术风格。

第一节　英美文学的四大体裁分析

一、散文

　　在英语中,"散文"可以用两个词来说明,一个可以用 prose 表达,一个可以用 essay 表达。前者是从广义层面来定义散文的,与诗歌、韵文等韵律性质的文体相对,包括文学体裁艺术散文与非文学体裁实用散文。也就是说,除了诗歌外,还包括戏剧、小说、随笔、传记等非韵律性质的文体。可见,prose 所代表的散文囊括了很多方面。后者是从狭义层面来定义散文的,在内容上指代的是由一件小事说起,信笔写来,从而揭示出一定的道理,也可能指代谈论文学现象、时政等的文章。这些文字多是严肃的文字,往往采用的是犀利的语言。一般来说,这类的散文被称为"随笔",随笔散文一般具有较短的历史,虽然西方随笔的起源在古希腊罗马时代就已经出现,但是直到法国蒙田才将这一名字命名,确立了这一文体。

通常情况下,散文有两种形式,即正式性散文和非正式性散文。正式性散文具有较强的逻辑性,结构较为严谨,遣词用句也十分讲究;非正式散文具有结构松散、语言直白、行文自然的特点。由于散文在描写目的和手法方面存在不同,因此又可以分为说明文、记叙文和议论文等多种不同形式。例如,说明文是一种针对某一主题进行阐释的文章。换句话来说,说明文是一种对事物进行全方位阐释的文章,具有包括事物特点、状态、性质、功能、发生、发展、结果等方面。在写作过程中,要遵循用词准确、逻辑严密、结构严谨的文体特点。所以,在进行说明文翻译时也要考虑以上因素,要在选词造句方面不断斟酌。

二、小说

什么是小说呢?至今仍没有一个大家能普遍接受的、清楚明晰的定义。塞缪尔·约翰逊博士在其1755年出版的《词典》中说,小说只是"一篇通常描写爱情的小故事"。这个定义用到《罗瑟琳》或《隐姓埋名》上,可能还合适;但用以解释《鲁滨逊飘流记》(书中没有描写爱情),或《帕美拉》(并不短小),或《约瑟夫·安特鲁斯》《汤姆·琼斯》《佩里格伦·皮克尔》,怕就不妥当了。小说渐渐地开始受到人们更严肃地看待,并通常被认为于维多利亚女王时代(1837—1901)达到了它尊荣的顶峰。

《牛津英语词典》将其定义为:一种虚构的散文体记叙文,具有相当的长度,通过多少带点复杂性的情节,描绘能代表现实生活的典型的人物与事件。

《韦氏新大学词典》也持类似看法,认为小说是一种虚构的散文体记叙文,通常是篇幅长而结构复杂,通过一系列连贯的事件来表现人生经验。

《卡斯尔英语诗典》的看法也相似:把小说看成是一种散文体的虚构记叙文,通常有独立成书的长度,描绘提取自现实生活的人物和场景。

《钱伯斯20世纪词典》则更强调人物及其之间相互关系的重要性,称小说为一种虚构的散文体记叙或故事,描述一幅现实生活的图画,尤其着重表现所写男女人物生活经历中的感情危机。

《柯林斯词典》却认为小说是一种叙述虚构人物的冒险奇遇或喜怒哀乐的虚构故事,借描写行为与思想来表现多种人生经验和人物。

早在1765年,《艺术与科学大辞典》(俗称《克罗克氏词典》)就已在作这样的定义:文学中的小说,乃是记载日常生活中一系列惊人而有趣事件的一种虚构的历史,记录过程中遵守着或必须遵守或然性的法则规律;它不同于浪漫传奇,因后者的男女主人公都是王子或公主,而且一般来说,招致灾难的事件都极其荒谬,不合情理。

小说是文学作品的一大题材形式,是散文叙事艺术的集大成者。在文学翻译理论中,将散文、小说作为个体单独加以研究的翻译分论虽未形成体系,但不管怎样,散文翻译也是翻译理论的一个组成部分。文艺学派代表人物加切奇拉泽在《文学翻译与文学交流》(1980)中,就曾对散文的翻译问题进行过专题论述。他认为,文艺性散文是一种特殊的言语结构形式,不像诗歌那样受格律、节奏、韵式、段式等的限制;散文的译者可以在忠实于原著的前提下,施展自己的语言知识和创作才能。

三、诗歌

当英国人的祖先进入大不列颠时期,所有的诗都是教士们进行抄录的,因此其中都会带有宗教的色彩。最初的英诗有很多是通过口述形式将英雄故事传播开来的,之后逐渐形成了史诗这一形式。其中现存的最伟大的史诗就是《贝奥武甫之歌》以及《旅行者之歌》《水手》等。

随着时代发展,英文诗歌的形式也多种多样,从16、17世纪的古典诗歌发展到18世纪的理性诗歌,之后19、20世纪的浪漫主义诗歌、现实主义诗歌不断出现,可以看出英文诗歌在不断发展和进步。

诗歌翻译由于其独特丰富的审美特性,也就相应地存在更多复杂甚至艰难的美学要求。但正如许均教授所说:"做文学翻译,不能对原作之美熟视无睹,翻译失却了原作之美,无异于断其生命;做文学翻译理论研究,不能不对美学有所关注,忽视了美学,文学翻译研究至少是不完美的。"

四、戏剧

戏剧是一种文学体裁,又是一门综合艺术。

在欧美各国,所谓"戏剧"(英文 drama),指的就是我们通常所说的话剧。英语的"drama"一词源于 dram,在希腊语中是"动作"之意,亚里士多德在《诗学》第三章中解释道:"这些作品之所以被称为 drama,就因为是借人物的动作来模仿的"。

在英语中,戏剧常用 drama、theatre 或 play 来表达,它们的意义有时区别,有时重叠,同样容易令人混淆。

根据 The Encyclopedia Americana(2006)的解释,drama 指供演员表演的文学形式。一般来说,其题材在本质上是叙事性的,故事的类型通常是适宜舞台演出的。theater 主要是一种表演艺术,起初指戏剧表演的建筑结构或场所。现在 theater 表示总的戏剧艺术,建筑物只是其中的一部分,其显著的特点是表达方式的公众性。音乐家、歌唱家或演员可能进行了艰辛的排练,但是只有当他们出现在观众面前,才真正创作了艺术作品。关于 theater 和 drama 的关系常存在一些混淆。通常,drama 指戏剧表演的文学基础,而 theater 是剧本的有形表演。但遗憾的是,该百科全书没有收录 play 这一词条。

根据 The Oxford Companion to the Theatre(1983)的解释,drama 可以泛指为舞台演出所写的作品,如 English drama、French drama,也可指风格、内容或时代性相关的一组戏剧,如 restoration drama、realistic drama。play 是一个普通词语,指由演员在舞台、电视或广播上演出的一部作品,或任何一个供表演的书面作品。它包括喜剧、悲剧和滑稽剧等。theatre 指演员表演戏剧的建筑物、房子或户外的空地。

戏剧的特殊性主要表现在语言上。1972 年,法国语文学家皮埃尔·拉尔多玛出版了《戏剧语言》,这是一部关于舞台言语的著作。这一著作指出戏剧语言不仅要考虑到演员的反应,还需要考虑台下的观众,尽管这些观众没有说话,但是其对戏剧语言也有着显著的影响。

另外,戏剧语言不仅由人物语言构成,还包括作者的话。因此,戏剧语言主要分为两种:一种是描述性语言,一种是任务语言。前者就是作者的语言,主要表现在人物着装、人物外表等层面。作者话的特点一般比较短小,不具有相邻言语的那些口语特色,也不是针对戏剧中某个人的言语。

舞台指示是戏剧中一种间接的作者言语形式,与纯戏剧文本无任何关系。① 舞台指示不算纯戏剧语言,并不是用口语表达出来,而是间接性质的,是文学作品反映出来的语言。在舞台上一般不会出现,构成的原则也存在明显的差异。舞台指示一般具有简短的特点,可以将读者吸引过去关注剧情发展。

第二节　英美诗歌翻译

在英语文学作品中,诗歌是一种重要的体裁形式。所谓诗歌,即采用凝练的语言通过丰富的联想和想象而创造形象的一种文学体裁,通过诗歌,作者可以抒发情感,表达思想,且能够将生活集中地反映出来。在各种文学体裁中,诗歌是最早出现的一种形式,并随着时代的发展形成了自身独特的风格特征。

一、英语诗歌的语言特点

(一)语言凝练

可以说,诗歌是语言的艺术。与其他体裁相比,诗歌所包含的信息量更多。② 在诗歌创作过程中,往往会对词汇进行推敲、对句子加以提炼,以提升诗歌的韵味和魅力,让读者从简单的词汇中获取更多的信息和能量,激发读者的想象力。简单来说,一部优秀的诗歌作品是诗人对情感和语言进行凝练升华的过程。例如:

The apparition of these faces in the crowd;
Petals on a wet, black bough.

(Ezra Pound: *In a Station of the Metro*)

---

① 刘肖岩.论戏剧对白翻译[M].北京:中国人民公安大学出版社,2004.
② 马莉.翻译理论与实践[M].北京:北京大学出版社,2010.

这首庞德的《地铁车站》的第一稿有30多行,后来诗人对诗作加以凝练,只保留了上述两行。看起来字数很少,但是并未影响其本身传达给读者的韵味和感受。

(二)节奏明快

诗歌一般对节奏非常注重,如果缺少了节奏感,就不能成为一部完美的诗歌作品。诗歌的节奏主要体现在韵律上,尤其是音节停顿的长短、音调的抑扬顿挫。英语诗歌主要包括格律诗与无韵诗。[①]这两种类型的诗歌都刻意彰显节奏的明快性,尤其是格律诗的节奏感更为强烈。例如:

> The curfew tolls the knell of parting day,
> The lowing herd wind slowly o'er the lea,
> The plowman homeward plods his weary way,
> And leaves the world to darkness and to me.
> (Thomans Gray: *Elegy Written in a Country Churchyard*)

上述诗句出自格雷(Thomans Gray)的《乡村挽歌》的第一节。这一节主要描绘了傍晚的钟声以及疲惫的脚步声,其中彰显了明快的节奏。另外,第四行中最后三个非重读音节不应该读得太重,这样才能营造出一种低沉的气氛。

(三)语言的诗意建构

高度诗化的语言使诗歌语言与散文语言划清了界限,闪烁着独特而耀眼的光彩。这里的散文是指古代散文,即除诗歌之外的散体文章。首先从外在形式来看,散文没有任何的束缚和限制,句式长短不一,不要求对仗工整,排列整齐;也不要求押韵和声调的平仄相间、抑扬顿挫,而诗歌却要求句式规整,对仗严谨,音韵和谐,在篇幅字数、韵律节奏等方面有着严格的限制和规范。然而这些只是表面的区别,其根本区别在于语言的组织和表现方式。

由于散文侧重叙事、论述和说理,而诗歌以抒情遣兴为本,这就造成

[①] 王芳.文化传播美学与诗歌翻译[M].成都:电子科技大学出版社,2009.

第五章　文学体裁维度下的英美文学翻译探索与研究

了散语和诗语在表达逻辑和造句规则上形成了极大的差异。散文起源于甲骨卜辞，其语言功能在于记录和传递信息，要求表达的准确性，因此必须严格遵循线性逻辑和语法规则，根据作者的表达需求作客观现实的描摹和叙述，字句段落之间衔接紧密，以实现陈述和交流为目的。诗歌起源于劳动歌谣，需要借助节奏和音乐来促进情感的高涨与飞升，其语言功能在于抒发感情，因此诗歌的语言更加追求情感的张力及其表达效果，不讲求客观的写实，呈现出一种跳跃式的逻辑特征。这种跳跃式的逻辑原则首先体现在词语或意象的组合搭配上。诗歌由于受到篇幅和字数的限制，无法像散文那样对景物或事实展开描写，而只能选择特定的场景、特定的物象或特定的瞬间等来作灵活自由的勾勒和刻画。这些由作者主观选择的成分或词汇彼此之间并没有必然的客观联系，而是依靠背后共同的情感倾向维系在一起，具有强烈的暗示性和象征性，区别于散文语言的准确性和直接性。

词语和意象的不同组合能带给读者耳目一新的新鲜感，同时诗歌还受到声律的制约，因此作者在创作时就需要锤炼字词的使用，以此来增强情感的表达效果。跳跃式的表达逻辑还体现在句法和章法的凝练和布局上，诗人们往往采用矛盾逆折、成分压缩、语序倒装等来丰富诗歌的层次，即使提供的意象、画面等较为零散，读者仍然能够从中体会到情感的完整，同时给读者留下更多的想象空间，增大诗质的密度，因此诗歌语言具备了散文语言无法超越的张力和弹性。

由于诗歌语言不像散文语言那样做连贯的叙述，为了使全诗不致散漫，诗人在章法上也追求"语不接而意接"，词与词、行与行之间层层联络，相互照应，使诗歌最终成为一个前后结合、联系紧密的有机整体。黑格尔曾指出"诗是停留在内容与形式的未经割裂和联系的客体性的统一体上"。可见，诗歌语言独特的魅力离不开诗人对各个形式要素的锤炼和审美自觉。

二、英语诗歌的翻译技巧

诗歌翻译由于其独特丰富的审美特性，也就相应地存在更多复杂甚至艰深的美学要求。

诗歌翻译需要遵循如下几种方法。

（一）阐释性翻译

阐释性翻译是一种通俗易懂的、面向普通读者的翻译方式。通常来说，这种文学翻译形式具有较大的教学与研究价值，在翻译的过程中尽可能地保留原诗的形式特点，从而更好地体现原诗的音韵美与意境美。例如：

Ode to The West Wind（excerpt）
——Percy Bysshe Shelley
Thine azure sister of the Spring shall blow
Her clarion o'er the dreaming earth, and fill
(Driving sweet buds like flocks to feed in air)
With living hues and odors plain and hill:
Wild Spirit, which art moving everywhere:
Destroyer and preserver; hear, oh, hear!

西风颂(节选)
——珀西比希·雪莱
你那青色的东风妹妹回来，
为沉睡的大地吹响银号，
驱使羊群般的蓓蕾把大气猛喝，
就吹出遍野嫩色，处处香飘。
狂野的精灵！你吹遍了大地山河，
破坏者，保护者，听吧——听我的歌！

（王佐良 译）

（二）形式翻译

形式翻译指的是按照原文的形式对原文进行翻译，与直译在某种程度上有很大的相似之处。为了充分发挥译文的翻译价值，译者有时会直接照搬原文形式，这样可以减少其他成分对文章内容的干扰，如政治、社会、历史等因素。虽然这种翻译方式看起来较为死板，但在翻译一些具有特殊形式的文章时显得十分受用。相同格式能够保障与原文内容

第五章 文学体裁维度下的英美文学翻译探索与研究

遥相呼应,从而达到深化诗歌主题的目的。① 例如:

40-LOVE
—Roger MeGough
middle aged
couple playing
tennis
when the
game ends
and they
go home
the net
will still
be between them

四十岁的爱
——罗杰·麦克高夫

中	年
夫	妇
打	网
球	打
完	球
回	家
走	回
到	家
中	这
网	依
旧	把
人	分
左	右

(许渊冲 译)

下面以《我的爱人像朵红红的玫瑰》节选为例进行分析。②

---

① 胡安江. 从文本到受众——翻译与文化研究论集[C]. 北京:科学出版社, 2019.
② 毛莉. 文学翻译赏析[M]. 兰州:甘肃文化出版社,2008.

【原文】

　　　　A Red, Red Rose
　　　　O, my luve is like a red, red rose,
　　　　That's newly sprung in June,
　　　　O, my luve is like the melodie,
　　　　That's sweetly play d in tune.

　　　　As fair art thou, my bonie lass,
　　　　So deep in luve am I,
　　　　And I will luve thee still, my dear,
　　　　Till a'the seas gang dry.

　　　　Till a'the seas gang dry, my dear,
　　　　And the rocks melt wi'the sun!
　　　　And I will luve thee still, my dear,
　　　　While the sands o' life shall run.

　　　　And fare thee weel, my only luve,
　　　　And fare thee weel, a while !
　　　　And I will come again, my luve,
　　　　Tho' it were ten thousand mile!
　　　　　　　　　　（Robert Burn: *A Red, Red Rose*）

【译文】

　　　　我的爱人像朵红红的玫瑰
　　　　呵,我的爱人像朵红红的玫瑰,
　　　　六月里迎风初开;
　　　　呵,我的爱人像支甜甜的曲子,
　　　　奏得合拍又和谐。

　　　　我的好姑娘,多么美丽的人儿!
　　　　请看我,多么深挚的爱情!
　　　　亲爱的,我永远爱你,
　　　　纵使大海干涸水流尽,

第五章　文学体裁维度下的英美文学翻译探索与研究

纵使大海干涸水流尽,我亲爱的,
太阳将岩石烧作灰尘,
亲爱的,我永远爱你,
只要我一息犹存。

珍重吧,我唯一的爱人,
珍重吧,让我们暂时别离,
但我定要回来,
哪怕千里万里!

（王佐良　译）

【赏析】

《我的爱人像朵红红的玫瑰》是英国诗歌史上最负盛名的爱情诗之一,其作者是18世纪苏格兰著名浪漫主义诗人罗伯特·彭斯(1759—1796)。在短短四小节诗中,诗人运用"通感(synaethesia,这里指视觉与听觉的相互融合)""意象(image)""比喻(simile/metaphor)""重复(repetition)""夸张(repetition)""倒装(inversion)""虚拟语气(subjunctive mood)"等多种修辞手段,热情讴歌了纯洁美好的爱情这一人类亘古不变的主题,语言质朴平易,极富感染力和音韵美,朗朗上口,多年来一直被人们广为传颂,历久弥新,堪称诗歌艺苑的一朵奇葩。

王佐良先生凭借深厚的语言功底和文学底蕴,以美轮美奂的诗性语言再现了原诗的艺术魅力,不仅"形似",而且"神似",具有很高的审美及鉴赏价值。具体说来,我们可以从"形""音""义"三方面来赏析王佐良先生的译文。

首先,从"形"的角度看,原诗四小节结构工整,逢双行缩进,落错有致,给人一种视觉上的愉悦和享受。译诗仿照原诗的形状,也逢双行缩进,在视觉感受上与原诗相一致。

其次,从"音"的角度看,原诗为苏格兰民歌体(ballad style),四音步和三音步抑扬格(iambus)交叠出现(即:每小节的一、三句采用四音步句,二、四句采用三音步句;每一音步由一个非重读音节加一个重读音节构成),节奏强烈,读来令人激情澎湃;隔行押韵(June/tune; I/dry; sun/run; while/mile)和叠字(a red, red rose)又使整个诗篇如同浅声低吟的歌谣,极富音乐美。再看译诗,译者利用汉语诗歌词语间的自然

"停顿"最大限度地弥补了英、汉两种语言结构本身的差异,再现了原诗的节奏美;叠词"红红的""甜甜的"以及"(曲)子""你""(别)离""(千里万)里"的押韵在一定程度上补偿了原诗音韵的不可译性。

最后,从"义"的角度看,译诗相当完美地再现了原诗的意义内涵。例如,用"迎风初开"译 newly sprung,sprung 一词所具有的"动态"美一下子被激活了,仿佛让人看到那美丽的红玫瑰在风中轻盈摇曳的婀娜身姿;将修饰 play 的副词 sweetly 提前,并转换为形容词,用来修饰 melodie(melody),顺畅自然,与"红红的"遥相呼应;用"人儿"称呼自己心爱的姑娘,爱怜之情溢于言表;在"大海干涸"之后增加近义词语"水流尽",不仅保持了诗行的平衡与诗歌节奏的抑扬顿挫,也进一步强化了诗歌的意蕴;用"一息犹存"译 the sands o'life shall run,符合译语的表达及接受习惯,灵活巧妙、准确贴切;用"珍重吧"译 fare thee weel(fare you well),语气口吻一致得令人叹服,既庄重而又饱含深情,充分体现了对心上人深深的关爱之情;用"纵使""只要""哪怕"译 till,while、tho'(though),准确贴切、凝练简洁,进一步增强了译诗的感染力;用汉语的四字格"千里万里"译虚指的 ten thousand mile,语义效果强烈。

三、经典诗歌翻译赏析

(一)莎士比亚十四行诗(三首)

【原文】

35

By William Shakespeare

No more be grieved at that thou hast done,
Roses have thorns, and silver fountains mud.
Clouds and eclipses, stain both moon and sun,
And loathsome canker lives in sweetest bud.

All men make faults, and even I in this,
Authorizing thy trespass with compare,

第五章 文学体裁维度下的英美文学翻译探索与研究

Myself corrupting, salving thy amiss,
Excusing thy sins more than thy sins are;

For to thy sensual fault I bring in sense——
Thy adverse party is thy advocate——
And'gainst myself a lawful plea commence.
Such civil war is in my love and hate,

That I an accessary needs must be,
To that sweet thief which sourly robs from me.

　　authorizing 批准; trespass 过失,罪过; accessary 同谋,帮凶; sourly 坏心眼的,性情怪癖的; adverse 敌对的,相反的

【译文】
　　别再为你冒犯我的行为痛苦:
　　玫瑰花有刺,银色的泉有烂泥,
　　乌云和蚀把太阳和月亮玷污,
　　可恶的毛虫把香的嫩蕊盘踞。
　　每个人都有错,我就犯了这点:
　　运用种种比喻来解释你的恶,
　　弄脏我自己来洗涤你的罪愆,
　　赦免你那无可赦免的大错过。
　　因为对你的败行我加以谅解——
　　你的原告变成了你的辩护士——
　　我对你起诉反而把自己出卖:
　　爱和憎老是在我心中排挤,
　　以至我不得不变成你的助手,
　　去帮你劫夺我,你,温柔的小偷。

（梁宗岱 译）

【原文】
60

By William Shakespeare

Like as the waves make towards the pibbled shore,
So do our minutes hasten to their end;

Each changing place with that which goes before,
In sequent toil all forwards do contend.

Nativity, once in main of light,
Crawls to maturity, wherewith being crowned,
Crooked eclipses gainst his glory fight,
And time that gave doth now his gift confound,

Time doth transfix the flourish set on youth,
And delves the parallels in beauty's brow,
Feeds on the rarities of nature's truth,
And nothing stand but for his scythe to move.

And yet to times in hope my verse shall stand,
Prasing thy worth, despite his cruel hand.

toil 辛苦，苦工；confound 挫折，讨厌，使混淆，把……搞混；transfix 刺穿，使……呆住；flourish 华饰，繁荣；scythe 镰刀；crowned 有王冠的

【译文】
  像波浪滔滔不息地滚向沙滩，
  我们的光阴息息奔赴着终点；
  后浪和前浪不断地循环替换，
  前推后拥，一个个在奋勇争先。
  生辰，一度涌现于光明的金海，
  爬行到壮年，然后，即登上极顶，
  凶冥的日蚀便遮没它的光彩，
  时光又撕毁了它从前的赠品。
  时光戳破了青春面颊上的光艳，
  在美的前额挖下深陷的战壕，
  自然的至品都被它肆意狂喊，
  一切挺立的都难逃它的镰刀；
  可是我的诗未来将屹立千古，

第五章　文学体裁维度下的英美文学翻译探索与研究

歌颂你的美德，不管它多残酷！

（梁宗岱 译）

【原文】

116

By William Shakespeare

Let me not to the marriage of true minds,
Admit impediments, love is not love
Which alters when it alternation finds,
Or bends with the remover to remove:

O, no, it is an ever-fixed mark,
That looks on tempests and is never shaken;
It is the star to every wind'ing bark,
Whose worth's unknown, although his higthh be taken.

Love's not Time's fool, though rosy lips and cheeks
Within his bending sickle's compass come;
Love alters not with his brief hours and weeks,
But bears it out even to the edge of doom.

If this be error and upon me proved,
I never writ, nor no man ever loved.

【译文】

我绝不承认两颗真心的结合
会有任何障碍，爱算不得真爱，
若一看见人家改变便转舵，
或者一看见人家转弯便离开。
啊，我不，爱是亘古长明的塔灯，
它定睛望着风暴却兀立不动；
爱又是指引迷舟的一颗恒星，
你可量它多高，它所值却无穷，
爱不受时间的拨弄，尽管红颜
和皓齿难免遭受时光的毒手；

爱并不因瞬息的改变而改变,
它巍然屹立直到末日的尽头。

(梁宗岱 译)

(二)白朗宁夫人《葡萄牙人十四行诗》(一首)

【原文】

21

By Elizabeth Barrent Browning

Say over again, and yet once over again,
That thou dost love me. Though the word repeated;
Should seem "a cuckoo sang", as thou dost treat it.
Remember, never to the hill or plain,
Valley and wood, without her cuckoo strain,
Comes the fresh Spring in all her green completed,
Beloved, I, amid the darkness greeted,
By a doubtful spirit voice, in that doubt's pain
Cry, "Speak once more——thou lovest!" Who can fear
Too many stars, though each in heaven will roll,
Too many flowers, though each shall crown the year?
Say thou love me, love me, love me——toll
The silver iterance!——only minding, Dear,
To love me also in silence with thy soul.

——By Sonnets from the Portuguese

【译文】

请说了一遍,再向我说一遍,
说"我爱你!"即使那样一遍遍重复,
你会把它看成一支"布谷鸟的歌曲";
可是记着,在那青山和绿林间,
那山谷和田野中,纵使清新的春天
披着全身绿装降临,也不算完美无缺,
要是她缺少了那串布谷鸟的音节。
爱,四周那么黑暗,耳边只听见

第五章　文学体裁维度下的英美文学翻译探索与研究

惊悸的心声,处于那痛苦的不安中,
我嚷道:"再说一遍:我爱你!"谁嫌
太多的星,即使每颗都在太空转动;
太多的花,即使每朵洋溢着春意?
说你爱我,你爱我,一声声敲着银钟!
只是记住,还得用灵魂爱我,在默默里。

(佚名 译)

(三)雪莱《西风颂》

【原文】

Ode to the West Wind
By P.B.Shelley
I
O wild West Wind, thou breath of Autumn's being,
Thou, from whose unseen presence the leaves dead
Are driven, like ghosts from an enchanter fleeing,
Yellow, and black, and pale, and hectic red,
Pestilence-stricken multitudes: O thou,
Who chariotest to their dark wintry bed
The winged seeds, where they lie cold and low,
Each like a corpse within its grave, until
Thine azure sister of the Spring shall blow
Her clarion o'er the dreaming earth, and fill
(Driving sweet buds like flocks to feed in air)
With living hues and odours plain and hill:
Wild Spirit, which art moving everywhere;
Destroyer and preserver; hear, oh hear!
II
Thou on whose stream, mid the steep sky's commotion,
Loose clouds like earth's decaying leaves are shed,
Shook from the tangled boughs of Heaven and Ocean,
Angels of rain and lightning: there are spread

On the blue surface of thine aery surge,
Like the bright hair uplifted from the head
Of some fierce Maenad, even from the dim verge
Of the horizon to the zenith's height,
The locks of the approaching storm. Thou dirge
Of the dying year, to which this closing night
Will be the dome of a vast sepulchre,
Vaulted with all thy congregated might
Of vapours, from whose solid atmosphere
Black rain, and fire, and hail will burst: oh hear!

III

Thou who didst waken from his summer dreams
The blue Mediterranean, where he lay,
Lull'd by the coil of his crystalline streams,
Beside a pumice isle in Baiae's bay,
And saw in sleep old palaces and towers
Quivering within the wave's intenser day,
All overgrown with azure moss and flowers
So sweet, the sense faints picturing them! Thou
For whose path the Atlantic's level powers
Cleave themselves into chasms, while far below
The sea-blooms and the oozy woods which wear
The sapless foliage of the ocean, know
Thy voice, and suddenly grow gray with fear,
And tremble and despoil themselves: oh hear!

IV

If I were a dead leaf thou mightest bear;
If I were a swift cloud to fly with thee;
A wave to pant beneath thy power, and share
The impulse of thy strength, only less free
Than thou, O uncontrollable! If even
I were as in my boyhood, and could be
The comrade of thy wanderings over Heaven,

第五章　文学体裁维度下的英美文学翻译探索与研究

As then, when to outstrip thy skiey speed
Scarce seem'd a vision; I would ne'er have striven
As thus with thee in prayer in my sore need.
Oh, lift me as a wave, a leaf, a cloud!
I fall upon the thorns of life! I bleed!
A heavy weight of hours has chain'd and bow'd
One too like thee: tameless, and swift, and proud.
V
Make me thy lyre, even as the forest is:
What if my leaves are falling like its own!
The tumult of thy mighty harmonies
Will take from both a deep, autumnal tone,
Sweet though in sadness. Be thou, Spirit fierce,
My spirit! Be thou me, impetuous one!
Drive my dead thoughts over the universe
Like wither'd leaves to quicken a new birth!
And, by the incantation of this verse,
Scatter, as from an unextinguish'd hearth
Ashes and sparks, my words among mankind!
Be through my lips to unawaken'd earth
The trumpet of a prophecy! Oh Wind,
If Winter comes, can Spring be far behind?

【译文】

西风颂

第一节
哦,狂暴的西风,秋之生命的呼吸!
你无形,但枯死的落叶被你横扫,
有如鬼魅碰到了巫师,纷纷逃避:
黄的,黑的,灰的,红得像患肺痨,
呵,重染疫疠的一群:西风呵,是你
以车驾把有翼的种子催送到
黑暗的冬床上,它们就躺在那里,

像是墓中的死穴,冰冷,深藏,低贱,
直等到春天,你碧空的姊妹吹起
她的喇叭,在沉睡的大地上响遍,
(唤出嫩芽,像羊群一样,觅食空中)
将色和香充满了山峰和平原。
不羁的精灵呵,你无处不远行;
破坏者兼保护者:听吧,你且聆听!

第二节
没入你的急流,当高空一片混乱,
流云象大地的枯叶一样被撕扯
脱离天空和海洋的纠缠的枝干。
成为雨和电的使者:它们飘落
在你的磅礴之气的蔚蓝的波面,
有如狂女的飘扬的头发在闪烁,
从天穹的最遥远而模糊的边沿
直抵九霄的中天,到处都在摇曳
欲来雷雨的卷发,对濒死的一年
你唱出了葬歌,而这密集的黑夜
将成为它广大墓陵的一座圆顶,
里面正有你的万钧之力的凝结;
那是你的浑然之气,从它会迸涌
黑色的雨,冰雹和火焰:哦,你听!

第三节
是你,你将蓝色的地中海唤醒,
而它曾经昏睡了一整个夏天,
被澄澈水流的回旋催眠入梦,
就在巴亚海湾的一个浮石岛边,
它梦见了古老的宫殿和楼阁
在水天辉映的波影里抖颤,
而且都生满青苔、开满花朵,
那芬芳真迷人欲醉!呵,为了给你

第五章 文学体裁维度下的英美文学翻译探索与研究

让一条路,大西洋的汹涌的浪波
把自己向两边劈开,而深在渊底
那海洋中的花草和泥污的森林
虽然枝叶扶疏,却没有精力;
听到你的声音,它们已吓得发青:
一边颤栗,一边自动萎缩:哦,你听!

第四节
哎,假如我是一片枯叶被你浮起,
假如我是能和你飞跑的云雾,
是一个波浪,和你的威力同喘息,
假如我分有你的脉搏,仅仅不如
你那么自由,哦,无法约束的生命!
假如我能像在少年时,凌风而舞
便成了你的伴侣,悠游天空
(因为呵,那时候,要想追你上云霄,
似乎并非梦幻),我就不致像如今
这样焦躁地要和你争相祈祷。
哦,举起我吧,当我是水波、树叶、浮云!
我跌在生活底荆棘上,我流血了!
这被岁月的重轭所制服的生命
原是和你一样:骄傲、轻捷而不驯。

第五节
把我当作你的竖琴吧,有如树林:
尽管我的叶落了,那有什么关系!
你巨大的合奏所振起的音乐
将染有树林和我的深邃的秋意:
虽忧伤而甜蜜。呵,但愿你给予我
狂暴的精神!奋勇者呵,让我们合一!
请把我枯死的思想向世界吹落,
让它像枯叶一样促成新的生命!
哦,请听从这一篇符咒似的诗歌,

就把我的话语,像是灰烬和火星
从还未熄灭的炉火向人间播散!
让预言的喇叭通过我的嘴唇
把昏睡的大地唤醒吧! 西风啊,
如果冬天来了,春天还会远吗?

(查良铮 译)

(四)雪莱《致云雀》

【原文】

  To a Skylark

  Hail to thee, blithe Spirit!
  Bird thou never wert,
  That from Heaven, or near it,
  Pourest thy full heart
  In profuse strains of unpremeditated art.

   Higher still and higher
  From the earth thou springest
  Like a cloud of fire;
  The blue deep thou wingest,
  And singing still dost soar, and soaring ever singest.

   In the golden lightning
  Of the sunken sun
  O' er which clouds are bright' ning,
  Thou dost float and run,
  Like an unbodied joy whose race is just begun.

  The pale purple even
   Melts around thy flight;
  Like a star of Heaven

In the broad daylight
Thou art unseen, but yet I hear thy shrill delight:

Keen as are the arrows
Of that silver sphere,
Whose intense lamp narrows
In the white dawn clear
Until we hardly see—we feel that it is there.

All the earth and air
With thy voice is loud.
As, when night is bare,
From one lonely cloud
The moon rains out her beams, and heaven is overflowed.

What thou art we know not;
What is most like thee?
From rainbow clouds there flow not
Drops so bright to see
As from thy presence showers a rain of melody.

Like a poet hidden
In the light of thought,
Singing hymns unbidden,
Till the world is wrought
To sympathy with hopes and fears it heeded not:

Like a high-born maiden
In a palace tower,
 Soothing her love-laden
Soul in secret hour
With music sweet as love, which overflows her bower:

Like a glow-worm golden
In a dell of dew,
Scattering unbeholden
Its aerial hue
Among the flowers and grass, which screen it from the view:

Like a rose embowered
In its own green leaves,
By warm winds deflowered,
Till the scent it gives
Makes faint with too much sweet these heavy-winged thieves.

Sound of vernal showers
On the twinkling grass,
Rain-awakened flowers,
All that ever was
Joyous, and clear, and fresh, thy music doth surpass.

Teach us, sprite or bird,
What sweet thoughts are thine:
I have never heard
Praise of love or wine
That panted forth a flood of rapture so divine.

Chorus hymeneal
Or triumphal chaunt
Matched with thine, would be all
But an empty vaunt—
A thing wherein we feel there is some hidden want.

What objects are the fountains
Of thy happy strain?

What fields, or waves, or mountains?
What shapes of sky or plain?
What love of thine own kind? what ignorance of pain?

With thy clear keen joyance
Languor cannot be:
Shadow of annoyance
Never came near thee:
Thou lovest, but ne'er knew love's sad satiety.

Waking or asleep,
Thou of death must deem
Things more true and deep
Than we mortals dream,
Or how could thy notes flow in such a crystal stream?

We look before and after,
And pine for what is not:
Our sincerest laughter
With some pain is fraught;
Our sweetest songs are those that tell of saddest thought.

Yet if we could scorn
Hate, and pride, and fear;
If we were things born
Not to shed a tear,
I know not how thy joy we ever should come near.

Better than all measures
Of delightful sound,
Better than all treasures
That in books are found,
Thy skill to poet were, thou scorner of the ground!

Teach me half the gladness
That thy brain must know,
Such harmonious madness
From my lips would flow
The world should listen then, as I am listening now!

【译文】

致云雀

你好啊,欢乐的精灵!
你似乎从不是飞禽,
从天堂或天堂的邻近,
以酣畅淋漓的乐音,
不事雕琢的艺术,倾吐你的衷心。

向上,再向高处飞翔,
从地面你一跃而上,
像一片烈火的轻云,
掠过蔚蓝的天心,
永远歌唱着飞翔,飞翔着歌唱。

地平线下的太阳,
放射出金色的电光,
晴空里霞蔚云蒸,
你沐浴着明光飞行,
似不具形体的喜悦刚开始迅疾的远征。

淡淡的紫色黎明
在你航程周围消融,
象昼空里的星星,
虽然,看不见形影,
却可以听得清你那欢乐的强音——

第五章　文学体裁维度下的英美文学翻译探索与研究

那犀利无比的乐音，
似银色星光的利箭，
它那强烈的明灯，
在晨曦中逐渐暗淡，
直到难以分辨，却能感觉到就在空间。

整个大地和大气，
响彻你婉转的歌喉，
仿佛在荒凉的黑夜，
从一片孤云背后，
明月射出光芒，清辉洋溢宇宙。

我们不知，你是什么，
什么和你最为相似？
从霓虹似的彩霞
也难降这样美的雨，
能和随你出现降下的乐曲甘霖相较。

像一位诗人，隐身
在思想的明辉之中，
吟诵着即兴的诗韵，
直到普天下的同情
都被未曾留意过的希望和忧虑唤醒。

像一位高贵的少女，
居住在深宫的楼台，
在寂寞难言的时刻，
排遣为爱所苦的情怀，
甜美有如爱情的歌曲，溢出闺阁之外。

像一只金色的萤火虫，
在凝露的深山幽谷，
不显露出行止影踪，

把晶莹的流光传播，
在遮断我们视线的鲜花芳草丛间。

像被她自己的绿叶
阴蔽着的一朵玫瑰，
遭受到热风的摧残，
直到它的馥郁芬芳
以过浓的香甜使鲁莽的飞贼沉醉。

晶莹闪烁的草地，
春霖洒落时的声息，
雨后苏醒了的花蕾，
称得上明朗、欢悦，
清新的一切，都不及你的音乐。

飞禽或是精灵，有什么
甜美的思绪在你心头？
我从来没有听到过
爱情或是醇酒的颂歌
能够迸涌出这样神圣的极乐之音。

赞婚的合唱也罢，
凯旋的欢歌也罢，
和你的乐声相比，
不过是空洞的浮夸，
人们可以觉察到，其中总有着空虚。

什么样的物象或事件，
是你那欢歌的源泉？
田野、波涛或山峦？
空中、陆上的形态？
是对同类的爱，还是对痛苦的抵触？

第五章 文学体裁维度下的英美文学翻译探索与研究

有你明澈强烈的欢快。
使倦怠永不会出现,
悲懊烦恼的阴影
从来接近不得你的身边,
你爱,却从不知晓过分充满爱的悲。

是醒来或是睡去,
你对死亡的理解一定比
我们凡人梦到的
更加深刻真切,否则
你的乐曲音流,怎能像液态的水晶涌泻?

我们瞻前顾后,为了
不存在的事物自忧,
我们最真挚的笑,
也交织着某种痛苦,
我们最美的音乐是最能倾诉哀思的曲调。

可是,即使我们能摈弃
憎恨、傲慢和恐惧,
即使我们生来不会
抛洒一滴眼泪,
我们也不知,怎样才能接近于你的欢愉。

比一切欢乐的音律
更加甜蜜美妙,
比一切书中的宝库
更加丰盛富饶,
这就是鄙弃尘土的你啊,你的艺术技巧。

教给我一半,你的心
必定是熟知的欢喜,
和谐、炽热的激情

就会流出我的双唇,

全世界就会象此刻的我——侧耳倾听。

(江枫 译)

【赏析】

《致云雀》是雪莱抒情诗不朽杰作之一。他以独特的艺术构思生动地描绘云雀的同时,也以饱满的激情写出了他自己的精神境界、美学理想和艺术抱负。

诗中,诗人运用浪漫主义的手法热情地赞颂了云雀。在诗人的笔下,云雀是欢乐、光明、美丽的象征。诗人运用比喻、类比、设问的方式,对云雀加以描绘。他把云雀比作诗人,比作深闺中的少女,比作萤火虫,使云雀美丽的形象生动地展现在读者的面前。诗人把云雀的歌声同春雨、婚礼上的合唱、胜利的歌声相比,突出云雀歌声所具有的巨大力量。诗歌节奏短促、轻快、流畅、激昂,节与节之间,环环相扣,层层推进,极具艺术感染力。

雪莱诗中这一云雀形象,并不纯然是自然界中的云雀,而是诗人的理想自我形象或诗人理想的形象载体。诗人和云雀在许多方面都很相似:都追求光明,蔑视地面,都向往理想的世界。所不同的只是诗人痛苦地感到了理想与现实间的巨大差距,而这个差距对云雀是不存在的。从诗的整个调子中可以看出,雪莱虽感到理想遥远的痛苦,仍以不断飞升的积极情调去超越感伤。诗歌在艺术表现上很见功力,文字洗练,节奏感强,风格清丽明快,而且文章有种雄浑磅礴、大开大阖而又圆融内敛的气势。诗歌充满活力和锐气,有一种前进的力量。

雪莱十分重视艺术的社会意义,认为艺术的创造是根据正义和美的原则来促进生活的改造。诗人渲染高尚的情操,是为了引起读者普遍的激动,抒写对于美德的渴望,是为了唤醒人们对于卑劣欲念不能相容的强烈感情。他说:"一首伟大的诗,是永远泛溢着智慧与快感之流的不竭源泉。"《致云雀》几乎体现和容纳了雪莱诗论的全部要点。

全诗二十一节。从赞美开始,以感叹告终。层次分明,结构严谨。大体可分六、七个小段落。

据雪莱夫人回忆,这首诗是1820年夏季一个黄昏,雪莱在莱杭郊野散步时听到云雀鸣叫有感而作。第一节写的似乎就是诗人当时的强烈感受和最初反应,其余各节全都是由此生发出来的。他首先对云雀及其歌声作出总的评价和赞美:称云雀是"欢乐的精灵",以来自"天堂或天堂的邻近",暗示欢乐歌声的神圣,几乎等于说:此曲只应天上有。以"不事雕琢的艺术,倾吐你的衷心"表达了诗人的美学观点,他认为,好的诗歌应该是直接从心灵深处涌现的思想激情和形象。

第二节是全诗写得最美的一节,是一切想象的依据。写出了云雀从地面一跃而起的典型运动态势和边飞边唱的典型习性。第三、四节则在描写云雀升上晴空迎接朝阳和以一系列欢快明朗的形象感染读者的同时又把读者的思绪引回云雀的歌声。

六、七节,诗人以星光的利箭、明月的清辉、霓虹彩霞降下的美雨之类视觉形象描绘听觉上的优美感受。

第八节,直接把云雀比作诗人,说云雀"像一位诗人,隐身在思想的明辉之中,吟诵着即兴的诗韵,直到普天下的同情都被从未留意过的希望和忧虑唤醒",他以"即兴"再次强调好的艺术品应是真情实感的流露,又以"思想的明辉"突出思想在艺术创作中的地位。最后两行则宣扬了诗人的神圣使命,也就是雪莱一再论及的"唤醒同情"。而以人们"从未留意过的……"一句则表明诗人比一般人敏感,是"感受性最细致,想象力最博大的人""立法者和先知",应该有能力有责任,揭示出常人未曾留意的真理。第九节,他把云雀鸣声比作怀春少女为了"排遣她为爱所苦的情怀"而唱出的"甜美如爱的歌曲",这正是诗人的自况。

接着,他又比之为飞萤与晶莹的流光、玫瑰与醉人的芳香,都像隐居深闺的少女一样,不露形影。体现了雪莱所说,诗人写诗,并非自求闻达。第十二节又以晶莹闪烁的草地、春霖洒落的声息、雨后苏醒的花蕾这三个密集的形象带出三个概括性强而准确的形容词:明朗、清新、欢悦,在更高两个层次,对云雀歌声的优美品质做出判断。

第四小段,从第十三节到第十五节,探讨美的根源。"飞禽或是精灵",呼应第一节的"欢乐的精灵,你似乎从不是飞禽"。然后以设问的方式给予答案。

雪莱认为,没有高尚的思想、情操便无从创造美的艺术作品。"赞婚的合唱"和"凯旋的欢歌"之所以必定贫乏,是因为在他看来,传统的婚姻制度不过是人压迫人的秩序的一个组成部分,而带来"凯旋"的战争和暴力本身则是"一切罪恶的根源"。第十五节提出了艺术与生活和自然的关系。雪莱认为,"艺术是生活的惟妙惟肖的再现"。雪莱也非常重视想象,"诗可以解作想象的表现"。不过,他所推崇的想象也源于生活。他在谈到自然风光、山川姿色、人间暴政、战争场景和人类各种文明成就时说:"我就是从这些源泉中吸取了我的诗歌形象的养料。"绮丽的浪漫主义之花,也深深植根于现实生活的土壤。

第十六节说,云雀歌声之所以甜美欢快,是因为云雀"爱,却从不知晓过分充满爱的悲哀"。第十七节谈到了死亡。人总认为一切生灵最大的痛苦莫过于失去生命。雪莱认为,在参透了生死真谛之后,便可达到无所畏惧、无所挂碍的坦荡境地。雪莱认为有理性的人应该造福人类,这是生命的价值。而高尚的灵魂永生不死,只会回归到他所来自的本源而和"宇宙精神"合一,那时,死去的将是死亡。这种理解,也正是雪莱虽时刻预感死亡临近而始终乐观豁达的重要原因。

云雀,是理想化了的诗人。以下三节,体现了浪漫主义诗歌的共同特征:歌颂自然,以反衬人类社会的丑恶和人的不幸,但也揭示了某种真理:"我们瞻前顾后,为了不存在的事物自扰,我们最真挚的笑,也交织着某种苦恼,我们最美的音乐是最能倾诉哀思的曲调。"读到此处,现实生活中的人们,能不产生共鸣?

第二十节对云雀歌声的美妙进一步概括,同时表明,艺术作品之所以美妙而富饶,是因为作者具有不凡的品质,高超的艺术技巧只能为"鄙弃尘土"的艺术大师所用。

"鄙弃尘土",既指云雀"从地面一跃而上",也指摆脱陈腐、庸俗的思想感情的拘束。雪莱说:"诗人的言语总是隐喻的",全诗在使用大量的明喻和暗喻描绘云雀及其歌声的同时,塑造了一个象征,一个理想艺术大师的形象。这里的隐喻以双关的形式又一次呼应第一节的暗示:此曲只应天上有。

最后,诗人以感叹的口吻表达了他的愿望和抱负。云雀所熟知的欢欣,就是和美好的理想、高尚的情操、对于同类真挚强烈的爱联系在一起的欢欣。《致云雀》全诗无一处不写云雀,同时,无一处不有雪莱的自我,是诗人理想化的自我写照。

雪莱说:"一切崇高的诗都是无限的,它好像第一颗橡实,潜藏着所有橡树。我们固然可以拉开一层层的罩纱,可是潜藏在意义深处的赤裸的美却从不曾完全被揭露过。"《致云雀》正是这样一首崇高的诗,理解《致云雀》可以成为理解雪莱其人其诗的一把金钥匙。

《致云雀》的二十一节,每节都由四个扬抑格三音步诗行和一个抑扬格六音步诗行构成,韵式是ababb。这种四短一长的设计,是模拟云雀;每阵鸣叫,总是在短促的几声之后拖带一长声尾音。尽管雪莱说:"诗是一把闪着电光的剑,永远没有剑鞘,因为电光会把藏剑的鞘焚毁。"但是,《致云雀》的剑与鞘似乎正好匹配。

《致云雀》作为内容与形式完美统一的典范,称得上清新俊逸,不同凡响,以至比雪莱年长22岁,同样写过云雀的前辈大诗人威廉·华兹华斯读后也自叹弗如。

第三节 英美小说翻译

在英语文学中,小说是一种常见的体裁形式。小说是一种叙事性的文学体裁,其通过对人物、情节、环境等的描写,对社会生活进行反映。小说与其他文学体裁相比,容量更大,既可以对人物思想性格进行详细的刻画,也能够将人物的命运呈现出来,还可以完整地表现人物之间的冲突和矛盾,展现人们生活的环境等。因此,小说是通过对特定环境的描写、对故事情节的描述、对人物形象的塑造来传达一定情感道德伦理的目的。当然,要想了解英语小说,必须通过翻译这一媒介,而要想翻译准确,译者需要掌握英语小说的语言特点及其翻译技巧。

一、英语小说的语言特点

(一)形象与象征

小说的语言往往通过象征等手法,将情感、观点等形象地表现出来,而不是简单地直接叙述。也就是说,小说的语言往往会形象地表达对人物、事件等进行描述,使读者产生身临其境之感,从而获得与小说中人物一样的感悟与体会。小说对人物、事件等展开具体的描述,其使用的语言也用具象语言代替抽象语言,这样让读者获得感染。[1]

---

[1] 刘小蓉,庞茜之,刘华.英语实用文体与翻译研究[M].长春:吉林大学出版社,2012.

小说中经常使用象征的手法,象征并不是绝对代表某一观点、某一思想,而是用暗示的方式将读者的想象激发出来,是用有限的语言表达言外之意。用象形的语言表达暗示之意,极大地增强了小说语言的艺术性与文学性,这也凸显了小说的一大特色。

  Seated with Stuart and Brent Tarleton in the cool shade of the porch of Tara, her father's plantation, that bright April afternoon of 1861, she made a pretty picture. Her new green flowered-muslin dress spread its twelve yards of billowing material over her hoops and exactly matched the flat—heeled green morocco slippers her father had recently brought her from Atlanta...

(Margaret Mitchell: *Gone with the Wind*)

  1861年4月里的一天下午,阳光明媚。斯卡利特小姐在她爸爸那个叫作塔拉的庄园里,由塔尔顿家两兄弟,斯图尔特和布伦特陪着,坐在走廊的阴影处,显得颇为妩媚动人。她穿着一身簇新的绿色花布衣服,裙摆展开呈波浪形,脚上配着一双绿色平跟山羊皮鞋,那是她爸爸新近从亚特兰大给她买来的……

这段文字出自玛格丽特·米歇尔的《飘》。原文主要描绘的是女主人公斯嘉丽·奥哈拉。通过阅读这篇文章可知,表面上看斯嘉丽·奥哈拉是一个文静端庄的女孩子,但是从其绿色的眼睛中可知其是一位充满活力的女性。

(二)讽刺与幽默

  讽刺即字面意义与隐含意义之前呈现对立,有时候,善意的讽刺往往能够产生幽默的效果。讽刺对语篇的伦理道德等有教育强化的意义。幽默对增强语篇的趣味性意义巨大,肃然讽刺与幽默的功能差异比较大,但是将二者相结合,能够获得更大的效果。讽刺与幽默的效果往往需要通过语调、语气、句法等手段来彰显。例如:

  Let me just stand here a little and look my fill. Dear me! It's a palace—it's just a palace! And in it everything a body could desire, including cozy coal fire and supper standing

第五章 文学体裁维度下的英美文学翻译探索与研究

ready. Henry, it doesn't merely make me realize how rich you are; it makes me realize to the bone, to the marrow, how poor I am—how poor I am, and how miserable, how defeated, routed, annihilated!

让我在这儿站一会儿吧,我要看个够。好家伙!这简直是个皇宫——地道的皇宫!这里面一个人所能希望得到的,真是应有尽有,包括惬意的炉火,还有现成的晚饭。亨利,这不仅只叫我明白你有多么阔气;还叫我深入骨髓地看到我自己穷到了什么地步——我多么穷,多么倒霉,多么泄气,多么走投无路,真是一败涂地!

这一例子出自马克·吐温的《百万英镑》,通过阅读这段可知马克·吐温小说幽默诙谐的语言特色。因此,在翻译时,译者需要采用同样的预期语言风格,给人以轻松诙谐之感。

二、英语小说的翻译技巧

(一)人物性格的传译

小说特别重视对人物进行刻画。因此,译者在翻译时需要注意选词,找到恰当的表达手段,让读者通过读译作,形成与原作读者相同的人物印象。例如:

Do you think I can stay to become nothing to you? Do you think I am an automation?—a machine without feelings? I have as much soul as you—and full as much heart!

你难道认为,我会留下来甘愿做一个对你来说无足轻重的人?你以为我是一架机器?……我的心灵跟你一样丰富,我的心胸跟你一样充实!

上例出自勃朗特的《简·爱》,主人公的个性、精神等都得到了充分的体现。基于这一点,译者在语气、遣词造句上都需要精心进行雕琢,对原作主人公的形象予以准确再现。

(二)语境的传译

语境就是语言环境,指的是用语言展开交际的场合。小说语境的翻译要比语义的翻译更加困难。译者在翻译时,应该注意比照原作的总体与个别语境,运用恰当的表达手段,对原作语境进行准确的传达。例如:

It was Miss Murdstone who has arrived, and a gloomy looking lady she was; ...

来的不是别人,正是枚得孙小姐。只见这个妇人,满脸肃杀……

(张谷若 译)

该例出自狄更斯的《大卫·科波菲尔》,描写了枚得孙的姐姐兼管家刚到科波菲尔家时的场景。可以看出,作者对此人物是持否定态度的。根据作者的态度,译者在遣词造句时就要注意体现其观点,努力再现原文的情景。例如,将 gloomy looking 译为"满脸肃杀"等。

下面再以《德伯家的苔丝》节选为例进行分析。[1]

【原文】

The village of Marlott lay amid the north-eastern undulation of the beautiful Vale of Blakemore or Blackmoor aforesaid, an engirdled and secluded region, for the most part untrodden as yet by tourist or landscape painter, though within a four hours' journey from London.

It is a vale whose acquaintance is best made by viewing it from the summits of the hills that surround it—except perhaps during the droughts of summer. An unguided ramble into its recesses in bad weather is apt to engender dissatisfaction with is narrow, tortuous, and miry ways.

This fertile and sheltered tract of country, in which the fields are never brown and the springs never dry, is bounded on the south by the bold chalk ridge that embraces the prominences of Hambledon Hill, Bulbarrow, Nettlecombe-Tout, Dogbury, High Stoy, and Bubb Down. The traveler

---

[1] 毛莉. 文学翻译赏析[M]. 兰州:甘肃文化出版社,2008.

from the coast, who, after plodding northward for a score of miles over calcareous downs and corn-lands, suddenly reaches the verge of one of these escarpments, is surprised and delighted to behold, extended like a map beneath him, a country differing absolutely from that which he has passed through. Behind him the hills are open, the sun blazes down upon fields so large as to give an unenclosed character to the landscape, the lanes are white, the hedges low and plashed, the atmosphere colorless. Here, in the valley, the world seems to be constructed upon a smaller and more delicate scale; the fields are mere paddocks, so reduced that from this height their hedgerows appear a network of dark green threads overspreading the paler green of the grass. The atmosphere beneath is languorous, and is so tinged with azure that what artists call the middle distance partakes also of that hue, while the horizon beyond is of the deepest ultramarine. Arable lands are few and limited; with but slight exceptions the prospect is a broad rich mass of grass and trees, mantling minor hills and dales within the major. Such is the Vale of Blackmoor.

(Thomas Hardy: *Tess of the d'Urbervills*)

【译文】

　　前面说过的那个美丽的布蕾谷或者布莱谷,是一处群山环抱、幽深僻静的地方,虽然离伦敦不过四个钟头的路程,但是它的大部分,却还不曾有过游历家和风景画家的足迹。马勒村就在它东北部那片起伏地带的中间。

　　想要熟悉这个山谷,最好是从它四周那些山的山顶上往下眺览,不过也许得把夏季天旱的时节除外。天气不好,一个人没有向导,独自游逛到谷里的幽深去处,容易对于它那种狭窄曲折、泥泞难走的路径,觉得不满。

　　这一片土壤肥沃、山峦屏障的村野地方,田地永远不黄,泉水永远不干,一道陡峭的白垩质山岭,包括汉敦山、野牛冢、奈岗堵、达格堡、亥司陶和勃布砀这些高岗,在它南面环绕回抱。一个从海边上来的旅客,往北很费劲地走过了几十英里石灰质丘陵地和庄稼地以后，一下来到这些峻岭之一的山脊上面，看到一片原野，像地图一样，平铺在下面，和刚才所走过的截然不同，他就不由得要又惊又喜。他身后面，山势空旷显敞，蓠路漫漫灰白，树蓠低矮盘结，大气无颜无色，太阳明晃晃地照耀的那些块田地，一处一处广大，只显得那片景物，好像没有围篱界断一样。但是在这个山谷里，世界却好像是在纤巧、精致的规模上建造起来的。这儿的田地，都只是一些小小的牧场，完全是大草场的缩影，因此从这个高岗上看来，一行一行纵横交错的树蓠，好像是一张用深绿色的线结成的网，伸展在浅绿色的草地之上。山下的大气，都懒意洋洋，并且渲染成那样浓重的蔚蓝，因而连这片景物上艺术家叫作是中景的那一部分，也都沾润了那种颜色，而远处的天边，则是一片最深的群青。长庄稼的地，块数不多，面积有限。全副景物，除去很少的例外，只是大山抱小山，大谷套小谷，而那些小山和小谷上，盖着一片连绵、丰茂的草和树。布蕾谷就是这种样子。

（张谷若 译）

【赏析】

《德伯家的苔丝》是英国著名批判现实主义作家托马斯·哈代（1840—1928）较有影响的一部长篇小说，描写了贫穷的农家少女苔丝短促而不幸的一生。整个作品语言生动形象，人物刻画细致入微，极富艺术感染力。小说发表之后，即被翻译成多种文字，后来还多次被拍成电影，历久不衰。

这里节选的是小说中的一段景物描写，作者用散文诗般的优美语言将一个远离尘嚣的美丽山村图景一览无余地展现在读者眼前，意境幽远，令人回味。原文字字珠玑，温婉含蓄，极具音韵美和节奏美，能够给读者带来强烈的审美体验。译者张谷若先生抓住原文精髓，将自己的审美体验融入原作者的审美体验中，凭借高超的语言领悟能力和语言驾驭能力，用极其地道的汉语译文再现了原文的内容及风格特征，堪称一种艺术上的再创造，读来同原作一样令人爱不释手。具体说来，我们可以从以下几个方面对原文进行赏析。

（1）译者充分利用译语优势，用大量短小精悍、言简意赅，韵律性、节奏感极强的汉语四字结构传译原文，读来朗朗上口，文学色彩浓厚。例如：

第五章 文学体裁维度下的英美文学翻译探索与研究

用"群山环抱"译 engirdled，用"幽深僻静"译 secluded，用"起伏地带"译 undulations，用"幽深去处"译 recesses，用"狭窄曲折"译 tortuous，用"泥泞难走"译 miry，用"土壤肥沃"译 fertile，用"山峦屏障"译 sheltered，用"永远不黄"译 are never brown 等。

（2）译者根据上下文，对词义进行了适度具体化引申，从而使整个语篇显得更加连贯一致。例如：

将 prominences（prominent thing, especially part of a landscape or building：突出的部分）具体化，引申翻译为"高岗"；将 verge（an edger border：边、边缘）具体化，引申翻译为"山脊"；将 escarpment（a long, steep slope, especially one at the edge of a plateau or separating areas of land at different heights：长而陡的坡或悬崖）具体化，引申翻译为"峻岭"；将 height（a high place or area：高处、高地）具体化，引申翻译为"高岗"等。

三、英美经典小说翻译赏析

狄更斯《双城记》

【原文】

It was the best of times, it was the worst of times, it was the age of wisdom, it was the age of foolishness, it was the epoch of belief, it was the epoch of incredulity, it was the season of Light, it was the season of Darkness; it was the spring of hope, it was the winter of despair; we had everything before us, we had nothing before us; we were all going directly to Heaven, we were all going the other way.

——From *A Tale of Two Cities*

【译文】

这是一个最好的时代，这是一个最坏的时代；这是一个智慧的年代，这是一个愚蠢的年代；这是一个信任的时期，这是一个怀疑的时期；这是一个光明的季节，这是一个黑暗的季节；这是希望之春，这是失望之冬；人们面前应有尽有，人们面前一无所有；人们正踏上天堂之路，人们正走向地狱之门。

（宋兆霖 译）

第四节　英美散文翻译

在英语文学作品中,散文也非常常见,是一种重要的英语文学体裁,是语言艺术的典范,具有很高的审美价值。一般来说,散文作者往往通过生活中的偶发事件、零散的事物等来反映深刻的内涵、复杂的情感。散文的类别也有很多,包括记叙文、描写文、说明文、议论文等,这对散文的翻译也带来了巨大的挑战。

一、英语散文的语言特点

(一)简练、畅达

英语散文要求简练、畅达。简练的散文语言不仅能够将所要表达的内容传达出来,还能够表达作者对人、对物的态度。这不是作者刻意追求的,而是作者最朴实的情感表达。畅达的散文不仅能够让词汇挥洒自如,还能够让情感表达自由洒脱。总之,二者是相辅相成的关系,也是英语散文的生命力之所在。

(二)口语化、文采化

散文作者会用自己的姿态、声音、风格等讲话,向读者倾诉、恳谈,能充分展示其说话的风格和个性。因此,散文的口语化更加浓重。散文的口语化特征,并不是说其失去了文采或是不讲究文采,散文往往具有"至巧近拙"的文采。

第五章 文学体裁维度下的英美文学翻译探索与研究

(三)节奏整齐、顺畅

众所周知,散文具有很强的节奏感,这主要在其声调的分配上有合理的展现。散文的节奏感还体现在句式的整散交错,长短句的密切结合。正是因为散文的节奏整齐,因此让读者在阅读时能够朗朗上口,有顺畅自然之感。①

二、英语散文的翻译技巧

(一)情感的传达

散文的创作在于传达作者思想感情,因此情感是散文的灵魂之所在。在对散文进行翻译时,译者需要对原文的情感心领神会。也就是说,要想让读者顺利读完译者翻译的散文,获得与原作读者相同的感受,就需要译者把原作的情感因素融入进去,这样才能达到真正的移情效果。例如:

I like a serene and peaceful life, as much as a busy and active one; I like being in solitude, as much as in company. As it is tonight, basking in a misty moonshine all by myself, I feel I am a free man, free to think of anything, or of nothing. All that one is obliged to do, or to say, in the daytime, can be very well cast aside now. That is the beauty of being alone. For the moment, just let me indulge in this profusion of moonlight and lotus fragrance.

我爱热闹,也爱冷静;爱群居,也爱独处。像今晚上,一个人在这苍茫的月下,什么都可以想,什么都可以不想,便觉是个自由的人。白天里一定要做的事,一定要说的话,现在都可以不理。这是独处的妙处,我且受用这无边的荷塘月色好了。

原作中表达了作者的情感以及当时的思想状况。译者需要对原作

---

① 张保红.文学翻译[M].北京:外语教学与研究出版社,2010.

作者的情感有深刻的体会,然后融入自己的译作之中,这样译者就能够感受到其对荷塘美景的赞叹以及当时的复杂心境,表达出作者当时无奈和凄凉的心境。

(二)意境的重现

意境是散文思想表达的重要依托,因此作者在散文写作中往往会将意境的创作放在首位。这是因为散文创作的目的在于带给读者美的享受以及哲理思考,因此译者在对原作进行翻译时,需要考虑作者创作的意境。散文的语言表达比较自由,注重"义"大于"形",因此译者在翻译时并不拘泥于句子的表达,而是做到收放自如,在对原作意思进行再现的基础上,用流畅、优美的语言将意境凸显出来。[1] 例如:

It is a marvel whence this perfect flower derives its loveliness and perfume, springing as it does from the black mud over which the river sleeps, and where lurk the slimy eel, and speckled frog, and the mud turtle, whom continual washing cannot cleanse. It is the very same black mud out of which the yellow lily sucks its obscene life and noisome odor. Thus we see too in the world, that some persons assimilate only what is ugly and evil from the same moral circumstances which supply good and beautiful results—the fragrance of celestial flowers—to the daily life of others.

(Nathaniel Hawthorne: *The Old Manse*)

荷花如此清香可爱,可以说是天下最完美的花,可是它的根,却长在河底的黑色污泥中,根浊花清,这不得不说是一种奇迹。河底潜伏着滑溜的泥鳅,斑斑点点的青蛙,满身污秽的乌龟,这种东西虽然终年在水里过活,身上却永远洗不干净。黄色睡莲的香味恶俗,姿态妖媚,它的根也是生在河底的黑泥里面。因此我们可以看见在同样不道德的环境之下,有些人能够

---

[1] 黄成洲,刘丽芸.英汉翻译技巧——译者的金刚钻[M].西安:西北工业大学出版社,2008.

第五章 文学体裁维度下的英美文学翻译探索与研究

出淤泥而不染,开出清香的荷花,有些人却受到丑恶的熏陶,成了黄色的睡莲了。

(夏济安 译)

在对原文进行翻译时,译者需要首先进行分析,不难发现虽然原作只有三句话,但都是抑扬讽喻的表达,结构紧凑,彰显了鲜明的意象,这样也使得原文更为丰富。译者在翻译时需要最大限度地保留原作的意境美,运用最自然的语言来表达原作的内容,并且在选词上保证与原作风格趋于一致。

三、经典散文翻译举隅

弗兰西斯·培根《论读书》

【原文】

Of Studies

Studies serve for delight, for ornament, and for ability. Their chief use for delight, is in privateness and retiring; for ornament, is in discourse; and for ability, is in the judgment and disposition of business. For expert men can execute, and perhaps judge of particulars, one by one; but the general counsels, and the plots and marshalling of affairs come best from those that are learned.

To spend too much time in studies is sloth; to use them too much for ornament is affection; to make judgment wholly by their rules is the humor of a scholar. They perfect nature and are perfected by experience: for natural abilities are like natural plants, that need pruning by study, and studies themselves do give forth directions too much at large, except they be bounded in by experience.

Crafty men contemn studies, simple men admire them, and wise men use them, for they teach not their own use; but that is a wisdom without them and above them, won by observation. Read not to contradict and confuse; nor to believe and take for granted; nor to find talk and discourse;

but to weigh and consider.

Some books are to be tasted, others to be swallowed, and some few to be chewed and digested; that is some books are to be read only in parts; others to be read, but not curiously; and some.

few to be ready wholly, and with diligence and attention. Some books also may be read by deputy and extracts made of them by others; but that would be only in the less important arguments, and the meaner sort of books; else distilled books are, like common distilled waters, flashy things.

Reading makes a full man; conference a ready man; and writing an exact man. And therefore, if a man write little, he had need have a great memory; if he confer little, he had need have a present wit; and if he read little, he had need have much cunning to seem to know that he doth not.

Histories make men wise; poets witty; the mathematics subtle; natural philosophy deep; moral grave; logic and rhetoric able to contend.

Abeunt studia in mores. Nay there is no stond or impediment in the wit, but may be wrought out by fit studies: like as diseases of the body may have appropriate exercises. Bowling is good for the stone and reins; shooting for the lungs and breast; gentle walking for the stomach; riding for the head; and the like. So if a man's wit be wandering, let him study the mathematics; for in demonstrations, if his wit be called away never so little, he must begin again. If his wit be not apt to distinguish or find differences, let him study the schoolmen; for they are cymini sectores. If he be not apt to beat over matters, and to call up one thing to prove and illustrate another, let him study the lawyers' cases. So every defect of the mind may have a special receipt.

——By Francis Bacon

第五章　文学体裁维度下的英美文学翻译探索与研究

【译文】1

谈读书

　　读书足以怡情,足以博彩,足以长才。其怡情也,最见于独处幽居之时;其博彩也,最见于高谈阔论之中;其长才也,最见于处世判事之际。练达之士虽能分别处理细事或一一判别枝节,然纵观统筹、全局策划,则舍好学深思者莫属。

　　读书费时过多易惰,文采藻饰太盛则矫,全凭条文断事乃学究故态。读书补天然之不足,经验又补读书之不足,盖天生才干犹如自然花草,读书然后知如何修剪移接;而书中所示,如不以经验范之,则又大而无当。

　　有一技之长鄙读书,无知者慕读书,唯明智之士用读书,然读书并不以用处告人,用书之智不在书中,而在书外,全凭观察得之。读书时不可存心诘难作者,不可尽信书上所言,亦不可只为寻章摘句,而应推敲细思。

　　书有可浅尝者,有可吞食者,少数则须咀嚼消化。换言之,有只须读其部分者,有只须大体涉猎者,少数则须全读,读时须全神贯注,孜孜不倦。书亦可请人代读,取其所作摘要,但只限题材较次或价值不高者,否则书经提炼犹如水经蒸馏,淡而五味矣。

　　读书使人充实,讨论使人机智,笔记使人准确。因此不常做笔记者须记忆特强,不常讨论者须天生聪颖,不常读书者须欺世有术,始能无知而显有知。

　　读史使人明智,读诗使人灵秀,数学使人周密,科学使人深刻,伦理学使人庄重,逻辑修辞之学使人善辩:凡有所学,皆成性格。

　　人之才智但有滞碍,无不可读适当之书使之顺畅,一如身体百病,皆可借相宜之运动除之。滚球利睾肾,射箭利胸肺,慢步利肠胃,骑术利头脑,诸如此类。如智力不集中,可令读数学,盖演算须全神贯注,稍有分散即须重演;如不能辨异,可令读经院哲学,盖是辈皆吹毛求疵之人;如不善求同,不善以一物阐证另一物,可令读律师之案卷。如此头脑中凡有缺陷,皆有特药可医。

(王佐良 译)

【译文】2

论读书

　　读书能给人乐趣、文雅和能力。人们独居或退隐的时候，最能体会到读书的乐趣；谈话的时候，最能表现出读书的文雅；判断和处理事务的时候，最能发挥由读书而获得的能力。那些有实际经验而没有学识的人，也许能够一一实行或判断某些事物的细微末节，但对于事业的一般指导、筹划与处理，还是真正有学问的人才能胜任。

　　耗费过多的时间去读书便是迟滞，过分用学问自炫便是矫揉造作，而全凭学理判断一切，则是书呆子的癖好。学问能美化人性，经验又能充实学问。天生的植物需要人工修剪，人类的本性也需要学问诱导，而学问本身又必须以经验来规范，否则便太迂阔了。

　　技巧的人轻视学问，浅薄的人惊服学问，聪明的人却能利用学问。因为学问本身并不曾把它的用途教给人，至于如何去应用它，那是在学问之外、超越学问之上、由观察而获得的一种聪明呢！读书不是为着要辩驳，也不是要盲目信从，更不是去寻找谈话的资料，而是要去权衡和思考。

　　有些书只需浅尝，有些书可以狼吞，有些书要细嚼慢咽，漫漫消化。也就是说，有的书只需选读，有的书只需浏览，有的书却必须全部精读。有些书不必去读原本，读读它们的节本就够了，但这仅限于内容不大重要的二流书籍；否则，删节过的往往就像蒸馏水一样，淡而无味。

　　读书使人渊博，论辩使人机敏，写作使人精细。如果一个人很少写作，他就需要有很强的记忆力；如果他很少辩论，就需要有机智；如果他很少读书，就需要很狡猾，对于自己不懂的事情，假装知道。

　　历史使人聪明，诗歌使人富于想象，数学使人精确，自然哲学使人深刻，伦理学使人庄重，逻辑学和修辞学使人善辩。

　　总之，读书能陶冶个性。不仅如此，读书并且可以铲除一切心理上的障碍，正如适当的运动能够矫治身体上的某些疾病一般。例如，滚球有益于肾脏；射箭有益于胸肺；散步有益于肠胃；骑马有益于头脑等等。因此，假若一个人心神散乱，最

第五章　文学体裁维度下的英美文学翻译探索与研究

好让他学习数学，因为在演算数学题目的时候，一定得全神贯注，如果注意力稍一分散，就必须得再从头做起。假若一个人拙于辨别差异，就让他去请教那些演绎派的大师们，因为他们正是剖析毫发的人。假若一个人心灵迟滞，不能举一反三，最好让他去研究律师的案件。所以每一种心理缺陷，都有一种特殊的补救良方。

（廖运范 译）

【译文】3

论学习

学习可以作为消遣，作为装点，也可以增进才能。其为消遣之用，主在独处、归休之时；为装点，则在高谈阔论之中；为才能，则在明辨是非、深谋远虑之间；因为专于一技者可以操持甚或判断一事一物，而唯有博学之士方能纵观全局，通权达变。

过度沉溺于学习是怠惰；过度炫耀学问是华而不实；食书不化乃书生之大疾。学习可以完善天性，并通过经验得以完善自身；因为天生之才犹如天然之草木，尚需通过学习加以修整；而纸上学问未免空谈，除非由经验加以约束。

聪颖者鄙视学习，愚鲁者羡慕学习，明智者利用学习；学习本身并不教人如何运用；唯有观察可以带来超越学习的智慧。读书不为争论长短，不为轻信盲从，也不为高谈阔论，而旨在衡情度理。

有些书可以浅尝辄止，有些书可以生吞，而有少数书应该细嚼慢咽，融会贯通；换言之，有些书可以阅读，但不必谨小慎微；而有少数书应该悉心通读，刻苦研习。有些书可以请人代读，也可以读其节选；但这只限于那些不够重要的论述和粗制滥造的书籍；否则，经过提炼的书犹如经过提炼的水一样，淡而无味。

读书使人充实，讨论使人机智，笔记使人严谨；因此，假若一个人很少做笔记，那他需要有超人的记忆；假若他很少讨论，那他需要天资聪颖；而假若他很少读书，那他需要有充分的狡诈掩饰自己的无知。读史使人明智，读诗使人聪颖，算数使人缜密，自然哲学使人深刻，伦理使人庄重，逻辑与修辞使人善辩。

  总之,学习造就性格;不尽如此,心智中任何障碍可以通过恰当的学习来疏通。这正如身体上的疾病可以通过恰当的锻炼来消除:滚球有益于腰肾,射箭有益于胸肺,慢步有益于肠胃,骑马有益于大脑,等等。因此,假若有人甚至懒散,那就让他学习算术,因为在演算中,注意力稍有分散,他就必须从头做起;假若他的智慧不足以辨别差异,那就让他学习经院哲学家,因为他们善于吹毛求疵;而假若他不擅处理事务,不能触类旁通,那就让他学习律师的案例。因此,心智上的每一种缺陷都可能有专门的药方。

(孙有中 译)

【赏析】

  三个译本中,王佐良先生的译本简练,廖运范先生的译本准确,孙有中先生的译本明白畅达,阅读时可对照欣赏,挑选适合自己的版本。即使是同一文章的译文,表达相同的意思,但是,词措的不同,翻译理解起来也会有些许差异。比较上述三位翻译家的翻译文本,细细体悟三位翻译家的不同翻译策略和翻译风格,品味文学翻译的艺术魅力。

第五节 英美戏剧翻译

  戏剧具有悠久的历史传统,在英语文学作品中占据重要地位,是一种独特的英语文学体裁。所谓戏剧,即集合语言、舞蹈、动作、音乐等为一体的综合艺术形式。中西方文学都有优秀的戏剧作品,并且都承载着各自深厚的文化底蕴。由于戏剧独有的艺术特色,对其进行翻译就显得较为困难,并不仅仅是拘泥于语言知识的翻译,同时还涉及语言之外的因素的传译。

第五章　文学体裁维度下的英美文学翻译探索与研究

一、英语戏剧的语言特点

（一）动作性

在戏剧中，语言与动作有着密不可分的关联，动作是剧作者打动人的一项重要手段。"语言动作"能够更好地说明戏剧语言与动作二者的联系，也能够将戏剧语言本身的性质揭示出来。在戏剧艺术中，台词往往能够说明动作的内容，而且台词本身也是一种动作。台词不仅对人物的动作进行诠释，还能够与人物的形体融合为一体，将人物的行动意义与内心状态表达出来。例如，戏剧《哈姆雷特》开场时两个侍卫之间的对话就极富动作性。[1]

Bernardo: Who's there?

Francisco: Nay, answer me.

Stand and unfold yourself.

勃那多：那边是谁？

弗兰西斯科：不，你先回答我。站住，告诉我你是什么人？

因为在城堡中看到了鬼魂，侍卫们由于内心恐慌，因此非常谨慎。侍卫勃那多的提问向另一侍卫弗兰西斯科发出了挑战，要求对方证明身份。弗兰西斯科也提出了相同的问题，因惊恐而希望对方先回答问题。在上述对话中，两个侍卫通过使用具有动作性的语言来威胁对方表明身份，这种动作性的语言成了他们相互较量的武器。

（二）修辞性

戏剧源自生活，但并不是对生活的简单重复。戏剧主要依靠语言来吸引大众的视线，因此戏剧台词都是剧作家精心加工出来的。在剧本创作过程中，剧作家往往会使用多种修辞手法，以使语言更鲜活，更具有说服力，进而给观众留下深刻的印象。例如：

---

[1] 特里·伊格尔顿(Terry Eagleton). 如何读诗[M]. 北京：北京大学出版社，2016.

Lear: And my poor fool is hang'd. No, no, no life!
Why should a dog, a horse, a rat, have life,
And thou no breath at all? Thou'lt come no more.
Never, never, never, never, never!

李尔王：我可怜的傻瓜被绞死了。没命了，没命了，没命了。为什么狗、马、鼠，都有生命，唯独你却没有一丝呼吸呢？你再也不会回来了，永远，永远，永远，永远，永远不会回来了！①

上述选自莎士比亚戏剧《李尔王》中的一段，描写的是李尔王痛失爱女感到痛苦万分的一幕。莎士比亚运用叠词的修辞手法，将李尔王的内心悲痛与悔恨表达出来。叠词的运用能够对语气进行强化，将主题思想揭示出来，突出李尔王的内心情感。

二、英语戏剧的翻译技巧

就戏剧翻译而言，制约其翻译策略的因素主要有戏剧翻译的特点、戏剧翻译的性质与任务、戏剧语言的特点，以及综合这些因素而确定的戏剧翻译的原则、戏剧的翻译对象和戏剧翻译的单位等。由于戏剧翻译的特殊性，如受简洁性、即时性、动作性、可演性和大众性等诸多因素的制约，译文内容与原文一致的重要性相比于形式对等更显突出。但是，这并不意味着只顾内容而完全放弃形式。所谓内容忠实原则，是指戏剧翻译的译文首先要力求忠实于原作内容。

这是戏剧翻译的基本要求。这里所说的内容包括：（1）人物语言虽然包括对白、独白和旁白等几个部分，但只有对白是人物语言的主体。因此，戏剧翻译的主要研究对象是人物对白；（2）戏剧翻译的特殊性要求在具体的翻译实践中兼顾演员的表情、动作，以及观众的接受度；（3）戏剧翻译必须考虑戏剧表演有其特定的时空限制。

戏剧区别于其他文学体裁的本质属性便是以舞台演出为目的。所以，在戏剧文学作品中，演员、观众同读者一样成为需要考虑的、重要的和不可或缺的部分。在戏剧翻译过程中，译者要始终以演员的表演和观众的接受能力作为翻译策略选择的指归。

---

① 黎昌抱．英语反复修辞探索[M]．武汉：华中科技大学出版社，2005．

第五章 文学体裁维度下的英美文学翻译探索与研究

(一) 加词法

由于剧本舞台表演的即时性,翻译中一般不宜采用文后加注的方法。通常情况下,文内增译(文内加词法)是大多数戏剧翻译工作者经常使用的翻译方式。受到戏剧文本独有的语言特点和各国文化差异的影响,剧作家对于一些不需要过多赘述的、源语观众所熟识的环境信息常常省去,但是这些省略常使目的语观众产生理解的障碍,所以译者需要在译文中加入一些语境信息,如利用词或短语等形式补充源语中省略的文化内容,帮助目的语观众理解。除此之外,这种翻译方式对于译者提出了更高的要求,经过实践证实,内增译法会使译文看起来简单明了,非常适合舞台演出这种形式,所以被目的语受众广为接受。

(二) 替代法

有时,源语中所包含的某些对白文字的文化区域性特征过强,在译语观众固有的认知结构中缺乏,而在有限的戏剧时空中又无法补充,同时该内容又是不可或缺的组成部分。这时,译者就可考虑使用替代法的翻译方法,将原句中这些文字"化"去,而采用译语观众可以理解的词语取而代之。

替代法是戏剧翻译中常用的方法,它是一种归化译法,即用本民族观众能理解的事物或说法去替代异文化中特有的事物。试看下面的翻译:

Maryk: We crawled under the boilers and pulled out the lead ballast blocks, two hundred pounds apiece.

(赫尔曼沃克《哗变》)

玛瑞克:连锅炉底下都爬到了,把那些压船用的、每块九十公斤的铅块都搬出来。

(英若诚 译)

在人类漫长的历史中,不同的民族形成了自己的度量衡制。西方国家有英里、英尺和英寸,中国有丈、尺、寸等。当这些不同的度量单位出现在戏剧对语中时,为了使戏剧观众尽快理解话语的意义,替代法是最直接和实用的翻译方法。

（三）变通法

在戏剧的交际功能上，原文和译文应取得某种相似的交际效果。只要实现了原文的交际功能，译文的目的在某种程度上也就实现了。因此，戏剧翻译中如遇到特具文化特征的概念，或一字半句难以解释的词语，可以根据自己对源语观众和目的语观众认知环境的了解，采用变通翻译的方法，选择适合于译入语观众的表达方式来示意作者的交际意图。例如：

Howard: Kid I can't take blood from a stone.

（米勒《推销员之死》）

霍华德：我从石头里可挤不出水来啊，老兄。

（英若诚 译）

霍华德：老兄，石头里可榨不出油来。

（陈良廷 译）

由于威利年迈体弱，无法继续从事推销的业务，他的老板霍华德拒绝给他发放薪金。英文 I can't take blood from a stone，表明了霍华德冷酷无情的态度。以上两位译者都放弃了对原文 blood 的字面直译，而分别译为"水"和"油"。但比较这两种变通翻译，陈译比英译更胜一筹，因为中国人更习惯于用"油"来指钱和财富，如"富得流油""揩油"等，因此陈译更易于被目的语观众所理解。

（四）省略法

戏剧文本中有时会出现这样一些信息内容，它们对译语观众在有限时空中的认知活动无关紧要，甚至毫不相关，或者在译语观众固有的认知结构中缺乏这些知识。对于这些信息，译者可以采取删译或者弃译的方法，以凸显相关性更强的信息。例如：

Linda: Biff, you can't look around all your life, can you？

Biff: just can't take hold, mom. I can't take hold of some kind of a life. Linda: Biff, a man is not a bird, to come and go with the springtime.

（米勒《推销员之死》）

第五章　文学体裁维度下的英美文学翻译探索与研究

林达：比夫，你总不能一辈子老是到处看看不是？

比夫：我就是待不住，妈。让我一辈子就干一件事，我办不到。

林达：比夫，人不能像鸟似的，整天飞。

（英若诚 译）

这段对话的关键点在林达的台词中。她对比夫四处游逛的生活习惯很是不满，带着忧伤劝告儿子，人不是飞来飞去的鸟。英译用"整天飞"三个字非常完美地再现了原文的含义。这一精练的译文也符合舞台戏剧语言的需要。试想，此句如译为"春天来了就飞来，春天去了就飞去"，就会失去戏剧语言的简洁美。

（五）异化与归化法

实际上，异化和归化是对直译和意译的不断拓展与延伸。翻译中语言的表达方式问题是直译和意译要讨论的主要问题，翻译过程中的文化移植是异化和归化所讨论的主要问题。异化翻译将原文作者和源语作为翻译的基础，而归化翻译则是将读者和目的语作为翻译的主要依据。一些支持异化翻译的学者，通常将翻译视为一种文化交流的形式，主张将深入学习他国文化和风俗人情作为阅读的目的。

除此之外，对源语文化加以保留也能够进一步完善目的语文化。所以，译文只有传达出与之相对应的源语文化，才是忠于原文的表现。而一些支持归化翻译的学者认为，翻译工作除了要克服语言的障碍之外，更要克服文化的障碍。避免文化冲突是翻译工作者的主要任务之一，而归化翻译能够帮助读者充分理解原文，扫清障碍，进而达到文化交流的目的。

异化翻译的发表人物有韦努蒂，他认为异化翻译方法源于19世纪德国哲学家Schleiermacher所提出的相关翻译的学说，翻译工作者应尽量保留原文意图并对读者加以引导。韦努蒂（1995）提到，异化翻译法是十分必要的，尤其适用于一味使用单语并笼统强调归化翻译的权威性与标准化的情况。

异化法适用于那些对当时社会情况需要做出干预、管控的策略，换句话说，这是对主导文化心理的一种挑战。限制译文中别国的文化因素，尽可能地使用与本国文化相关的内容。韦努蒂认为异化翻译需要坚守本民族的文化特点,将目的语中加入别国语言文化中的差异因素,使读者感受别国的风土人情、文化特色等。奈达(Nida)是主张归化翻译的典型代表,他站在社会和文化的视角,将译文的读者放在首要位置,认真剖析了原文背后的文化价值,提出了"最切近的自然的对等"的理念,奈达多次强调其观点,即"译文大致可以被视为源语信息最贴切的自然平衡"。

国内有学者认为,"归化是翻译的歧路""是对原文的歪曲"(刘英凯,1987)。许崇信(1991)认为,从文化交流的角度看,归化"整体上来说是不科学的,无异于往人身上输羊血,得到的不是文化交流,而是文化凝血"。冯建文(1993)则认为,"文学翻译中译文归化与保存异域情趣并不矛盾"。[①]

如果考虑到作者的意图、文本的类型、翻译的目的和读者的层次和要求,异化和归化的译法均有其存在和应用的价值。

以上两种翻译形式都有各自的优点,并适用于不同性质的翻译文本,表达不同的作者意图,满足读者不同种类的需求。这两种翻译形式并不是互相排斥的关系,它们相辅相成,互为补充。相对来讲,异化翻译更接近原文,归化翻译则更加接近目的语或目的语读者。二者某些地方存在交叉、重叠的现象,但也有着较为明显的区别,其中最大的区别就在于对外来文化的态度。

下面以《哈姆雷特》原文节选为例来进行分析。

【原文】

O heat, dry up my brains! tears seven times salt,
Bur out the sense and virtue of mine eye!
By heaven, thy madness shall be paid by weight,
Till our scale turn the beam. O rose of May!
Dear maid, kind sister, sweet Ophelia!
O heavens! is't possible a young maids wits
Should be as mortal as an old man's life?
Nature is fine in love; and where'tis fine
It sends some precious instance of itself

---

① 孟伟根.戏剧翻译研究[M].杭州:浙江大学出版社,2012.

第五章 文学体裁维度下的英美文学翻译探索与研究

After the thing it loves.[①]

（William Shakespeare：*Hamlet*）

【译文】

译文（1）

啊，炽热的烈焰，炙枯了我的脑浆吧！

七倍辛酸的眼泪，灼伤了我的视觉吧！

天日在上，我一定要叫那害你疯狂的仇人重重地抵偿他的罪恶。

啊，五月的玫瑰！亲爱的女郎，好妹妹，奥菲利娅！

天啊！一个少女的理智，也会像一个老人的生命一样受不起打击吗？人类的天性由于爱情而格外敏感，因为是敏感的，所以会把自己最珍贵的部分舍弃给所爱的事物。

（朱生豪 译）

译文（2）

噢，愤怒的火焰啊，烧干我头脑！

七倍辛酸的眼泪啊，泡瞎我眼睛！

我发誓，定叫人家来加十倍抵偿

害你发疯的罪过！五月的玫瑰啊，

可爱的姑娘啊，好妹妹，好莪菲丽亚！

天啊！难道一个少女的理性，

也就像老人的生命一样的脆弱吗？

天性由于热爱而分外敏感，

精细到无微不至了，就把本性里

珍贵的东西献给了所爱的人。

（卞之琳 译）

译文（3）

啊热气，烤干我的脑子！加了七次盐的眼泪，腌瞎了我的眼睛！——皇天在上，你的疯狂必要得到大大的赔偿，非到我们的代价压翻了天平柱决不罢休。啊！五月的玫瑰！亲爱的女郎，和善的妹妹，甜蜜的奥菲里啊！——啊天呀！莫非少女

---

① ［英］莎士比亚（Shakesprare W.）.哈姆莱特·名作名译[M].朱生豪译.昆明：云南人民出版社，2009.

· 147 ·

的神经也能和老人的性命一样的受致命的打击？人的天性在深情中最是敏锐，所以在一往情深之中，就能以最宝贵的天性拿来献给所追念的人。

（梁实秋 译）

译文（4）

  炎热啊，把我的头脑晒干！愿眼泪含有
  七倍的盐，把我的视觉和眼力烧完！
  我的天，你的疯狂要重重地来偿还，
  至到天平要转平秤杆。啊，五月的玫瑰花！
  亲爱的少女，温和的妹妹，奥菲丽亚
  何其香甜！啊，日月星辰！少女的理智
  岂能和老人的生命一样，不得长远？
  天性在爱情中变得纯善，正由于纯善
  它才把它自己最宝贵的理智作为典范
  向它钟爱的父亲贡献。

（杨烈 译）

译文（5）

  心头火啊，烧干我的脑浆，满眼泪，
  咸过盐七倍，就腌得我两目无光吧！
  凭老天，你发这疯，点滴是都要
  算账的，直算到天平杆转到咱们
  这方向。五月的玫瑰，亲爱的姑娘，
  软心肠的妹妹，莪菲丽，你这甜模样啊！
  天啊，青春女郎的灵性，难道
  就脆弱难保，像老人的晚景残光？
  天性的至爱，竟可以微妙到这样
  它捧出所有的精英，献给了所爱，
  而自告消亡。

（林同济 译）

【赏析】

莎氏从雷欧提斯之口，侧面对奥菲利娅之美进行描写，以美的效应

第五章　文学体裁维度下的英美文学翻译探索与研究

写美的艺术手法,在《莎》中未为一见。^①以上五译,各有其所美,也各有其所以为美。有的擅长于求契于原文,力臻"约不失一辞"和谐之美,不过也无不及,如译文(2)(3)行文用词最为简精。但是,也有着意铺陈,堆砌增饰,未能争美于"半不余一字"致远入深之境。然而,五译各有所造,难以就一言一字,度长絜大,扬此抑彼,读者自有判断。善读莎剧者必审,在上引《罗密欧与朱丽叶》一则中,对女主人之美,作者不于正面描写中短引,而于侧面旁写中著笔。作者对朱丽叶的眼睛仅作了简短的描写,但将人物的气质、性格、精神、情感侧见于其他文字之间。更可聊以见例于以上所引《哈姆雷特》一节,作者对女主人公奥菲丽娅仅用一个比喻,以及三个形容词,大似《红》中对香菱仅作了如此一笔:"眉心中原有米粒大小的一点胭脂痣"。除此,全书对香菱容貌的具体描写只字不见,奥菲丽娅与香菱,虽出自二手,但俱于不着墨处生成人像,读来无迹可求。凡此种种,足证莎曹两家在创作心理、艺术营构与手法上,存在的不似之似现象,时有所见。

三、英语经典戏剧翻译赏析

（一）莎士比亚《哈姆莱特》

【原文】

　　I will tell you why; so shall my anticipation prevent your discovery, and your secrecy to the king and queen moult no feather. I have of late—but wherefore I know not—lost all my mirth, forgone all custom of exercises; and indeed it goes so heavily with my disposition that this goodly frame, the earth, seems to me a sterile promontory, this most excellent canopy, the air, look you, this brave o'erhanging firmament, this majestical roof fretted with golden fire, why, it appears no other thing to me than a foul and pestilent congregation of vapours. What a piece of work is a man! how noble in reason!

---

① 奚永吉.文学翻译比较美学[M].武汉:湖北教育出版社,2001.

how infinite in faculty! in form and moving how express and admirable! in action how like an angel! in apprehension how like a god! the beauty of the world! the paragon of animals! And yet, to me, what is this quintessence of dust? man delights not me: no, nor woman neither, though by your smiling you seem to say so.

【译文】

　　我近来不知为了什么缘故，一点兴致都提不起来，什么游乐的事情都懒得过问；在这一种抑郁的心境之下，仿佛负载万物的大地，这一座美好的框架，只是一个不毛的荒岬；这个覆盖众生的苍穹，这一顶壮丽的帷幕，这个金黄色的火球点缀着的庄严的屋宇，只是一大堆污浊的瘴气的集合。人类是一件多么了不得的杰作！多么高贵的理性！多么伟大的力量！多么优美的仪表！多么文雅的举动！在行为上多么像一个天使！在智慧上多么像一个天神！宇宙的精华！万物的灵长！可是在我看来，这一个泥土塑成的生命算得了什么？人类不能使我发生兴趣；不，女人也不能使我发生兴趣，虽然从你现在的微笑之中，我可以看到你在这样想。

（朱生豪 译）

【原文】

　　To be, or not to be, that is the question: Whether 'tis nobler in the mind to suffer The slings and arrows of outrageous fortune, Or to take arms against a sea of troubles, And by opposing end them? To die: to sleep; No more; and by a sleep to say we end The heart-ache and the thousand natural shocks That flesh is heir to, 'tis a consummation Devoutly to be wish'd. To die, to sleep; To sleep: perchance to dream: ay, there's the rub; For in that sleep of death what dreams may come When we have shuffled off this mortal coil, Must give us pause: there's the respect That makes calamity of so long life; For who would bear the whips and scorns of time, The oppressor's wrong, the proud man's contumely, The pangs of despised love, the law's delay, The insolence

第五章　文学体裁维度下的英美文学翻译探索与研究

of office and the spurns That patient merit of the unworthy takes, When he himself might his quietus make With a bare bodkin? who would fardels bear, To grunt and sweat under a weary life, But that the dread of something after death, The undiscover'd country from whose bourn No traveller returns, puzzles the will And makes us rather bear those ills we have Than fly to others that we know not of? Thus conscience does make cowards of us all; And thus the native hue of resolution Is sicklied o'er with the pale cast of thought, And enterprises of great pith and moment With this regard their currents turn awry, And lose the name of action.

【译文】

　　生存还是毁灭，这是一个值得考虑的问题；默然忍受命运的暴虐的毒箭，或是挺身反抗人世的无涯的苦难，通过斗争把它们扫清，这两种行为，哪一种更高贵？死了；睡着了；什么都完了；要是在这一种睡眠之中，我们心头的创痛，以及其他无数血肉之躯所不能避免的打击，都可以从此消失，那正是我们求之不得的结局。死了；睡着了；睡着了也许还会做梦；嗯，阻碍就在这儿：因为当我们摆脱了这一具朽腐的皮囊以后，在那死的睡眠里，究竟将要做些什么梦，那不能不使我们踌躇顾虑。人们甘心久困于患难之中，也就是为了这个缘故：谁愿意忍受人世的鞭挞和讥嘲、压迫者的凌辱、傲慢者的冷眼、被轻蔑的爱情的惨痛、法律的迁延、官吏的横暴和费尽辛勤所换来的小人的鄙视，要是他只要用一柄小小的刀子，就可以清算他自己的一生？谁愿意负着这样的重担，在烦劳的生命的压迫下呻吟流汗，倘不是因为惧怕不可知的死后，惧怕那从来不曾有一个旅人回来过的神秘之国，是它迷惑了我们的意志，使我们宁愿忍受目前的折磨，不敢向我们所不知道的痛苦飞去？这样，重重的顾虑使我们全变成了懦夫，决心的赤热的光彩，被审慎的思维盖上了一层灰色，伟大的事业在这一种考虑之下也会逆流而退，失去了行动的意义。

（朱生豪译）

(二)莎士比亚《麦克白》

【原文】

Tomorrow, and tomorrow, and tomorrow, Creeps in this petty pace from day to day, To the last syllable of recorded time; And all our yesterdays have lighted fools. The way to dusty death. Out, out, brief candle!Life's but a walking shadow, a poor player, That struts and frets his hour upon the stage, And then is heard no more. It is a tale told by an idiot, full of sound and fury, Signifying nothing.

【译文】

明天,明天,再有一个明天,一天接着一天的蹑步前行,直到最后一秒钟的时间。我们所有的昨天,不过替傻子们照亮了到死亡的土壤中去的路,熄灭了吧,熄灭了吧,短促的烛光!人生不过是一个行走的影子,一个在舞台上指手画脚的拙劣的伶人,登场片刻就在无声无息中悄然退下;它是愚人所讲的故事,充满喧哗与骚动,却找不到一点意义。

(朱生豪 译)

第六章 哲学维度下的英美文学翻译探索与研究

翻译的宗旨在于将原文意图进行忠实的再现。传统语言观指出语言不仅是一种透明的表达工具,也是存在的重要组成部分,其包含在人类生存的内部,具有隐晦性与创造性。翻译作为一种语言活动,其在哲学维度上的认知在根本上对传统翻译观进行撼动,而且也撼动了传统翻译观提倡的译文忠实原则,扭转了翻译的忠实再现身份,而是将其视作一个意义再生的过程。在这一独特过程中,旧有意义不断理解阐释,并传递直到新的意义创造再生。本章就从哲学维度上分析英美文学翻译的相关问题。

第一节 英美文学作品的精神突围

文学属于人的一项精神活动。当然,这里不仅涉及绝对精神,还涉及客观精神。基于这样的精神活动,不仅要将人的生存困境呈现出来,还要表现出人在困境中是如何突围的。在揭示人沉沦与异化环境相处的同时,将人永恒的思想和获救的希望加以展现。作为一种存在方式,文学的主要脉络应该是人的精神历史与终极关怀。可见,从哲学维度审视英语语言文学非常必要。

一、理性滥觞与神性萌芽

古希腊是欧洲文明的发祥地,希腊文化滋养和孕育了后世欧洲文化。恩格斯曾说:"没有希腊文化和罗马帝国所奠定的基础,也就没有现代的欧洲。"① 希腊神话与史诗作为希腊文化成果的一种特殊的价值载体和显现符号,包含着希腊文化精神的全部内涵。西方文学精神突围的二维——理性观照与神性启示,都孕育于希腊神话与史诗中。它不仅作为西方文学的开端,在艺术上深刻影响着后世西方文学的发展,而且作为希腊文化精神的最高体现,其精神取向也成了后世西方文学精神的滥觞。②

希腊神话与史诗所描绘的是西方文学的"童年"时代。马克思在评论希腊神话与史诗中所呈现的人性时说:"有粗野的儿童,有早熟的儿童。古代民族中有许多是属于这一类的。希腊人是正常的儿童。"③ 什么是"正常"呢?从"粗野"与"早熟"看,所谓"正常",应该是介于它们两者之间。因此,对于什么是"正常",至少可以从两个方面去理解。一方面,它具有儿童的童稚、天真与真诚,它表现了人类自由自在、纯洁无瑕的感性生活和对这种生活的追求与向往。另一方面,它还在一定程度上受着社会法则的制约。没有前者,就失去了它的天真,就会变得少年老成;没有了后者,就会堕于原欲的放纵之中,变得无知而粗野。④

对于希腊神话与史诗中所呈现的西方人的"童年"时代的生活,人们往往侧重从第一个方面,即表现人类早期自由自在、纯洁无瑕的感性生活和对这种生活的追求与向往这一角度去解读。的确,希腊神话与史诗中体现出一种人本主义精神。但我们往往忽略了另一方面,即它还受着社会法则的制约,希腊神话与史诗中所呈现的社会法则是整体与历史的发展。但无论人本主义还是历史主义,其存在方式都是在理性观照中寻找生存价值论意义,只是表现形式不同而已。

---

① 马克思,恩格斯.马克思恩格斯选集(第3卷)[M].北京:人民出版社,1972.
② 肖四新.西方文学的精神突围[M].北京:中央编译出版社,2003.
③ 马克思,恩格斯.马克思恩格斯选集(第2卷)[M].北京:人民出版社,1972.
④ 肖四新.欧洲文学与基督教[M].广州:暨南大学出版社,2013.

二、信仰时代的理性与信仰

中世纪被称为"信仰的时代",因为这一时期是以上帝为本体的基督教信仰时代。在人们的理解中,这一时期应该与理性无缘。但从存在论层面看,这是一个信仰与理性并存的时代。不仅因为基督教是人类意识的产物,而且基督教中除了超越于以人的活动为基础的信仰存在方式外,还包括以人的活动为基础的理性存在方式。起初它以感性主义的方式呈现出来,在对感性主义的反驳中,基督教产生了。基督教除了信仰内涵外,还包含着将人的本质外化为神的本质、以上帝的名义建构人的伦理体系的"理性"内涵。这种理性主义,我们称为神本主义。

中世纪是信仰基督教的时代,天主教在欧洲各国的精神领域里享有至高无上的地位。如恩格斯所说:"中世纪只知道一种意识形态,即宗教和神学。"[1] 有人认为,罗马帝国的衰颓是由于基督教出现的缘故。事实上,基督教的出现,与其说是罗马帝国衰颓的原因,毋宁说是罗马帝国衰颓的结果。它的产生,与罗马帝国感性主义的蜕变与泛滥是分不开的。罗马帝国抽象的纪律观念和死板的法律统治的直接后果,是感性生活的枯燥乏味,是正常人性的被钳制,是"美和爽朗的道德生活的毁灭"。历史的进步、国家的建立与巩固以个体价值的丧失为其代价,致使个体情感长期被压抑,终于导致了各种原始欲望的反抗。这种反抗冲破道德、法律和国家观念的禁锢,蜕变成一种不加掩饰的本能发泄。

随着罗马版图的扩大,物质财富的增长,国家的巩固,在骄奢淫逸的东方文化与感性主义的希腊生活方式的影响下,罗马人再也不愿受到严明的纪律观念的约束,再也不愿意承担服务国家的义务和家庭的责任,而是沉溺于声色犬马的感性主义生活之中。在各种记载古罗马的历史、文化和风俗的著作中,都详尽描绘了共和国末期和帝国时代的罗马人,尤其是统治者感性欲望的膨胀以及荒淫与堕落的丑恶行径。

希腊人的享乐主义在某种程度上说是对现世生活的肯定,洋溢着一种青春的活力,包含着给人艺术般享受的审美情趣与激发民族生机的酒神精神。正如有人所说:"当希腊人沉溺于享乐主义之中时,他们始终能够使享乐主义的生活方式保持一种美感,让肉体的放纵伴随着一种精

---

[1] 马克思,恩格斯. 马克思恩格斯选集(第4卷)[M]. 北京:人民出版社,1972.

神的陶醉,而绝不至于把情欲的宣泄降低到兽性和变态的程度。"[①]然而罗马人把希腊的感性主义蜕变为一种单纯的享乐主义,不仅毫无审美情趣可言,相反,变成了本能欲望的发泄甚至是变态的发泄。

随着帝国的扩张,众多外国宗教入主罗马版图。罗马政府对待外国的宗教信仰,大多采取了宽容政策,其中以希腊宗教对罗马人的影响尤甚。罗马人几乎全盘照搬了希腊文化与希腊宗教,希腊神话中的神都成了罗马神话中的神,希腊的原始宗教与民族宗教成了罗马宗教的重要组成部分。希腊宗教是审美的,充满了人间味。但罗马宗教却是功利的,表现出一种极端冷漠的功利色彩。他们对神的崇拜只是以神的手段达到具体的现实利益,是极端唯实的。

尽管希腊宗教与罗马宗教在格调上有不同,但有一点是共同的,就是它们都是对现世生活感兴趣和对人间幸福抱有希望的宗教,它们的基本格调都是享乐主义,都是唯实的宗教。因此,这种注重现世生活的宗教无法满足寻找精神寄托的罗马人的需要。功利十足的国家主义不可能长久地取代信仰,不可能满足心灵上的饥渴。这个时候,一种来自被他们占领的地区——巴勒斯坦地区的、空灵而忧郁,但能满足他们心灵需要的宗教——基督教,以不可阻挡之势,进入他们的生活中。[②]

基督教是从犹太教的胚胎中孕育出来的。作为民族宗教的犹太教,包含着犹太人的不幸意识、苦难意识、罪孽意识,体现了犹太人的向善意识、伦理观与拯救观。犹太教是一种带有极强世俗性、伦理性的民族宗教,与其说它是一种宗教观念,不如说是犹太民族的处世原则。在犹太教基础上产生的基督教,是一种既包含伦理内涵,又具有超验性、启示性的世界性宗教信仰。基督教最基本的观念是罪与救赎说。罪与救赎的观念是犹太教的基本观念,也是基督教最基本的观念,其他的一切观念都是以它为基础的。基督教在继承犹太教关于罪与救赎的观念的同时又有所发展。犹太教所谓的罪,是指违反上帝的诫命与律法。犹太教将罪分为两大类共十条,即宗教罪与伦理罪。基督教在此基础上提出了原罪说,基督教将原罪看作人本体化的生存规定,凡为肉身者,生而有罪,人的降世即罪的降世,罪与人同在。

---

① 赵林.西方宗教文化[M].武汉:湖北人民出版社,1996.
② 肖四新.欧洲文学与基督教[M].广州:暨南大学出版社,2013.

第六章　哲学维度下的英美文学翻译探索与研究

三、人文理性的期盼

在 17 世纪的英国,爆发了资产阶级革命。尽管革命取得了暂时的胜利,动摇了封建主义的宝座,但革命是在清教徒的领导下进行的,实际上是一场宗教改革,清教徒的信仰是 17 世纪英国革命中资产阶级的思想体系。因此,在 17 世纪英国文学中,所体现的是清教主义与古典人文主义的融合。尽管它是在清教主义的名义下进行的,但它注重的只是清教主义的理性内涵。从存在方式上看,它所体现的是对人文理性的期盼。既作为革命家,又是 17 世纪英国文学代表的弥尔顿,其作品中所体现的正是这种理性的存在方式。[①]

弥尔顿既是"英国文艺复兴时期的最后一个巨人",也是"启蒙学者的先辈"。他是一个唯理的诗人,一个遵循理性原则的古典主义者。但他笔下的理性,其内涵是复杂的、多重的。一方面,它具有人本精神的内涵,弥尔顿将人文主义注入古典主义之中;另一方面,它又包含着清教主义"严肃""勤俭"的生活原则,用清教主义的理性原则来遏制自由意志中的原欲冲动。但无论其内涵是什么,从存在方式上看,都是对理性的存在方式的追求。

对他的叙事长诗《失乐园》,国内外评论者一直众说纷纭。有人认为它是一部纯粹的宗教诗,有人认为它是对 17 世纪英国革命的反思。其实,这两种观点都带有片面性。如果完全抛开时代与阶级的内容,将它看成是一部纯粹的宗教诗,既割断了作品同作者与社会的联系,也是一种无视作品客观内容的做法。弥尔顿也强调理性的约束,同古典主义作家一样,他笔下的理性也是具有阶级性的,只是它所代表的是资产阶级的利益,具有人文主义的内涵。但它不仅仅是对 17 世纪英国革命的历史记录和反思,也是他用宗教意象对人类本性、人与宇宙的关系,以及人类命运所作的象征性表述。它所表现的是人类从漂泊过渡到安息的情景,描绘的是一个对现时与未来、个体与群体都有意义的模式。从这种描绘中我们可以捕捉到长诗的主旨是对人文理性的期盼。

《失乐园》有两条相互交织的线索:一是人类始祖亚当夏娃违反上帝的禁令,偷吃禁果而被上帝逐出伊甸乐园;一是撒旦反叛上帝而被上

[①] 肖四新.西方文学的精神突围[M].北京:中央编译出版社,2003.

帝逐出天国,两条线索通过撒旦引诱夏娃偷吃禁果的情节联系起来。弥尔顿通过两条相互交织的线索表达了同一精神:肯定自由意志和对自由意志的追求,谴责放纵情欲、理性不足的行为。《失乐园》中有许多肯定人性的描写、歌颂自然美的诗句,特别是对亚当、夏娃在伊甸园中的生活的描绘,完全是一幅幸福家庭生活的画面——现世、恬静、迷人,亚当机智勇敢,夏娃温柔而有魅力。妻子对丈夫既含羞涩又带骄矜,温情脉脉,欲顺故忤,欲爱还嗔。他们在乐园中手牵着手行走,在丛林旁伫立,在清澈的泉水旁相拥,温柔地私语。在劳动之余悄悄地情语,隐晦地传递着爱的微笑。既有年轻人的嬉戏,又有夫妻间的柔情缱绻。

在弥尔顿看来,人是具有自由意志的,自由意志使人具有无限的潜力。因此,人在一定程度上可以主宰自己的命运。自由意志使匍匐于上帝和自然脚下的人类终于站立起来,靠自己的双手独立于世界。使人类开始了对自身存在的崇敬和个人权力的信仰以及对人生悲剧感觉力的领悟。撒旦面对上帝的权威,敢于反抗,不屈不挠,积极进取,正是觉醒后、具有自由意志的人在灵界的象征,是一种崇高的人文精神的体现。但自由意志中又常常包含着一种巨大的破坏力,不能使人很好地发挥原有的善的本性。往往感情冲动,排斥理性,变成激情与冲动的奴隶。弥尔顿相信,如果自由意志与理性结为一体,一定会表现出一种向善的直觉,人类就能够找到正确的途径,摆脱暂时的困境,重建一个崭新的人间的乐园,从而"化地狱为天堂"。

不难看出,弥尔顿所呼唤的这种新秩序其实是一种开明的君主政体。他心中的这一理想的社会模式在《基督教教义》中也曾有过描述,即君主应该听从神的话,听从人民的愿望;如果君王不听神和人民的话,为非作歹,神就给予公正的惩罚,人民就要起来反抗和革命。他这里所说的君王其实与《失乐园》中的上帝在第一个层面上的性格特征都是对应的。他还提出人和神的关系是:神给人以自由意志,或自愿遵守纪律,或有意犯罪作恶,自取灭亡。在当时的历史条件下,弥尔顿所期盼的这一理想的社会模式无疑是进步和具有积极意义的。正因此,恩格斯称他为"18 世纪启蒙学者的先辈"。尽管他所说的理性仍没有超出阶级和历史的范畴,但《失乐园》中所期盼的将现世人生与道德法则结合的人生理想却是具有普遍意义的。《失乐园》表面上描绘的是神话故事,事实上,弥尔顿是通过这一神话故事在具体地、戏剧性地表达自己的人文理想。他后期创作的另两部重要作品《复乐园》与《力士参孙》,同《失乐园》是一脉相承的。如果说《失乐园》是弥尔顿对人文理性的呼唤的话,那么《复乐园》展示的则是人文理性的复苏,而《力士参孙》使我们看到的是具有人文理性的理想人格在现实中的出现。

第二节 英美文学与哲学的关系研究

依照罗素的观点,哲学是某种介于神学与科学之间的东西,哲学与神学一样,涉及人类思考那些迄今确认的知识所不能肯定的事物,但是其又像科学一样,往往不会诉诸权威,而是诉诸理性……介于神学与科学之间还存在一种无人之城,这就是所谓的哲学。从这点来看,我们可以看到文学与哲学一样,也是介于神学与科学之间的"一片无人之城"。

文学与哲学应该是一对连体婴儿。根据柏拉图的观点,哲学家往往是一个爱洞察真理的人。在柏拉图看来,如果有个人爱好美的事物,他决心去看一切新悲剧、新图画,去听一切新的音乐,那么这样的人就不能称为哲学家,而仅仅只是一个文学家、艺术家,因为这类人仅仅是爱好美的事物,而哲学家则是爱美的自身。仅仅爱美的事物的人是在做梦,而认识绝对美的人往往是比较清醒的。前者只不过有意见,但是后者拥有的是知识。柏拉图还解释道:意见是属于感官所接触的世界的,但是知识则是属于超越感觉的永恒的世界的。这里,我们又看到了文学与哲学实际上是存在区别的。但是,柏拉图并未将二者区分开。因为柏拉图坚信,哲学是对真理的洞见,其不纯粹是理智的,其是思想与感情的结合。文学艺术最终也是体现智慧的一种模仿物。在古代中国,孔子、朱熹等哲学大师也未专门区分文学与哲学。事实上,中国古代的"文学"这一概念,即是集文学、哲学、学术于一炉的大杂烩。黑格尔在论述绝对精神的发展时指出,"绝对精神将经历三个阶段:显示于艺术、宗教和人类精神哲学中。绝对精神在艺术中以直观的形式来表现它的本质或真理。在宗教中以表象或想象来表现;在哲学中以概念的形式或纯粹逻辑思维来表现。精神在完全的自由中来知觉它内在的本质,是艺术;精神虔诚地想象它内在的本质,是宗教;精神在思想上思考和认识它内在的本质,是哲学。"由此,除了形式的差别,本质上,文学与哲学都是绝对精神。事实上,从古希腊哲学开始,哲学就没有忽略对真、善、美的讨论。这样,哲学终于在18世纪产下一个婴儿——美学(艺术哲学),而美学与文学理论是很难严格区分的。尼采的出现使文学与哲学的微小界限也不复存在了。尼采天才地赋予自己的哲学观念以诗的形式,由此形成一种无与伦比的"诗化的哲学"。紧随其后的,是20世纪涌现而出的现代派文学(如象征主义、存在主义、黑色幽默、荒诞派),他们有意识地进行"哲学的诗化";以文学的形式探讨诸如人的存在,永恒价值等哲学基本命题。

维特根斯坦对语言的各种功能深入考察。他指出,语言并不只是对世界进行描绘,词的意义在于其用法,语言作为一种工具有多种用途。他认为,一个描述事物的句子(命题)一定是一个"现实的图式"。所有的图式和世界上可能的状态一定具有同一逻辑形式。于是,维特根斯坦把整个哲学问题概括为语言问题,这就与结构主义文学理论接轨了。如是,文学与哲学终归都是语言,都是词的运用。如果把哲学理解成思想,那么古往今来,一切堪称伟大的文学作品都与哲学联袂登台,一切伟大的文学家都堪称哲学家。在荷马史诗中,几乎能找到所有古希腊重要的哲学思想。

歌德本人就是一位有见地的哲学家,其《浮士德》中蕴含着甚深的辩证哲学思考。伏尔泰、狄德罗、卢梭无一不是从哲学家的角度来进行文学活动的。陀思妥耶夫斯基和托尔斯泰的作品分量沉沉,全在于其哲思透悟,思想深邃。连浪漫主义诗人柯勒律治、雪莱的诗作中也蕴含着甚深的哲理。20世纪以来,萧伯纳、詹姆斯·乔伊斯、萨特、加缪、叶芝、艾略特诸人或将哲学与文学揉为一体,或本人就是文学家与哲学家的集合。

在哲学淡漠的中国,文学与哲学也结下了不解之缘。较为明显的是庄子、孟子、嵇康、柳宗元、苏轼、鲁迅等人。印度的泰戈尔更是将哲学与文学融汇成功的典型诗人。文学脱离哲学,在尼采看来是不能容忍的。尼采宣称:"我已厌倦于那些旧诗人或新诗人,我觉得他们都是十分肤浅的小海洋。他们从来没有深思过,因此就无法感受到大海的最底层,些许放荡与些许厌烦——这便是他们向来最好的沉思。"柯勒律治也宣称,诗的精神应是思考"当我思考之时注视自然界的事物,我就像看到远处的月亮把暗淡的微光照进那结满露珠的玻璃窗扉。此时,与其说我是在观察什么新事物,毋宁说我像是在寻求,又似乎是要求一种象

第六章　哲学维度下的英美文学翻译探索与研究

征语言,以表达那早已永恒地存在于我内心的某一事物。而且,即使我是在观察新事物,我也始终只有一种模糊的感觉,仿佛这新的现象朦胧地唤起蕴藏于我的天性之中而已被忘却了的真理。"尼采强调,"艺术的更高概念"是"艺术哲学家"。①

由此观之,文学与哲学从本质上是颇为近似的。它们都追求永恒的价值,追求真理,追求普遍的善,追求人生之真谛,追求完整和谐的美,它们都是语言的游戏,是一种非功利的、非实用的有关精神生活的知识。它们都是人的心理需求,充满激情,组织和传播社会—文化—心理信息。然而,就此而将文学与哲学等同起来却是危险而困难的。柏拉图曾斥责文学"对于真理没有多大价值",这不仅不真实,而且"培养发育人性低劣的部分,摧残理性的部分。"哲学已由于具有哲学的精神和力量而是至高无上的。黑格尔也指出,艺术发展会经历象征、古典和浪漫三个阶段。当浪漫艺术(诗是最典型的)发展到极端地追求理想、激情,即精神因素超过了物质因素时,它就会毁灭,最后为哲学所取代。但真正醉心于区别文学与哲学之士,则乐意指出"二者表现方式上的巨大鸿沟"。别林斯基道:"哲学家用三段论法,诗人则用形象和图画说话。""实际上,哲学总是跟诗歌敌对……一般意见认为,诗人具有使他们陶醉于当前瞬刻,忘掉过去和未来,为快感而牺牲实利的活泼的、热情的天性,对于被他们看得比道德更重要的享乐的贪得无厌和永不满足的追求、口味和意图方面的轻率、多变和无恒,以及永远把他们从现实引向理想,使他们为了美好的、无法实现的幻梦而忽视真正的当前欢乐的一种无边无际的幻想。相反,一般意见认为哲学家具有对于智慧的不懈的追求,而智慧便是群众所不能懂得,普通人所不能理解的最高的生之幸福。同时,认为他们不可剥夺的特点是不可克服的意志力,奔赴唯一不变目标的锲而不舍的精神,慎重的行为,有节制的愿望,把实利和真实看得高于快感迷恋的一种偏爱在生活中取得持久可靠的幸福,认识到幸福的源泉包含在自身之中,欣赏自己不朽精神的神秘宝藏,而不是欣赏美妙尘世生活的空幻外表及其斑驳多彩的那样一种本领。因此,一般意见把诗人看作偏心母亲的钟爱孩子、幸运的宠儿……把哲学家看作永恒真理和智慧的严峻仆人,在言辞方面是真理的化身,在行动方面是美德的化

---

① 王雨辰,刘斌,吴亚平.西方哲学的演进与理论问题[M].北京:中国财政经济出版社,2003.

身……总之，单纯的，直感的，由经验得来的认识，在诗歌和哲学之间看到一种差别……一般意见认为，诗歌具有一种超凡的力量，通过崇高的感觉，把人类精神向上天提升，它靠一般生活的美丽的、鬼斧神工的形象在人们心里唤起这些感受……哲学的任务在于通过同样崇高的感觉，使人类精神和上天接近起来，但它是靠对于一段生活法则的透彻的认识来唤起这些感觉的。"这里，别林斯基从表达的方式上细致地区分了文学与哲学的差异。但是，要真正使二者泾渭分明，还得从文学的特有方法——虚构性入手。

众所周知，文学要描述"按照可然律或必然律可能发生的事"（亚里士多德语），就必须虚构，即文学所处理的具体人物、事件、环境都不必是现实生活中的绝对真实的摹本。文学以虚构性求真，更能"洞见真理"。一般人认为，哲学的任务是揭示生活的本质、规律，以此"洞见真理"，但哲学无须虚构，因为它无须处理具体的人物、事件、环境。但是，在任何一部哲学著作中我们都能找出许多哲学家作为论证的具体人物、事件和环境。它们也许是俯拾即是的，也许是哲学家任意"虚构"的，只要能说明论题，只要那些例证是可能存在的，并无不可。例如，柏拉图为阐明理念、现实和艺术的关系时，就以木床为例。由此，我们还不能将文学与哲学一刀切分开。关键的问题在于，哲学并不像文学那样频繁、那样具体、那样生动，那样始终如一地描绘人物、事件、环境。哲学不愿在那上面浪费笔墨。

然而，文学与哲学都以语言为媒介。依现代语言学（结构主义）的看法，语言是信息交流的最重要载体。美国哲学家蒯因指出，语言、句子与意义之间并不存在固定的对应关系，总有可能存在着一个不确定的因素和"多出来"的解释，即"指称的不可测知"。维特根斯坦称语言的运用是生活形式的一部分，即"语言游戏"。然而，从哲学角度看，语言分析、逻辑都只能是哲学的技术和工具，并非哲学本身。哲学语言的全部意义在于探求智慧和理性，哲学的功能亦在于此。哲学给人的愉悦是一种获得智慧和理性，恍若尝到禁果，进入彼岸的愉悦。文学则不然，文学运用语言（日常语言的陌生化）是为了创造出一个人们满意的理想世界。它应是一个丰富多彩，充满感性的、灵动的世界。文学给人的愉悦是感性的。它不一定是智慧，也不一定合乎理性，无害无益的消闲之美是可以接受的。哲学追求的是最高的真和善，是一种严肃的美。由此文学语言便不如哲学语言般冷静如冰，它潜藏着对真理追求的激情，因为激情易导致出偏颇,而偏颇会影响逻辑分析的过程和结论。文学语言需要充满激情。有些作家故意写得冷静只是一种技巧,因为文学必须传达感情,而感情的精灵定然会调皮地在字里行间跳跃。文学语言无须严密,而要求美的韵律和节奏。

到此,我们大致讨论了文学与哲学的主要关系。但是,倘若有人得出结论:文学与哲学必须分道扬镳,是荒唐的。文学必须靠近哲学才可能显得深刻伟大,"在任何意义上,哲学观都总是革命性地决定着艺术观的产生"这一点,柏拉图的神灵说就已露端倪,现存的伟大的文学作品则是最有力的明证。同时,哲学必须诗化(至少是语言的韵律和节奏)才能为常人理解,如尼采所论的那样。哲学如坚持恪守黑格尔的观点(深刻的思辨必须用深奥乃至艰涩的语言,因为哲学应使人思索而不是使人懒惰),那就是为自己挖掘坟墓。文学也罢,哲学也罢,其极致当是与对方的完美融合。

第三节 英美文学翻译的艺术哲学运用及其再思考

所谓文学翻译的艺术哲学,根本上是对文学翻译的艺术本质进行揭示的哲学(思考)体系。它将文学翻译视为"以文为本"的翻译,即这种翻译要处理的不是文饰性的、可有可无的、包装性的对人生的"反映"或"再现",而是在本质上与人生世界相融相会并在此基础上显现这个世界的"艺术现实"。这种现实尽管是"虚构性的",但由于它是人的想象力的作用发挥的结果,所以根本上象征或代表着人的本性的基本特征以及这些特征在生活世界的运行趋向。用康德的话来说,"我们必须承认一种想象力的纯粹先验的综合,它本身为所有经验的可能性提供了基础。""按照海德格尔的理解,想象力居于感性直观和知性统觉之间的这种中间地位乃是'结构性的'。"他强调,"直观和知性这样两个认知能力的综合绝非通过'简单的并列'就能完成。这一综合必发自某种共同之根"。这个"共根"就是康德讲的"想象力"。由于人具备这种(能)"力",直观和知觉的"综合"才有可能,从而使"先天综合判断"也形成可能。作为"一种无须对象在场的表象能力"(同上),"想象力"造就的是想象中、不在场的事物构筑或组合成的世界,这便是"艺术现象"在"艺术现实"中的自我实现。

由于想象力总是"构成性的","因此想象力的纯粹的(产生的)综合的统一原则,先于统觉,是一切知识、特别是经验知识之所以可能的依据。"可以认为,想象力因先行于直觉和知性而具有本真的"缘(原)构发生"即构造"先行之缘"中那种"基本存在论"意义上的本源性地平域、视野、境界的力量和作用。这样,在我们的生活世界中,想象力的先行先设是本源性的而且是根本性的;那么,由想象力创构的想象世界——那个"艺术现实"在文学文本中的表现也必然是"有缘在先"的,因而也是原在性地实践实现着想象力为我们构造"安身""立命"以及"放心""立心"之所的人本性的、艺术的功能和作用。

在这个意义上,文学翻译是对"缘构发生"的本真艺术情境的语言"转移"或"移植"。这种"转移"或"移植"首先应形成一个"场景",即在一个原初性地平域中用想象(力)去再一次将源语文本通过想象力创构出的"缘构发生""再现"在语言结构或文本格局中,并且保证这一"缘构发生"是"始源性的"而不是"派生的",是"始发性的"而不是"附属性的",是"原本成就的"而不是"寄生性的"。这意味着,文学翻译不仅仅是对"缘构发生"的"再现",而且它由于因"缘"(源、原)而起而势必具备原创性:

第一,相对于源语文本,文学翻译向目的语文本读者彰显出的是一种"原在",即在始源意义上的生存局面或存在动向;

第二,文学翻译不仅仅是"介绍"——让人了解(或提供这样的机会)——这样的"原在",而是让"原在"自身以其本来的面貌面目显现出来。所以,"知性"所获得的认知结局——熟知熟悉或了解把握并不重要,重要的是一种艺术的或审美的直观——凭借着"看"去识别这种看似未知的已知;

第三,源语文本中的"原在"因而既是始源,又意味着生活世界中的现实。它汇聚起来,成为可以提供审美、欣赏价值的思想材料,这些材料复让目的语文本读者因置身于"缘"中而回到现实,回到她/他的面前的一切,并且最终回归自身之中。

这样,"缘"形成的"相互牵连"——现实与虚构,他人与自我以及主体与客体等等混融在同一个生存境地之中;并且,就这个生存境地的始源性来看,它们是无法分析、析离的。也可以说,想象力造就的是这

第六章　哲学维度下的英美文学翻译探索与研究

样一种精神状态：它首先让人们"看"到"始源"之"缘"，并最终使人们明白这样的"缘"是阐释学性的——留待解释并且提供给解释的。这里，"缘"就不仅仅"具有相互牵引，揭示开启、自身的当场构成、以自身的活动本身为目的、生存的空间和境域、与世间不可分、有限的却充满了发生的契机等意义。""缘"还总是因缘而在，而且构筑所在之缘——"缘在"，它"在良知中呼唤它自己本身"，那种"去构成自身的纯势态——能在。"因此，回归自身并且同时已被托付给某种实际状态的"能在"，可以认为是"精神"的"能在"，是那种意识到了自身的隐含并以这样的隐含揭示自身的思想倾向。不论它指向直观，还是与知性相合，这种"精神"及其"能在"都是同一的，即它们都是人的"在此""在缘"。

精神的"在此"或"此在"在其"缘"中存在，因而人在生活世界具有命定的有限性，而透过想象力所创之"缘"则有可能使精神摆脱、超越或消除这样的有限性——可以使"在此"变为"在彼"，"此在"变为"彼在"，"缘"形成"非缘"。这样的"混同"或对差异差别的消解只能说明：精神是想象性的精神，它消泯的不仅仅是差别，因为它在"同化"一切。更准确一些说，它从自身出发，以自身为标尺为万有"提供"意义。也可以说，精神之所以与"此（缘）在"有"缘"并相互牵连，原因是它通过"此在"为一切"输送"某种价值判断。

正是由于精神的这种作用，"含意本体论"才能成为人的生存的基本本体论。它首先认定生活世界是大有意义的，而有意义的生活世界因此是"在缘"的，同时也是有限的；其次，想象力提升了生活世界的意义，并且使这样的意义进入了隐含状态，即通过艺术创造呈现出了新的意义并且本真性地把意义"写入""字里行间"；再次，想象力并不是要把艺术品中的意义变为自身独立的意义，恰恰相反，想象力只是将这样的意义生活世界的"意义的意义"；最后，由于精神对万有进行"含意"形成氤氲一团的"气质"质性或"气氛"，这样的意义总是模糊而且不确定的，它们通过语言可以作跨文化的渗透、"入侵"或超越。只有这样，文学翻译才使"缘发构成"的"再现"成为可能。实际上，文学翻译仅仅是一种为这种再现的可能性提供充足充分条件的通道渠道，意义经由这样的道路在目的语文本中成就了艺术性的"缘构发生"。[1]

---

[1]　蔡新乐.文学翻译的艺术哲学[M].开封：河南大学出版社，2001.

在这个意义上,文学翻译的艺术哲学也就是"含意本体论"的艺术哲学在文学翻译中的一种理论映射,或者说是"含意本体论"对文学翻译理论的一种艺术哲学性的思辨归纳。

第七章 文学批评维度下的英美文学翻译探索与研究

文学批评是对文学评论的一种艺术和科学。文学的范围很广,有诗歌、戏剧、小说、杂文等,文学正是运用各种不同的形式来表现各种不同的和社会有联系的现象,文学批评就是对这种现象的探讨与研究。本章就从批评视角来分析英美文学翻译的相关内容。

第一节 西方文学批评的思潮流派及发展脉络研究

一、古典主义文学批评

(一)开端:柏拉图的理念摹仿论

柏拉图(Platon,公元前428—前348)是古希腊哲学家,出身于雅典的贵族之家。他20岁时拜苏格拉底为老师。柏拉图研究的学科十分广泛,除哲学和自然科学外,他还十分了解音乐与诗歌,对文学批评也提出了特有的见解。柏拉图发展了德谟克利特的自然摹仿论,并建立了自己的理论摹仿论。

柏拉图对摹仿论作了新的解释。在他看来,文学作品必须达到三个标准,即符合理念、出自灵感、对社会具有实用意义。下面从这几个方面来研究他的文学批评思想。

1. 理念论

柏拉图主张,在形色纷杂的现象世界背后存在着一个原理世界,这就好比房屋和房架一样,只见房屋(现象的世界)而不见房架(原理世界)。所以,在现象世界之外的那个世界可称为理念世界。理念世界是原型与正本,而现实的世界是摹本,它是以理念的范型铸造出来的。

所谓理念世界,柏拉图认为是一个永恒不变的与普遍绝对的世界。比如美及善都有绝对的美与绝对的善。所以,柏拉图的摹仿是理念的摹仿,而不是自然的摹仿。他认为,文学作品如戏剧、叙事诗是摹仿的。摹仿的情况有三种:一种是从头到尾的摹仿,如悲剧与喜剧;第二种是诗人自己的叙述,如合唱队的颂诗;第三种是摹仿和叙述相结合,像荷马的史诗。但是,无论什么摹仿都不可能是真实的摹仿,因为真实是存在于理念之中而不存在于现实之中的,所以摹仿不可能直接来自理念,而是来自物质世界。物质世界是理念的摹仿,那么摹仿现实的物质世界便是对摹本的摹仿。比如,诗人要描绘床,床的本质是理念的床,是床的原型。现实世界中的床是木工制造出来的,木工所造的现实的床并不是真实的床,只不过是理念床的摹本。诗人所描绘的床不可能是理念之床的摹本,而是木工所造床的摹本。这便是柏拉图的理念圈,即由理念世界到现实世界,再从现实世界到艺术世界。

西方最初的文学批评理论就是以柏拉图的理念摹仿论为基础的。正因为柏拉图把艺术世界(如诗)作为最低级世界,那么诗歌这类文学就好比是和低等人结婚所生低等子孙的低等人。按照这种说法,诗不可能是好的,因为诗不可能反映真实,只能反映幻象。在柏拉图的时代,诗就是文学,文学也就是诗。柏拉图讨论的诗就是讨论文学。他把诗看成是低下的,这就是他从理念论出发的文学非善论。虽然柏拉图也善于写诗,但他对诗是否定的。

2. 灵感说

柏拉图的《伊安篇》就是解释这个问题的。作为诗人来讲,诗人作诗是对摹本的摹仿,所以诗必然是不真实的,是难以有意义的。可是确

第七章　文学批评维度下的英美文学翻译探索与研究

实有的诗人的诗做得很好,这是什么原因呢?这仅仅是凭作诗的技巧吗?柏拉图借苏格拉底的口对伊安说:"不,这不是技巧,而是灵感"。① 因为柏拉图的对话录大多是以苏格拉底来代表正面形象的,所以苏格拉底所说的正是柏拉图的思想。

柏拉图一反对诗人,二不承认诗能反映真理。但诗人有高明的,诗也有优美的。所以,柏拉图才想出神力与灵感。高明的诗人不是普通的诗人,他是具有神力相助的,优美的诗不是一般的诗,它是因有灵感才做成的。柏拉图的文学灵感论包括三个方面:迷狂、神的代言人及灵魂回忆说。迷狂是最引起西方文学批评家们感兴趣的有趣问题之一。什么是迷狂呢?这是首要的问题。我们先看柏拉图的解释。所谓迷狂,就是失去平常理智。柏拉图认为,如果诗人得不到灵感,不失去平常理智而陷入迷狂,就没有能力创造,就不能作诗或代神说话。柏拉图说,科里班特的巫师们在掌酒祭神时,击鼓狂舞,在心理上就受到了迷狂的支配。"抒情诗人们在作诗时也是如此。他们一旦受到音乐和韵节力量的支配,就感到酒神的狂欢,由于这种灵感的影响,他们正如酒神的女信徒们受酒神凭附,可以从河水中汲取乳蜜,这是他们在神志清醒时所不能做的事。抒情诗人的心灵也正像这样,他们自己也说他们像酿蜜,飞到诗神的园里,从流蜜的泉源吸取精英,来酿成他们的诗歌。"②

柏拉图的迷狂说实际上已经涉及了文艺心理学中的一个具有现代意义的问题。两千多年前的学者能提出这个问题是不简单的。这里迷狂是灵感的代名词,或者更应说,当诗人或任何作家、艺术家处于某种迷狂时就会出现灵感。柏拉图把迷狂解释为失去平常的理智,这实际上是对迷狂状态的描述,并未能透彻地解释清楚。确实,迷狂不是技艺,因为技艺只是外部的东西,而一首好的作品必须要有内在的东西。这种内在的东西是:知识、情感、环境、心理在达到一定程度时所迸射出来的智慧。在这种时候,当事者可能会出现一种狂喜的兴奋状态。柏拉图无法从科学上说明这种现象,便用了迷狂这个具有神秘色彩的词。比如,牛顿见苹果落地能悟出地心吸力,这就是说牛顿不能以常人的思想来考虑苹果落地。从苹果落地悟出地心吸力正是非常人思想,这就是迷狂。

柏拉图的迷狂论是有科学根据的,虽然柏拉图不是从科学出发,而

---

① 伍蠡甫,胡经之.西方文艺理论名著选编[M].北京:北京人民大学出版社,1985.
② 同上.

是对现象的观察。尽管迷狂论夸大了迷狂的作用,这是个重要的缺陷,但是由此而全盘指责柏拉图却是不公正的。亚里士多德对他老师的批评主要是因为他缺乏心理学的知识。他认为诗人是有才能的人,诗艺是有才能的人的艺术,而非疯人。真正的艺术是陷入迷狂的人所不能做出来的。陷入迷狂并不是疯人。柏拉图并未下过这个定义,这是亚里士多德的偷换概念。陷入迷狂的人做不出优美的艺术,这是亚里士多德的不理解。许多艺术家都有同感,常常在创作到一幅精品时,个人在身体与精神上的感觉都不同往常,柏拉图和亚里士多德对待这个问题都各走向一个极端,所以不能取得一致的认识。我们对古人理论的阐释应当采取历史重建的历史唯物主义立场,而不能从主观臆测出发,随意指责和否定他们。

一位优秀的诗人创造优美的诗,在柏拉图看来,这是一种神助,是神的代言人。神助本身也就是迷狂。柏拉图认为,有一种迷狂是由诗神凭附而来的。诗神凭附到一个温柔贞洁的心灵,感发它、引导它达到兴高采烈和神飞色舞的境界。如果没有这种诗神的迷狂,无论谁去敲诗歌的门,他和他的作品都永远站在诗歌的门外。优美的诗创作全靠灵感,而灵感是神赐的。

3. 实用论

柏拉图是反对诗歌的,同样也反对诗人。他认为神是至高无上的,而诗人(如荷马)专门把神描绘得比凡人还不如,把神说成是背信弃义者,是制造纷争者,可见诗人的诗是把公民们引向邪恶的道路。在《理想国》中,柏拉图认为,神所做的只有好的与公正的,惩罚对于受惩的人们是有益的。所以,不允许诗人说受惩罚的人悲苦,因为这样说,人们以为是神造成他们悲苦的。柏拉图认为,坏人应该受到惩罚,并且从神那里受到惩罚。另外,柏拉图认为,在诗人所写的诗里包含了一切愚昧无知的群众所喜爱的事物,给人民滋养了许多应该消除的欲念。如国家要培养人们过幸福的生活,做有道德的人,就应该支配这些欲念。

柏拉图之所以不赞成诗人,因为诗人不能成为人们的榜样。既然不能做榜样,诗人和他的诗便得驱逐出理想国。柏拉图设计了一个理想国,理想国中的一切都要对国家有用处、有益处,这样才能实现理想国的公道原则。然而一些诗人,如赫西俄德、荷马和其他的诗人都编了些

第七章　文学批评维度下的英美文学翻译探索与研究

虚构的故事,这些故事中最严重的问题是说谎。特别他们把神和英雄的性格描写得不正确。柏拉图认为,即使有些是真的,但内容不好的东西,"我以为也不应该拿来讲给理智还没有发达的儿童听。最好是不讲,假如必得要讲,就得在一个严肃的宗教仪式中讲,听众愈少愈好……"[①]

柏拉图从实用的方面研究善是来自苏格拉底,而他进一步地把实用思想运用到文学批评理论上。他反对文学(诗),因为文学没有反映善,因此对社会无用。他反对文学,不等于不要文学,实际上他很重视文学。但是,文学只有在这种情况下才有意义,即文学必须为他的理想国的政治服务,要歌颂神,歌颂保卫者。这样,文学才反映了善,也才是有用的。他在《理想国》中认为,在他的城邦里,只需要一种诗人与故事作者,他们的作品"须对于我们有益;须只摹仿好人的言语",并且遵守我们原来替保卫者们设计教育时所定的那些规范。

4. 结构论

一首诗怎么样才算是好呢? 柏拉图认为结构要达到和谐。文章的结构要像有生命的东西,有自己的身段与头尾,无论是部分或全体,都应各得其所,达到调和。这样,文章便形成一个有机的、统一的整体。

柏拉图主张文章应当符合两个原则:一个是对立调和。比如诗,每一行是由几个音步组成的,每一个音步包含两个音节,音节有长音与短音之别,一首诗通过长短音的配合,读起来犹如音乐和流水,达到对立调和,音响和谐;另一个原则是有机统一。每一篇文章都得自成一体,结构严谨,各部分统一,增之不可,减之也有害。

如果用我们今天的术语——政治标准和艺术标准来探讨柏拉图的文学批评思想,无疑柏拉图更强调政治标准,艺术标准是位于政治标准之下的。柏拉图的理论是为当时的雅典政治讲话的,也是为他的《理想国》辩护的。但是在他的理论中确实包含了相当的合理因素,这是值得我们探讨的。

(二)亚里士多德的摹仿批评论

亚里士多德(Aristoteles,公元前384—前322)生于希腊北方,父

[①] 罗志野.西方文学批评史[M].桂林:广西师范大学出版社,1991.

亲尼各马可是马其顿阿明塔二世的御医。亚里士多德17岁时来到雅典，进入柏拉图学园，前后学习达20年之久。后来，他曾到小亚细亚一带讲学。40岁时，他被腓力二世请去担任王太子亚历山大的老师。公元前336年，腓力二世遇刺身亡，亚历山大即位并开始东征。亚里士多德回到雅典，在吕克昂创立学园，收徒讲学。由于他喜欢和学生在阿波罗神庙旁的林荫道上一面散步，一面讲学，所以有逍遥学派的美称。亚里士多德一生著作丰富，视野广阔，几乎涉及一切领域。[1]

亚里士多德在柏拉图门下也接受了文艺理论的教育，不过他并不同意老师的理念摹仿论，后来他为了批评柏拉图的观点，便着手写成了重要的文学理论著作——《诗学》，这本书奠定了他的美学与文学批评理论的基础。亚里士多德的《诗学》和柏拉图的文学理论著作不同。柏拉图的文学批评理论多着重于诗，亚里士多德的文学批评理论多着重于悲剧。在古希腊时，文学的概念是由诗学代替的，剧本也多以诗的形式写成。因此，悲剧与喜剧都包括在诗学内。不过，亚里士多德的《诗学》更偏重于对剧的研究。下面从几个主要方面来研究亚里士多德对文学批评理论的贡献。

1. 论普遍性

在讨论柏拉图的理念论时，我们发现柏拉图企图探求事物的普遍性，但是他走得过远，造出一个根本不存在的"最真实的世界"，又把这个见解作为基础，在上面建筑起他的一切理论，结果他的理论失去了科学性与逻辑性。

亚里士多德并不是为了反对柏拉图而写《诗学》的。亚里士多德继承了柏拉图的理论，并且对它作了批判，然后建立了新的理论体系。他企图纠正柏拉图的个人偏见。柏拉图偏见最深的就是理念论。亚里士多德认为柏拉图的这种观点只是一种个人的偏见。

首先，亚里士多德认为，事物总是个别存在的，在个别事物之外绝对没有更真实的理念事物。因为有这张床和那张床这类个别的床存在，所以床是个一般的存在，而一般存在必须在个别存在之后而存在，绝不会先于个别存在而存在。文学创作的摹仿只能摹仿现实中的存在。现实

---

[1] 董学文．西方文学理论史[M]．北京：北京大学出版社，2005．

第七章　文学批评维度下的英美文学翻译探索与研究

中的个别存在绝不是更真实世界的摹本。他认为,同一类的东西有共性,但共性不可能脱离个别事物而独立存在,不可能设想在个别的一处处房屋之外还存在着一处一般的房屋。

其次,柏拉图把理念说成是模型,是对一般事物的摹仿,而究竟什么是理念,柏拉图没究明。比如人是什么模型呢?"人"这个"理念"又有"动物""两足的""人本身"等理念,而这些理念又各自独立。但现实中的人是一个统一体,那么,这些理念是如何合起来的呢?亚里士多德认为,柏拉图的观念含糊不清,前后矛盾。文学创作总是从现实中个别事物的整体来摹仿的。

最后,现实中的个别事物在运动和变化之中,而柏拉图的理念式事物是绝对的与永恒的。不变的理念模型如何产生运动与变化的个别事物,这显然是一个无法解决的矛盾,柏拉图根本没有涉及,亚里士多德批评了柏拉图的理念论后,便阐述了自己关于实体的理论。他说,实体的基本含义是事物的主体与基质。实体是现实的存在。这样,亚里士多德在文学理论里的摹仿说是以现实世界为基础的。文学创作是对现实世界的摹仿,不是对摹本的摹仿,他的文学理论便和柏拉图分开了。

2. 论文学摹仿

亚里士多德认为,从创作过程来看,史诗、悲剧及喜剧都是摹仿,但由于媒介不同,它们的摹仿也存在着差别。比如,画家和雕刻家运用颜色和姿态来创造形象;诗人、演员却用声音来摹仿,包括语言的节奏与语调。诗人的摹仿并不在于他们会运用格律,有些医学或自然科学的作品也是用格律写成的,然而诗歌和自然科学毕竟是不同的。因为诗人的摹仿具有不同的对象。

亚里士多德的这种论述的确是简单了些,但古希腊学者对多值的问题还不够了解,所以一般都是从二值评价出发,也就是把逻辑学中的排中律运用来评价文学作品,自然比较极端。难道《伊利亚特》和《奥德赛》中就没有比较坏的人,而《得利阿斯》中就没有比较好一些的人?何况"好"与"坏"的价值标准也是一个难以解决的问题。

诗人在摹仿时,所采取的方式也有不同。有的是运用叙述的手法,如荷马的史诗;有的是运用动作,即摹仿者摹仿动作,如戏剧。作为文学创作上的摹仿,亚里士多德认为,无论在媒介方面、对象方面或方式方面,都有不同的摹仿。这些不同的摹仿在作家身上并不是完全不同的,而是有联系的,如索福克勒斯与荷马在对象摹仿上是一致的,他们都摹仿"好人";而他与阿里斯托芬在方式摹仿上又是一致的,都是借人物的动作来摹仿,即摹仿人物动作的戏剧。在动作摹仿上又分出了悲剧和喜剧。

3. 论结构

亚里士多德对文学结构的研究要比柏拉图完善得多。柏拉图提出两个原则,即对立调和有机统一。亚里士多德主要从文学作品的完整出发来研究结构。所谓结构完整,是指事物要有头、有身及有尾。

亚里士多德把文学看成是一种美的事物及活的事物。既然是美,是活的,就应当有体积表现出美与活,所以文学作品需要安排。文学作品的有头、有尾及有身,这就说明文学作品具有内在的联系性与统一性。亚里士多德认为,并不是说在人们生活中的每一件事情都是故事。如果不企图把它从逻辑中联系起来,当然是不行的。

亚里士多德认为,情节最重要,因为情节是事件的安排,是行动的摹仿。情节贯穿于作品的整体中。情节是作品的发展过程,是作品的血与肉。只有有了情节的安排,才能产生效果。虽然这些话是对着悲剧讲的。实际上他的悲剧有广义的意思。他认为,如果说情节是文学作品的灵魂,性格则是第二位重要的。性格和思想是行动的造因,性格是人物品质的决定因素。尽管性格重要性占第二位,亚里士多德认为,悲剧中不能没有情节,但可以没有性格。这种论点也是亚里士多德的两值评价表示出来的弱点,不能说完全没有性格,只能说性格表现的程度不同。

4. 论悲剧

亚里士多德文学批评的论述主要是悲剧,在他的作品中,悲剧作者就是诗人。什么是悲剧呢?亚里士多德认为,悲剧是摹仿,是对于一个严肃、完整、有一定长度的行动的摹仿。悲剧的媒介是语言,摹仿的方式是借人物的动作来表达。不是采用叙述法,借引起怜悯与恐惧来使这种感情得到净化。

亚里士多德所论述的悲剧是古希腊时代的悲剧,这也是当时的主要

第七章　文学批评维度下的英美文学翻译探索与研究

文学形式,我们现在讨论他的悲剧理论时就必须从历史的与社会的方面来阐释。亚里士多德把悲剧从情节上划分为两种:一种是简单行动的,这是按照正常情况下进行的,这种简单行动的悲剧不是好的悲剧。另一种是复杂行动的,即这个悲剧经过突转、发现,最后达到苦难的结局,这才是优秀的悲剧。

(三)中世纪:但丁的论文学批评

但丁(Dante Alighieri,1265—1321)出身于一个古老的贵族家庭,是文艺复兴前意大利最杰出的诗人与文艺理论家。他有不少作品和文章都涉及了文学批评。这里我们研究一下但丁关于文学批评的三个问题。

1. 论诗

但丁认为,诗是一种写得合乎韵律、讲究修辞的虚构故事。他强调用俗语来写诗,因为只有用俗语来写诗的才够得上诗人的称号。他把诗分为三种,即悲剧、喜剧与挽歌。三者不同,悲剧带来高雅的风格,喜剧带来低级的风格,而挽歌带来一种不幸的风格。悲剧要采用光辉的俗语,喜剧采用中级及低级的俗语,而挽歌只能采用低级俗语。

诗的主题应该写什么,但丁认为有三种,即安全、爱情、才德,凡是真正的作家都会写这三类主题。所谓安全,指英雄创造的丰功伟绩,人民的爱国主义;爱情即男女的恋爱,有成功的快乐恋爱,有失败的悲哀恋爱;才德指伦理、道德、宗教、哲学。但丁要求严肃的题材须配合严肃的风格。最好的风格是悲剧风格,诗行庄严,结构高贵,文字优美,这种风格有情有味,如罗马的魏吉尔、奥维德、西赛罗、李维等大作家都是这种高贵风格的典范。[①]

但丁认为写诗要符合两个原则:第一是对照原则,第二是合适原则。他在《论俗语》的第二卷第一章中探讨了这两个原则。所谓对照原则,他认为,作为一个诗人,应尽量地妆饰自己的诗,而且在一首诗中,可以把光辉的语言和粗俗的内容混杂一起,相互对照,这不会使诗减

---

① 伍蠡甫.西方古今文论选[M].上海:复旦大学出版社,1984.

色,反而增光不少。这种语言和主题的恰当对照更加衬托出诗的美,但是把语言和内容混合时,要注意混合得恰如其分,就是诗人用最好的语言来写英雄的丰功伟业、男女的爱情故事和高尚的道德品质。

2. 文学语言的标准

诗歌是用文学语言写出来的,文学语言要求什么标准呢?但丁在《论俗语》中企图解决这个问题。他想用俗语写出光辉的有价值的文学作品。当时的欧洲,有教养的人都用拉丁文写作,以为只有拉丁文才是优美的与合适的文字。但丁提出用俗语来写文学作品,那是需要有勇气的。但丁又研究了当时意大利的各种方言,确实有些方言太粗俗,是不能够用来写作优美文学作品的。

在各种方言中,西西里方言是比较好的,可是所选的方言必须适合整个意大利,所以各种方言又都不行。但丁认为,这种俗语应当是光辉的。光辉的是俗语的第一个标准。目前存在的各种方言都很粗俗,就要从各种方言中进行精选,去粗存精,无论在发音或者遣词造句上都进行提炼,从而达到优美、清晰、完整与流畅。也就是说,以意大利的各种方言为基础,建立一种共同通用的文学语言。然后再通过创作的实践提高,进而达到具有文学感染力的文学语言。

优美文学语言的第二个标准是具有中心性。也就是说,这种语言是语言中的中心。可见,这种语言是以它为中心的标准语,通过逐步地影响方言,最后统一方言。优美的文学语言的第三个标准是宫廷性。光辉与优美的语言总不能是普通人民的,应当是宫廷的。但丁认为,如果意大利有一个宫廷成为全境的共同之家,凡属于全境所共有性质而不是个别所独有的东西都应该常到这个宫廷去,并且留在那里,这是适合的。因为任何别的地方都不配接待这样一个伟大的任务。事实上,意大利当时并没有宫廷,各邦分而立之,各自使用方言。这只是但丁的设想,意大利如能得到统一,可以使用一种宫廷统一的语言,从而废弃拉丁语。

第四个标准是具有法庭性。因为法庭以法律治事,法律做事以公平为尺度。在人民心目中,法庭和公平是同义词。所以,光辉的语言要在法庭中衡量一下,是否是最佳语言。如果是,这种语言便是合格的。

第七章　文学批评维度下的英美文学翻译探索与研究

二、新古典主义文学批评

(一)英国新古典主义文学批评

1. 德莱顿论戏剧诗

德莱顿时代的文人们对文学批评比较感兴趣,可以说整个的欧洲都开始了新古典主义思潮,尽管各个国家所代表的观点各有不同,文学批评的发展是可以肯定的。当时法国的学者在古典条例方面最为保守。1663年,法国一位学者访问英国后认为,英国的喜剧不受法国人欢迎,他们不懂亚里士多德的三一律,他们的喜剧从头至尾达25年,第一幕王子结婚,第二幕王子的儿子确立大业。法国剧作家与批评家高乃伊对亚里士多德关于情节构成应符合可然性和必要性的理论进一步阐述,更强调其似真性的可然性,所以他提出要促成剧本的场景连接,选取特殊地点,使整个宫廷的每个套房均可直通大厅,使舞台任何时间不会空场。法国人的议论和理论,引起了英国人的争论,首先开始的是德莱顿(John Dryder,1631—1700),他是英国诗人和剧作家,被封为桂冠诗人。德莱顿于1668年出版了《论戏剧诗》(*An Essay of Dramatic Poesy*)。作家设计了四个角色进行文学讨论,每人代表一个时代观点或一个国家的观点。第一个人物是克里底斯,是古典论者,认为希腊罗马的批评家已经发明了戏剧方面的一切条件和原理,现代人应当奉这些为圣典。英国诗歌的发展,当前也达到了古代的那种完美形式。第二个人物是优根尼乌斯,认为古代人所作的诗并没有遵照古代批评家的原理,他们的创作企图失败了。可是现代人的戏剧很符合古典的条例,而且是最佳之作。第三位是李西第乌斯,他接受了前二人的观点,承认摹仿自然是古典戏剧理论的基础。但他认为,完全符合古典要求的戏剧并不是英国当前的戏剧,而是法国戏剧。最后一位发言的是利安德尔,无疑这是德莱顿自己。前面三位发言者,各代表一种古典主义,第一个是纯古典主义,第二个是偏重于英国的古典主义,第三个是法国古典主义,最后德莱顿开始表明自己的观点。

德莱顿说：戏剧是人性的正确而生动的意象，表现人的情感与习气及人生命运动的变化，其目的在于娱乐与教导人类。前面三种人的观点只探讨了正确性的一面。由于法国的文学批评家嘲笑过英国的戏剧，以为英国的戏剧不符合古典的原理。法国的戏剧又如何呢？德莱顿说：法国戏剧诗的优美之处，是将已完美的更加完美，而无法使未完美的完美，法国戏剧诗的优美是雕像般的优美，不是活人的优美。这是因为法国的戏剧缺乏戏剧诗的灵魂，而戏剧诗的灵魂就是摹仿人生的习性与情感。德莱顿反过来又嘲笑了法国的戏剧。[1]

2. 波普论文学批评

在英国文学史里波普是个怪人，他的一生幸运又不幸运。阿历克山大·波普（Alexander Pope, 1688—1744）出身于一个伦敦布商的家庭，他出生的一年正值英国光荣革命。所谓幸运，是他从小受到良好教育，在婴儿时便由姆妈教他读与写。所谓不幸，童年时代患了结核病，使他成为终身驼背与跛足，而且身高只有4英尺半。但他自幼聪慧，在1711年就出版了传世著作《批评论》（An Essay on Criticism）。波普和德莱顿一样是一个在文学批评理论方面雄心勃勃的巨人，这部论文是用五步抑扬格英雄双韵体写成的诗，仅从诗本身来看，他的才干在修辞学方面已达到了相当高度，他也像德莱顿一样是个翻译家，译过荷马的史诗。波普译的荷马史诗无论在准确性与艺术性上至今还是难有匹敌者。他还编过莎士比亚的全集。在理论上他无疑是受德莱顿影响的。另外，罗马的贺拉斯、法国的布瓦洛对他的理论形成有很大影响。

对于文学作品，批评家俨然是个判官，他一出口，某个作家可能飞黄腾达，也可能永远抬不起头。波普首先看到这一点，他问，难道只是作家的过失，批评家就一定正确吗？批评家的判断力很重要。真正的判断力藏在心灵之中。批评本身是个艺术。最怕的是那种假学问的批评家会使真见识受了伤。有的人不问会不会写，一下子便变成了批评家，他们就像阿波罗发脾气一样，乱写一通，可是今天的批评家比起以往的来更为糟糕。波普为了说自己的批评理论有见地，所以他先批评所谓的批评家。

---

[1] 佛朗·霍尔著，张月超译．西方文学批评简史[M]．南京：南京大学出版社，1987．

第七章　文学批评维度下的英美文学翻译探索与研究

其实,波普的理想中最杰出的文学批评家当然不是德莱顿,从他《批评论》的最后一部分可以看出。这种批评家应该是博学的、懂礼的与真诚的。他的批评理论总的来看仍然是陈腐的,他认为希腊的诗最为自由,亚里士多德的规则是正确的,贺拉斯的理论对古罗马同胞有价值,对今天的英国人同样有价值。他是从他们的理论中借来判断诗的原则。他歌颂古典时代是文学批评的黄金时代。在黑暗的中世纪,光辉的文学批评被僧侣们毁灭。文艺复兴才又带来了春天,使古老的诗歌规律重新建立。从意大利到法国,批评这门学问在法国最兴旺,一个生来守法的民族服从规律,布瓦洛依然凭贺拉斯的权威在统治。可见他心目中的真正的文学批评家是亚里士多德、贺拉斯、布瓦洛,而他继承了他们。他认为英格兰应有自己的布瓦洛,所以他写成了《批评论》,证明英格兰的布瓦洛不是别人,正是波普。确实波普的《批评论》像布瓦洛的《诗的艺术》一样,论说分明,井然有序。

(二)法国新古典主义文学批评

1. 奥施耶对古典主义的批评

最初对古典主义提出疑问的是奥施耶(Francois Oiger)。他于1628年在《提尔与茜冬》的序言中认为,如果恪守三一律,把多日的事情纳进几个小时之内,必然会发生两个缺点。

首先,他认为,只有情节多样化才能使演出动人,那么戏剧不得不使许多事情在同一天内发生,这样便引起观众的反感,他们知道这些事应当有一个时间距离,否则就很不自然。如索福·克勒斯的《俄狄浦斯王》这部古典主义典范的作品,就把许多情节巧合,如人民的请愿、神谕的启迪、牧人来报信等都硬凑在一天内发生,是不合情理的。这种勉强的凑合是其缺点之一。

其次,报信人的使用是不确当的。这种人的出场就是叙述之前或别地发生的事情,他们几乎在每一场都出来,观众对此是没有耐心的。所以,奥施耶认为,报信人"占了舞台的时间是可厌的,不断有报信人到来,那倒适合于一个大旅店,而不适合于一部好悲剧。"在埃斯库罗斯的《波斯人》中,报信人用了很长的篇幅来叙述薛西斯的败绩。他认为诗的目的是有赖于情节的丰富性。这一点古人是懂的,问题在于今天的人硬要把时间统一起来,时间的一致是没有意义的。

奥施耶运用社会学的方法来批评传统的古典作品。他说希腊的悲剧起源于宗教仪式,这是具有社会习惯势力的。在戏剧内容中必然不能演出和宗教不和谐的东西,如凶杀一类的情节。再说,希腊悲剧每年参加比赛,作家创作一定要迎合观众心理,这样就会促使旧习惯的保留,题材大多取自传统的主题,作者的想象力易受到限制。而且这一直在历史中起着影响,不用说古罗马摹仿古希腊,整个中世纪更没有发展,即使今日,对革新剧本、创造新形式也不大习惯,而一味地厚古薄今,摹仿古典作家与作品。①

奥施耶认为,各个民族都有自己的特点,希腊人是为希腊人而写作的,法国人是为法国人而写作的。法国有才能的作家并不比古代作家差,可是今日为什么有些作家不相信自己,偏相信古代呢?当然,今日作家应该从古代作品中汲取适合于今日法国民族气息的成分,因为古代确有优秀的作品、优秀的作家。汲取其精华,不等于盲目迷信。今天的人不应该墨守古代的文学原则,而是要认真考察,去粗取精。他说,亚里士多德就是个创新典范,只强调自己的理性原则,不对一般的意见妥协。

奥施耶勇敢地对三一律进行了抨击,而三一律当时在法国戏剧界的实践却获得了很大的成功。特别围绕着《熙德》的违反三一律展开了长期的争论。所以,得从这部作品谈起。《熙德》是法国古典主义悲剧的创始人高乃依于1636年发表的名作。这部悲剧取材于西班牙历史,参考了17世纪西班牙戏剧家卡斯特罗的《熙德的青年时代》写成。作品的主题是宣扬国家民族利益至上的思想。《熙德》的演出十分成功。但是当时法国掌握大权的首相黎希留对其中某些情节不满意,特别由于剧本歌颂西班牙的英雄而违反了他的外交政策,所以着令法兰西学士院对《熙德》进行批评。于是由沙普兰起草了批评意见,指责高乃依抄袭别人,违反了三一律。这次斗争逼迫了作家遵守三一律。

2. 布瓦洛的新古典主义文学批评

法国新古典主义文艺理论家布瓦洛(Nicolas Boileau-Des-Preaux,

---

① 柳鸣九.世界散文经典 法国卷[M].沈阳:春风文艺出版社,1997.

第七章 文学批评维度下的英美文学翻译探索与研究

1636—1711)被认为是自亚里士多德、贺拉斯、郎吉弩斯以来的最重要的一位文学批评理论家,他的著作《诗的艺术》,以及他对郎吉弩斯《论高尚文体》的批评等,被认为是新古典主义的经典理论著作,无论对法国或对英国都产生了极为深刻的影响。布瓦洛的文学批评思想不仅仅是来自亚里士多德、贺拉斯等古希腊罗马的理论,更主要的是他研究了当时法国剧作家的古典主义创作,加以提炼而成。

首先,布瓦洛对文学的一般见解没有超越古人,只是说他更概括、更精练。他对文学的看法是严肃的,他认为诗的艺术高峰是不容易达到的。他对诗具有神秘感,而且诗人应该有天生的诗才,如果缺乏这些,就不可能成为诗人。他认为,诗人应"生下来就是诗人"。布瓦洛是天才论者,他认为,不是某人喜欢凑凑韵就是作诗的天才,而是要有真正的才华和能力。大自然中是有许多卓越诗人的,但各人的才能不同,因为大自然把才干分给每人一份,各人写诗的才干便不同,每一个人不要错认了自己的才华。这是作为一位作家所应具有的首要条件,也是难以得到的条件——天才与灵感。

其次,作者在选择题材创作时,究竟是庄严还是和谐,这关系不大,但情理和音韵必须永远相互配合。从外表看,情理和音韵两者似乎是仇敌,是不能配合的。情理是指良知,音韵就是指诗。布瓦洛说,音韵是奴隶,它的任务是服从,如果诗人先对音韵下一番功夫,用韵并不难。两者比起来,情理更为重要,忽视了理性,韵就押不好。这里很明确,他把理性放在第一位,音韵只是奴隶,服从理性的指挥。他认为,有些人总是想把诗写得离奇,想用无理的偏激而惊动读者,那是不妥的。所以不能学意大利人,他们都喜欢用美丽的辞藻堆砌,纤巧的运思,遣词时特别注重音调,把文章弄得光怪陆离。真正的诗人要注意合乎常理,这就需要诗人选择一条正道。他说,另外有些作家,因为掌握很多的材料,所以要把材料写完。比如,一个诗人描写一座宫殿,慢慢地写,正面、平台、石阶、走廊、阳台栏杆、天花板,简直写不完,所以不能学这类作家。布瓦洛这里是指一些自以为是的作家,他们夸口自己写什么都不费力气。例如,斯居德里就是自夸才思敏捷的能手,可是读他的诗,"到处都是雕花,到处都是授带形。"于是跳过了二十几页,看是否结束,"哪知还是在花园里,简直是无法逃出。"他十分反对这类冗长的、华而不实的陈词滥调。他赞成马雷伯的诗,说他的诗集一个小时就可以读完。

三、浪漫主义文学批评

(一)英国浪漫主义文学批评

1. 华兹华斯的浪漫主义诗歌

华兹华斯(William Wordsworth,1770—1850)在1797年的一天和柯勒律治在一个乡村小道上走着,只见柯勒律治眉飞色舞,手舞足蹈地讲着,原来他们正在计划一场文学上的革命。他们在讨论着,所谓诗,绝不是一种唯一的刺激,也不仅仅是愉快,诗从自然和朴素的词汇来讲是对人性的基本原则的描绘。第二年他们便出版了浪漫主义文学的杰作《抒情歌谣集》(The Lyrical Ballads)。华兹华斯对浪漫主义诗歌的理论大部分包括在他的《抒情歌谣集》的几篇序言中,如1798年版的序言、1800年版的序言及1815年版的序言。他认为,在这个歌谣集里的诗都是尝试的,是试着用中下层阶级的语言来写的。可见,这就是诗的革命。在新古典主义时期一股仿古复古之风,使语言希腊罗马化,而《抒情歌谣集》带来了人民的语言,这在整部英国文学史中是第一次。华兹华斯也担心,用这样的语言是否会被一些批评家认为太低级了呢?为了说明华兹华斯在语言方面的变化,不妨举例说明。读新古典主义派的诗是很难读的,无论是德莱顿的或是波普的,他们在艺术上下了功夫,但选的词汇不是当时普通人民所能读懂的,他们提倡用高贵的词汇,如果拿华兹华斯的诗相比,那是天壤之别。一般评论家都喜欢举他于1798年写的一首短诗《我们七个人》(We are Seven)。这首诗里的主角小女孩,是作者于1793年去乡间游玩时,在古德里奇城堡见到的。1798年写诗时就和柯勒律治及作者的妹妹多梦茜讨论过,后来,几乎每版时,在语汇上都有过修改,尽量做到在语汇上妇孺皆懂。他的诗有些像白居易当时所写的诗。我们从这首诗的后四个诗节出发来探讨一下浪漫主义的词汇。在这四个诗节之前还有13个诗节,大致意思是:作者遇到一位8岁的农村小姑娘,生得朴实端庄秀丽。小姑娘告诉作者,她有7个兄弟姐妹,作者问她,他们在何处,女孩说,两个住在康维,两个去到大海,还

第七章　文学批评维度下的英美文学翻译探索与研究

有两个睡在墓地里。事实上除她之外都已死了,而天真的孩子仍然认为他们有 7 个人。

华兹华斯认为,诗人和一般人不同,不少诗人总认为运用武断和任性的表现方法,满足反复无常的趣味和欲望,就能给他的艺术带来光荣。他也说,乔叟是不同的,他写的动人诗篇都是用纯粹的英语写的,甚至到了今天也能普遍地读懂。这是他 1800 年写的结论,现在又过去了 190 年,乔叟的诗已经很难读了。但必须承认,在 600 年前乔叟写他的《坎特布雷故事集》时,采用了当时英国通行的英语。

华兹华斯的语言是从人民口头语基础上略有加工而形成的,是不是低级、是不是诗的语言呢? 他便和一些诗人的诗作比较研究,特别阐述了他们所写的诗在语言等方面的特点。他说,有些作家偶尔也用了些琐碎的以及比较鄙陋的语言,但是,他们遭到了反对。确实,这些缺点在某些方面比矫揉造作的结果还差,华兹华斯说,从根本上看,这些缺点并没有什么害处。他认为,在《抒情歌谣集》里的诗都有一个价值的目的,因为一切好诗都是强烈情感的自然流露,虽然在写诗时不一定就有一个清楚的目的在脑子里,而沉思的习惯加强了和调整了人的情感。凡是有价值的诗,不管题材如何不同,都是由于作者具有非常的感受性,是人们的思想改变着和指导着人们情感的不断流注。如果人们本来就具有强烈的感受性,也就会养成这种心理习惯,只要依据这些习惯的指导,所描写的事物和表露的情感便在性质上联系起来,从而使读者的理解力和欣赏力有所提高,其情感也随之增强与纯化。

诗是由诗人创作的,那么诗人是谁? 华兹华斯也提出这个问题。他认为,诗是以他个人的身份向人们讲话。他是一个人,但他比一般人具有更敏锐的感受性,更多的热忱与温情,更能了解人的本性,有更开阔的灵魂。诗人喜欢自己的热情和意志,一种内在的活力使他比别人更快乐,他愿意观察宇宙现象中的相似的热情和意志,并且习惯于在没有找到它们的地方自己去创造。华兹华斯认为,诗人还有一种气质,所以他更能够被不在眼前的事物所感动,仿佛这些事物都在他面前似的。因为诗人具有从自己心中唤起热情的能力,比别人只由于心灵活动而感到的热情,则更像现实事件所激起的热情。诗人具有这样一种思想感情,它们的发生并非由于直接的外在刺激,而是出自他的选择,或者是他心灵的构造。华兹华斯就是他所说的诗人,也正由于他本人有这种诗人的气质,他才能总结出这些特点。他写的《孤独的刈麦姑娘》就是他心灵的构造。根据他的妹妹多梦茜的回忆,华兹华斯根本就没见过这位高地姑娘,更没有听到她唱的那首神秘莫测的歌,而这些全是诗人自己的选择与心灵构造。

2. 雪莱为诗作辩解

皮科克于1820年发表了《诗歌的四个时期》,触怒了浪漫主义派诗人雪莱(Percy Bysshe Shelley,1792—1822)。第二年(1821年)雪莱便发表了他的著名文学批评论文《诗的辩护》(*Defense of Poetry*)。皮科克说过,诗人为了追求一片棕榈叶,就表现出了他们的见识的局限性。所谓棕榈叶,这儿暗示桂冠诗人。雪莱就是从这句话先来开始反驳的。雪莱一针见血地指出,有人竟然要诗人把桂冠俯首让给理论家和机械师,似乎那些人远远超过诗人。想象和理智,究竟哪一件更有用?雪莱认为,这是需要考察的。但首先要考察一下,什么是有用,什么是功用。确实,雪莱认为,提倡功利的人们在社会里也各有其应尽的任务。人们的努力最终是为了追求最高的价值,科学不相信迷信,自然摧毁愚昧的迷信,但总不能去摧毁凭借人类想象而表现的永恒真理,作为一个机械师,他的目的是使劳动减少,一个政治经济学家的目的是使劳动互相配合,他们如果处置不当,走上极端,便会强化了奢侈与贫困。结果,有钱的更有钱,穷人更穷。雪莱的含义很清楚,理论家的"有用性"需要衡量的,他们并非那么伟大,而诗人并非那么渺小。

固然,雪莱是诗人,不是理论家,但是他的诗中有些就是理论,他是革命哲学家威廉·高德文的女婿,他从高德文那里学习到不少社会科学的知识。他知道,任何科学都可能会走上极端,对"有用性"带来损害,把诗一定压在最底层,那算公平吗?作为诗人的雪莱,不少诗不正起着社会科学家的作用吗?那么,究竟什么是诗?诗的功用究竟如何呢?他在论文中都作了辩解。

雪莱认为想象不同于推理,虽然两者都是心理活动。想象是指心灵对思想起了作用,使之染上心灵本身的光辉,并以它们为素材来创造新的思想。作为创造力的想象,是综合原理。推理就不同了,它作为推断力,是分析原理。雪莱认为,诗是生活的表象,表现了生活的永恒真实。这里,雪莱同样注意到了诗歌的阐释问题。他说,最初,诗人和听众都不曾充分注意到诗的卓越。又说,因为诗之感人,是神奇的与不可理解的,

第七章 文学批评维度下的英美文学翻译探索与研究

超意识的;至于听众与诗人交感所产生的全部力量和光辉,其中强大的因果关系,要留待后人审查与估计。雪莱对诗做了界说,他认为诗是最欢乐的与最美的心灵,是最快乐和最佳时刻的记录,诗保存着神性对人性的造访。这里可以看出,雪莱承认诗人的灵感,他的所谓神性,就是指灵感,大凡诗人在谈到诗时,从他们个人的经验来看,都认为有一种灵感,在最佳的时期灵感出现,诗人才能把它记录下来,把它奉献给人类。他说,世界覆盖着一块面纱,诗就是把这熟识的面纱揭开,把睡眠中的赤裸的美呈现出来,这个美就是世界形式的精神。诗是为了唤醒广大民众的,而诗人是未被理解的灵感的祭师,是未来投射于现实的巨大阴影的明镜。诗的语言表达的东西尚未被人们理解;诗的号角吹出的是战斗的音乐,具有一种说不出来的影响力,能深深感动别的事物,所以诗人是人世间未经明文规定的立法者。雪莱的《西风颂》5首14行组诗正是战斗的音乐,用内在的、深刻的含义鼓舞着读者,一种无形的力量像狂风一样,把读者的心灵带向一个更新的高度。

(二)法国浪漫主义文学批评

1. 雨果的浪漫主义情怀

法国浪漫主义的一代新人在古典主义的大浪中成长起来,他们提出各式各样的主张,力争提出新的批评理论。最初举起法国浪漫主义旗帜的是法国一代文学大师雨果(Victor Marie Hugo,1802—1885),当他仅25岁时,就在他所写的重要剧本《克伦威尔》的序言中高唱起浪漫主义的赞歌。雨果认为,一个新的社会已出现在眼前,新的诗学也在开始成长起来。古代纯粹的、史诗性的诗歌艺术,也像古代的多神教及古代哲学一样,只从一个方面去考察自然,把世界中那些可供艺术摹仿但与典型美无关的东西,都从艺术中抛掉。那种典型在开始时是光彩夺目的,后来转变为虚伪、浅薄和陈腐。如今,人类进入了一个时期,新的诗神会感到,万物中的一切并非都是合乎人情的美,她会发觉,丑就在美的旁边,畸形靠近着优美,丑怪藏在崇高的背后,美与恶并存,光明与黑暗相关。她还将探究,艺术家狭隘而相对的理性是否应该胜过造物者无穷而绝对的灵智,是否要人来矫正上帝,自然一经矫揉造作是否反而更美;

艺术是否有权把人、生命与万物都割裂成两个方面；任何东西如果去掉了筋络和弹力是否会动得更好，还有，作品是否要不完整才能达到和谐一致。①

这种原则是新的，是古代从未有过的，是进入到诗中来的新类型。雨果认为，自称为古典主义的作家就是远离了毫不屈从地追随前人的脚印而发展的真与美之路，这些作家把艺术的旧法混淆了，他们把车辙当成了道路，这实在是个谬误。雨果认为，作为一个诗人，他"只应该有一个模范，那就是自然；只应该有一个领导，那就是真理。"②

雨果把诗分成三个时期。第一个时期是抒情短诗，属于原始时期，其特征是纯朴。第二个时期是史诗，属于古代，其特征是单纯。第三个时期是戏剧，属于近代，其特征是真实。抒情短诗歌唱永恒的，史诗传颂历史，而戏剧描绘人生。雨果认为，古代的行吟诗人是抒情诗人向史诗诗人的过渡，就好像小说家是史诗诗人向戏剧诗人的过渡，历史家随着第二个时期来临，编年史家和批评家们随着第三个时期而产生。在抒情短歌中的伟人是亚当、该隐等，来自《圣经》这个伟大的源泉；史诗中的伟人是阿其里斯、阿特鲁斯等，来自荷马的史诗；戏剧中出现的都是凡人，如哈姆莱特、麦克白斯、奥赛罗等，其伟大的源泉是莎士比亚。

雨果认为，艺术的真实不是绝对的真实，艺术不可能提供原物；艺术除了理想之外，还有尘世的和实在的部分。有人认为，戏剧是一面反映自然的镜子，雨果认为，如果这面镜子是一面普通的镜子，一块刻板的平面镜，它只能映照出事物暗淡、平板、忠实、毫无光彩的形象，经过这样的映照，事物就大为减色。所以，戏剧是一面聚光镜，非但不减原色，而且凝聚作用把微光变为光彩，这才是艺术，艺术有力地发展了自然。雨果明确地提出和新古典主义战斗的口号，暗示了浪漫主义的理想。他批评了统治法国文学的三一律，号召思想应得到解放，思想必须自由。他认为，文学批评家不应该根据自然和艺术相违反的规则和类型，而应该根据艺术创作的永恒不变的原则和作家个人气质的特殊规律。

雨果的理论也有过分之处。他认为每一个伟大的诗人都是一个高峰，在他们之间不存在谁比谁高。这一说法是对的。如果从科学家来讲，

---

① 雨果.短曲与民谣集[A].古典文艺理论译丛[C].北京：人民文学出版社，1961.
② 同上.

第七章　文学批评维度下的英美文学翻译探索与研究

也应当如此。有些艺术品可不可以越来越完善呢？这是值得讨论的问题。荷马的史诗，经过他一次一次的演唱，然后又有后人一次一次的润饰，才成为今天的样子，华兹华斯的诗修改了一辈子；本·琼生认为，如果莎士比亚也修改他的作品缺点会减少。艺术品同样可以更趋向于完善的。当然，这里不能苛求雨果，他语言中欠妥之处本来不足为怪。总之，雨果把浪漫主义的旗子举起后，浪漫主义火焰便在法国这块世袭的新古典主义基地上燃烧起来。

2. 左拉的自然主义

左拉的出现，法国的浪漫主义思潮便向前推进了一步。左拉（Emile Zola，1840—1902）在《自然主义的戏剧》一文中说，1830年2月雨果的《欧那尼》上演后，可以肯定地认为，如果人们以悲剧作为出发点，那么，浪漫主义的戏剧就是朝着我们所走的自然主义戏剧迈出了第一步。他认为，浪漫主义戏剧扫除了前进道路上的障碍，宣布了艺术上的自由。左拉的目的是想创造自然主义，而实际上在欧洲广大的浪漫主义的背景下，他的自然主义是法国浪漫主义的变种与发展。左拉的文学批评理论，一方面来自浪漫主义思潮，一方面很受法国19世纪的著名医生克洛德·拜尔纳尔（Claude Bernard）的影响与启发。他认为，文学创作要像医学那样，把观察当作实验的基本方针。他提倡文学的真实性，因为真实是文学的最初和最后目的。

左拉认为自然主义并非洪水猛兽，也不是他的独创，如荷马就是一位自然主义的诗人。不过，现代的小说家还没有具备荷马方式的自然主义，因为在两个文学时代之间有一道鸿沟，事实上，一部作品永远只是透过某种气质所看到的自然界的一角。自然主义从人类刚开始写作第一行字起就开始了，所以作品的真实性问题也就出现了。左拉认为，在纯文学作品中，自然起而干涉。卢梭最初提出"回到自然"的口号，而且占了统治地位，树木、山川和森林成了客观存在的事物，在世界的统一体中恢复了它们的地位，人类不再是智慧的抽象物，自然决定并补足着人类。

作为一个小说家，应该同时是一个观察者与实验者。所谓观察者，是指他提供观察到的事实，定下出发点，构筑坚实的场地，人物可以在场地上活动，现象可以展开。所谓实验者，指他制定实验，使人物在特定的故事中活动,指出故事中相继出现的种种事实将符合所研究的现象决定论的要求。左拉举出巴尔扎克的《贝姨》作为例子,巴尔扎克对于洛做了实验性质的观察:一个人好色的品质对他自己、对家庭、对全社会都会带来损害。巴尔扎克选定了自己的论题后,从已观察到的事实出发,制定实验,先把于洛这个人物放到一系列的试验中去,让其经历种种环境,指出他情欲机理的作用。这里观察和实验当然不是同科学绝对相同。因为巴尔扎克并不是严格地把他所搜集到的事实做照像般的反映。左拉认为,一部实验小说,只是小说家在读者的眼睛底下重现一遍实验记录而已。实验小说,总的说来,先从自然中取得事实,然后研究这些事实的机理,以环境和场合的变化来影响事实,永远也不脱离自然的法则。实验小说的根本目的在于:对人,对他人的行为以及他的社会活动要有科学的认识。

  文学作品的实验和科学的实验也是有区别的。在文学的实验中,实验方法不会使小说家幽闭在狭隘的束缚中,反而能发挥他思想家的一切智慧和创造家的一切天才。作家必须观看、了解、发明。因为一个被观察到的事实,应当为了达到对真理的完全认识而使人对待做的实验以及待写的小说产生观念。等他经过切磋决定了这项实验的计划之后,他便以这样一个人的精神的自由思想时时评判实验的结果,这个人只接受符合现象决定论的事实。①

  文学家也应当和医生一样,应当从怀疑出发,以求达到完美的认识,这样对人类的精神来说,是最广阔与更自由的事业。降低想象的重要性,提倡作品中的真实感,便是左拉文艺批评理论中的主要特点。左拉认为,如果小说只是一种精神消遣,雅致而有兴味的娱乐,那么丰富想象是小说的重要品质。

  所谓虚构,左拉认为,自然主义小说显然是从观察和分析着手,但不是取消虚构。作家要虚构出一套情节、一个故事,但是他所虚构的应是很简单的情节,而且是由日常的生活提供给作家的,而且虚构在作品中的地位不显著。左拉认为,自然主义小说家和想象主义小说家不同。乔治·桑在一堆白纸前面坐下,有了一个开头的想法,但一泻千里地按照自己的想象写下去,直到写成一部书的篇幅为止,自然主义者写作品就需要材料,而且在思想中要酝酿成熟,然后才考虑写作。还要和内行人

---

① 伍蠡甫,胡经之.西方文艺理论名著选编 中[M].北京:北京大学出版社,1985.

交谈,收集有关词汇、故事、肖像;还要阅读有关材料,参考故事发生的地点,看清每一个细小的角落。小说的妙趣不在于新鲜奇怪,故事要有普遍意义和典型性,要让真实的人物在真实的环境中活动,给广大读者提供人类生活中的真实画面,这才是自然主义。左拉强调,小说最佳的品质是真实感。真实感就是如实地感受自然,如实地表现自然。

浪漫主义思潮在法国从想象向真实感过渡,促使了现实主义的诞生,应当说这一转变是十分可喜的。问题在于左拉过分强调了小说的科学性,主张写实,反对想象,把小说要变成科学,要像医生那样经过观察、实验,这是混淆了科学与文学。他所举的巴尔扎克、司汤达等作家的例子,也并不能说明小说的实验化。不管怎样,自然主义推动了现实主义的发展是有意义的,不仅在法国,而且在美国以及在俄国,也都是有意义的。

四、现代派文学批评

(一)弗洛伊德论文学的心理性

如果说古典主义与新古典主义时期的文学批评着重于文学的自然性,浪漫主义文学批评着重于想象性,那么在20世纪一个明显的特点是文学的心理性质。文学批评向意识渗透,进入了心理禁区。进入心理禁区本来是一件很痛苦的事,可是又不能不进入这个禁区。

第一个打破禁区的是奥地利精神病医生西格蒙德·弗洛伊德(Sigmund Freud,1856—1939)。以往文学批评总是把文学放在摹仿自然上,而弗洛伊德认为,创作的一个重要方面是白日梦。这个理论的产生根源有两方面:一是以想象为基础。浪漫派诗人把创作归于想象,而在弗洛伊德看来,越是想象丰富的人,越是和白日梦有关。可以说这种想象就是幻想。他认为,这是可以通过释梦来说明的。另一个根源,因为弗洛伊德是精神病理学专家,他在研究精神病因时发现了这个问题,开始意识到幻想绝非仅仅是幻想,是否范围更扩大一些,比如和文学的素材有关系呢?也就是说,作品和"摹仿"白日梦有关。他认为,做白日梦的人是十分谨慎地隐瞒自己的幻想的,不让他人知道。如果说卢梭的《忏悔录》有价值的话,他把隐藏在心中的不可告人的东西透露出一部分给读者。弗洛伊德不再从自然去寻找创作的动力,而从心灵中唤取创造精神,这是弗洛伊德和他的学派在文学批评方面的第一个特点。

第二个特点是神话的象征意识。文学作品中主人公的某些行为通过作者的潜意识把神话的象征表达了出来。尽管作者本人也并不一定意识到,而且这个是历史的根源。弗洛伊德在同一部书中的另一篇文章《三个匣子的主题思想》里着重讨论了这个问题。在文学作品中常常出现三姐妹、三个匣子等这一类的情节。"三"这个词便具有神话的象征。莎士比亚的悲喜剧《威尼斯商人》正是这样一个剧本。鲍西娅是这个剧本中美丽、智慧的姑娘,她按照父亲的愿望,让求婚者在三个匣子之间选择。这三个匣子分别是用金、银、铅制造成的,其中有一只装有她的肖像。只有选中了有肖像的匣子,她才能嫁给他。第一个候选人是摩洛哥亲王,他选择了金匣子,没有成功;第二个候选人是阿拉贡亲王,他选了银匣子,又没有成功,第三个便是巴萨尼奥,他要从三个匣子中试自己的运气。选择是很难的,选后要发表演说,必须赞扬自己选择的匣子,同时要贬低另外两只匣子。实际上鲍西亚就是爱巴萨尼奥,希望他选中。在他选时,她的心情非常紧张。

弗洛伊德认为,巴萨尼奥赞扬铅匣子是牵强附会的,在这种话的后面是否有什么动机?原来爱沙尼亚民间叙事诗中讲到三个求婚者时,分别以太阳、月亮及年轻的星出现,所以巴萨尼奥所选的"三"代表年轻的星。这样弗洛伊德便开始把这个问题和神话的星宿联系起来。根据奥托·兰克(Otto Rank)的《起源于英雄的神话》,表明神话首先是在完全人为的情况下造成的,然后再投射到天体上去。弗洛伊德认为,有趣的是这种神话投射到内心中去了。

在文学中,不仅在西方文学,即使在东方文学中,"三"与"最小的一个"或"最后的一个"之间有一种神秘的关系,作家都喜欢用。在《格林童话》《天方夜谭》中都有三姐妹的故事,而且人们都神秘地喜欢最小的一个,她最可爱与最值得人们同情。在莎士比亚的《李尔王》中就是一个鲜明的例子。在《李尔王》中,并不是三个求婚者来选择,或一个王子来选择三姐妹中的一个。而是年过八十的李尔王在三个女儿当中选择一个最爱自己的、最能体贴自己的女儿。这里涉及双重的选择。一是李尔王最喜欢自己的小女儿,希望她最爱自己;一个是法兰西王选择了被李尔王断绝父女关系的小女儿。《李尔王》中的选择不是任意的。弗洛伊德举了不少文学作品中的例子,帕里斯在三个女神中选择谁是最美

第七章　文学批评维度下的英美文学翻译探索与研究

丽的,他说第三个女神最美丽。在童话《灰姑娘》中,王子来选择,结果选择了最小的女孩即灰姑娘,认为她长得比两个姐姐更漂亮,人格更为高尚。

所以,弗洛伊德提出一个问题,现在需要了解的是"三个女人",即李尔王的三个女儿、三个匣子代表的三个女人等。这"三个"女人是谁?特别这"第三个"女人是谁? 如果能够解决,这是文学批评中的重要问题。什么事都不能从外表观察,外表的事是迷人的或骗人的。弗洛伊德认为,运用心理分析的技巧,可以得出第一个结论,鲍西娅的三个匣子代表三个女人。弗洛伊德说,三个匣子本身就象征着女人本身。所以,这个神话色彩和天上的日、月、星没有根本的联系,而是投射在人们心灵深处的神话色彩与积聚在内心的神秘的象征。弗洛伊德认为,这个第三者,绝不仅仅是外貌美丽动人,除此外,尚存在一种"奇怪的特征",而且这些特征似乎趋向于某种共性,都是用某种方式掩盖了自己的本质。不妨观察一下:铅盒子外表都没有吸引力,表现出一副质朴的外表;李尔王的三女儿考狄利娅正像铅一样质朴无华,她爱父亲超过别人爱父亲,而她保持沉默,宁可忍受不公平待遇;灰姑娘把自己躲起来,不让别人发现。那么,沉默、躲藏表示了什么,这不是像自然一样可以观察的,这无法从外表获得答案。即使帕里斯评选最美女神时,据奥丰巴什的歌剧《美丽的海伦》(*La Belle Helene*)中,第三个女神也是表示沉默。弗洛伊德认为,按照心理分析的观点,可以这样说:梦中的"哑"是"死"的正常表现形式,因为沉默及隐藏实际上是"哑"的符号。而且可以从童话中找到许多例子,是运用了一种置换的方法。弗洛伊德从而得出结论,第三个女人是代表死亡的。但有一个矛盾,在帕里斯选择三女神时,为什么第三女神是爱神呢? 他认为,这是人们的美好想象。因此对文学作品的评价不能仅看作者的意图,如莎士比亚的《李尔王》,也许是企图让人们记住:在有生之年不要放弃财产与权力,不要将别人的阿谀奉承当作肺腑之言;也许莎士比亚的意图是表现忘恩负义的悲剧。然而这只是戏剧效果在纯粹形式上的因素。在本质上,有神话象征的心理投射,尽管作者并未意识到。

(二)克罗齐的新批评观

克罗齐(Benedetto Croce,1866—1952)是意大利的美学家,是近

代最有影响的批评家之一。美国文论家斯宾加恩于1911年发表他的《新批评主义》一书,认为克罗齐是新批评的倡导者。

克罗齐的美学思想主要表现在对精神生活的理解,他认为有四种基本的、在实质上又有区别的精神活动:(1)直觉—表达(intuition-expression):个别特性或构成的原初想象活动;(2)概念化(conceptualization):在个体直觉之间关系的理智与科学的知识;(3)普遍意志(volition in general):经济活动;(4)理智与普遍构成的目的意志:伦理活动,绝对自由。①

克罗齐认为,与上述四种精神活动相配合的是四种科学,即美学、逻辑学、经济学与伦理学。在克罗齐看来,艺术不同于哲学。因为哲学是存在的普遍范畴的逻辑思维。同样,艺术和历史、自然科学都不相同,艺术与幻想、演说等都不相同。他认为,艺术是抒情的与纯粹的直觉,是认识的第一形式。他认为,当作家在心灵中创造一种完整形式的时候,艺术本身的活动便停止了。艺术永远是一种自我表现的形式而且是内在的。比如,作家在写一首诗之前,审美已开始。艺术是一种心灵活动。克罗齐认为,有些说法不科学,如"诗人是天生的",这句话便有问题,我们不承认天才或艺术的天才,应该说:"人是天生的诗人。"他说,人们忘记天才并不是从天上掉下来的,天才就是人性本身。弗洛伊德认为,艺术天才的一个主要特征是无意识,克罗齐不赞成这个观点。

所谓反省的意识(reflective consciousness),是指已经意识到的东西,再加以反省,即由直觉进入逻辑的思考。克罗齐从一个新的角度出发来探索文艺理论问题。

首先,我们研究一下克罗齐对作品摹仿自然及幻觉的关系的看法,这个问题贯穿在整部文学批评史中。他认为,艺术是自然的摹仿这句话在某些时候有真理性质,在某些时候也被误解。究竟什么是摹仿,如果把摹仿看成是一种认识形式,是得到的自然的表象,这样理解是妥当的。当然,这里需要强调摹仿过程的心灵性质。如果把摹仿看成理想化的摹仿,即艺术是自然的理想化,也是妥当的。克罗齐认为,如果把摹仿自然看成是自然事物的机械翻版,或类似原物的复本,这便错了。

其次,克罗齐对艺术作品整一性的论述。从心灵的活动来说,艺术作品具有不可分性。他认为,每件作品都是一件整一的作品,心灵活动就是融化许多印象于一个有机整体之中。人们时常把一件作品分为几

---

① 刁克利. 西方作家理论研究[M]. 北京:外语教学与研究出版社,2005.

个部分,如一首诗分为景、事、喻、句等。克罗齐认为,诗的判断有一个整体的不可分的范畴,这就是美的范畴。他甚至认为,美是无差别的,是不可区分的。美就是美,只能指出在审美时的标准不一,由于这种不一致而生出的缺陷。

至于诗,同样,诗就是诗,诗无法进行分类,主张诗可以分类的都出自假美学。特别把诗和政治社会概念混同一起,以至于提倡日耳曼诗的人就认为只有日耳曼人才会写诗,才能判断诗。还有人主张不同阶级与不同阶级的诗,如资产阶级的诗、无产阶级的诗。克罗齐对这种分类都不赞成,因为真正的诗是完整的。

克罗齐认为诗是诗人创造的,诗在它本身开始,在它本身终止,诗存在于诗人的心灵之中。不能用逻辑的方法去解释诗与判断诗。如果要对但丁判断,批评家首先要成为但丁,要有但丁的直觉,而但丁的直觉是独一无二的,别人如何能达到呢？当然,如果按照克罗齐的说法,对诗就无法批评了,因为每一个作者都有其自己的直觉,都是特有的与独一无二的,都是个人的主观产物,而无任何客观的意义。同时,克罗齐不赞成那些夸张情感的诗。诗中包含了情感,那是一件事实。但是,作为一首诗,不应当是作者本人在生活中所感觉的那种激烈的情感,也不是卢梭式那种自白的情感,更不是暴露于人们面前的个人情感。

总之,浪漫主义式的情感他是不赞成的。他要求的情感是在艺术过程中客观化了的并可以传递给读者的情感。他强调诗的道德性,认为一切诗的基础都是道德意识。

第二节　英美文学翻译中的文学批评维度及其运用

翻译批评是对翻译过程做出评价,对译作质量进行监控,根据参照标准进行全面的评价过程,具体的评价标准要根据社会的历史背景和发展情况做出具体规定。这样的评价目的在于促进译文与原作之间的还原性,实现良好的社会价值。要想促进翻译批评被有效实施,可以从几方面入手进行分析。

一、积累自身阅读量

要想促进翻译批评水平和质量的提高,首先需要译者具有一定的阅读量,丰富自己的见识和视野,可以对译文做出一个准确判断。因此,译者应该在平时注意对知识进行积累,要多读书多看书,通过对阅读量进行积累,提高自身的欣赏能力和水平。大家都知道,西方文化与中国的文化具有一定的差异性,使人们在进行语言和文化沟通时很容易遇到困难。随着世界多元化的逐渐发展,中西方文化加深了交流方式和内容,西方的经典文学作品就是其中的一部分。由于文化存在差异,语言存在差异,要想深入了解作者的思想文化就成了部分阅读者的难题,因此,出现了一个中介——翻译,它能将西方文学作品进行深入的解构,了解文化思想,将原文最接近的意思用中文进行阅读。翻译大致可分为三个部分,包括原作者、翻译者和译本的读者。从一般的情况出发,文字是具有艺术魅力的,它能够通过从文本的文字中进行体现,但这样的艺术价值需要读者根据自身的水平在阅读过程中进行寻找。在进行翻译的过程中,为了使译作与原著的还原性提到最高,需要译者对原著的思想进行深入分析,这就需要翻译批评工作的参与。需要译者从最基本的原著阅读开始做起。身为一名文学工作者,自身的文学素养是极其重要的,要想打好文学评价和文学研究的基础,就必须从阅读开始,积累西方文学阅读的相关经验。通过不断地阅读,将自身的鉴赏能力进行提高,了解具有代表性的英美文学框架,这能为赏析评价和翻译工作打下良好的基础。这样的大量阅读,有助于对文学作品结构的掌握,使翻译批评工作得以更好地进行。

二、对原著的不同译本进行分析比较

在对不同译本进行分析的过程中,可以增加译者对原著的不同层次的理解,探究出更多的翻译方法,明确更深层的翻译目的,从而可以分析出不同译本的受喜欢程度,分析读者的当下心态,因为一个译作的成功与否,要看读者的接受程度。因此,对不同译本进行分析,对读者心态进行分析,是一名合格译者的必要任务,也是提高翻译批评水平的重要途径。

第七章　文学批评维度下的英美文学翻译探索与研究

（一）从翻译立场和翻译目的方面进行考虑

一名好的翻译批评家，应该有较高的艺术眼光，具有丰富的翻译经验以及较好的文学素养，需要在进行翻译批评的时候，秉承马克思主义思想，对文章进行实事求是的客观评价。需要译者严格遵照和尊重原作者的思想进行翻译，不可随便改动内容，或是添加自己的个人观点，在这样的原则基础上对作品翻译进行创造。在对不同的译本进行比较分析的同时，要对译者的翻译立场和目的进行分析，站在不同的角度和不同的立场上，使文学的表现力得到扩展，根据作品内容，对作者的思想进行考虑，对原著中的人物形象进行还原，这也是翻译批评中的重要内容。

（二）从译本的阅读对象方面进行考虑

翻译批评的标准是根据不同年龄段的读者和不同的文化背景进行具体设定的，因此，要想将翻译批评的工作质量进行提高，还需要从译本的阅读对象方面进行考虑。要追求表达符合原著的思想，传递正面效应是值得翻译者进行考虑的。例如，《乱世佳人》是由美国女作家玛格丽特·米歇尔创作的，其中有一段描写 Scarlet 穿着身材的一段话"The dress set off to perfecttion ...for her sisteenth years."原作的重点在"waost"和"breast"两个词上，这一段随着年代的不同，使译本出现不同的现象，时代背景的不同使读者的欣赏尺度也不尽相同，所以说，时间的更替为读者的喜欢带来了不同的需求，这就需要译者详细地了解和分析，译出更受读者喜爱的译本。

三、对译本的语言进行分析

（一）修辞手法

通过对译本的语言进行分析，可以增加翻译与原著的还原度。因此，我们先从修辞手法进行分析，这是文学作品中常见的运用手法，它分为很多种类,其中包括明喻和暗喻等,还有拟人和夸张等手法的运用。在对译本的语言修辞手法进行比较分析的过程中,要明确它们的运用,对使用的优缺点进行评价,有助于译者掌握更多的修辞手法,将原著的精彩之处进行还原,也有助于还原原著作者的笔风和写作特点,进一步提高翻译文本的社会价值。

(二)人物语言

在写作的过程中,最重要的就是对人物形象的语言描写,它不仅能够表现人物的性格特征,而且可以通过语言的描写交代一定的背景和事情起伏,这是凸显文学特点的有效途径。人物语言的描写使作品更具生动性,更有灵魂,也使人物拥有了各自的特点。例如,在《傲慢与偏见》中,E. W. 福斯特具有扁形人物和圆形人物两种性格,作者对他的语言描写使读者了解了他的背景和经历。[①]因此,翻译也不全是将原著进行再现,而应该根据原著的描写特点对文章进行整合创作,在人物命运上留下伏笔,兼顾人物特征表现人物性格。

第三节 英美文学翻译批评的范畴和路径探索研究

一、跨学科综合翻译批评模式的范畴

(一)规定性翻译批评与描写性翻译批评

蒙娜·贝克(Baker,2020)主编的 *Routledge Encyclopedia of Translation Studies* 有对 ethnography 详细的介绍,其核心概念包括田野工作、观察、参与、三种类型(多元地点民族志、数字民族志、网络民族志)、质性研究、多元互证、自我反思。扎根理论强调对原始资料的收集、编码、

[①] 李怡琼.探讨经典英美文学的译文批评与赏析之方法[J].新教育时代电子杂志(教师版),2017(02):229.

第七章 文学批评维度下的英美文学翻译探索与研究

分析,通过对资料和概念的比较,建立整合、饱和、高密度的概念体系,再逐步上升到实质理论(具体领域理论)和形式理论(概念性理论)。在描写范式的翻译批评下,我们可以发展五种模式。①

(1)描写—规律总结。在大量描写的基础上,对翻译家的翻译技巧、策略、艺术进行归纳、总结,为翻译教学、人才培养提供仿学范例。

(2)描写—因果解释。在客观描写文本的文体、叙事、文化特征的基础上,联系译者的翻译理念、学术定式、人格特点等,解释文本特征的形成原因。

(3)描写—价值判断。将文本特征描写之后,调查英语母语读者,包括专家读者和普通读者,考察他们对译文效果的评价,进而判断翻译策略的优劣。我们的经验表明,对于一些前沿性的、诗学的问题,专家读者和普通读者往往持有不同的意见。

(4)描写—趋势预测。通过描写翻译活动中的变量,预测未来可能会出现的趋势、动向。

(5)描写—理论建构。在以上四种描写模式的基础上,提出具有规律性的理论假设,建构能指导翻译实践的文本模式或行动者模式,如翻译的诗学理论模式、文化理论模式、情感模式、众包模式,等等,以期对未来的翻译工作提供指导。

(二)共时翻译批评与历时翻译批评

共时翻译批评是指将同一原文的多个在将近同一段时间内出现的译文进行比较批评。这类批评往往是考察哪一个译本更准确或译者的人格特征和文学旨趣,等等。译文的差异主要在于译者的翻译理念、文学修养、个体秉性。

历时翻译批评则是将同一原文的几个跨越时间很大的译本进行比较,通过考察其中的文体、叙事、诗学、文化、规范、副文本等因素,发现历时的区别并揭示演变的规律。如果从历时的视角来考察译本对原著故事的选择、读者的接受诗学、公众阅读的视界、翻译规范的嬗变、古代中国的形象构建,便能发现很多问题。

---

① 吴冰.《老子》英译研究[M].北京:中国社会科学出版社,2019.

(三)文本内翻译批评与文本外翻译批评

文本内翻译批评是指对文本的文体、叙事、文化等问题定量和定性的研究;文本外翻译批评则是对译者翻译理念、翻译行为与学术定式、社会—政治—历史—文化语境、意识形态、传播的赞助人和守门人等问题的研究。对于一些研究者来说,这两个方面往往是割裂的,不能关联起来。

怎样将文本内翻译批评与文本外翻译批评关联起来呢?首先是文本内批评:描写、分析、比较文本内的语言、文化、主题特征。然后是分析影响文本成形的译者因素,比如译者的生活阅历、学术重心、翻译理念与惯习、个性心理等。再后是探寻决定译者因素的社会—历史语境、读者接受诗学、文学系统与主导规范。最后是历时视角下,译文对读者接受诗学、社会思想变迁所产生的影响。

翻译批评过程中三个核心因素,文本特征图景、译者综合定式、社会文化规范,它们的互动关系体现于图7-1之中。

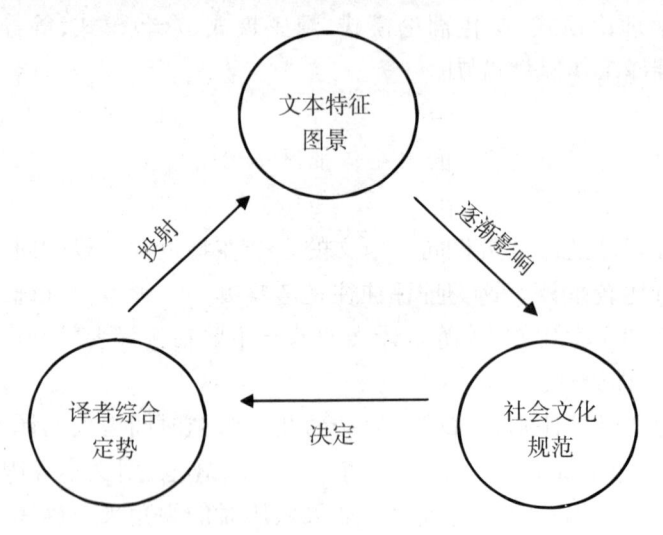

图7-1 文本内与文本外融通批评的三因素互动

第七章　文学批评维度下的英美文学翻译探索与研究

二、跨学科综合模式翻译批评的研究路径

（一）对比语言学路径

这一部分我们以难度更大的汉英翻译批评作为讨论对象。

（1）形合手段的丰富、有效。比如，表达因果逻辑的方式有：because 等近30个明示原因的逻辑关系词；which 引导的定语从句；前置独立结构；语序表达隐含因果关系。其中有强因果和弱因果的区别。译者对因果方式的选择是否最佳地表现了原文的因果旨意？

（2）心理视点的恒定。对于汉语句式中不断变换的视点，英译文是否选择一个重要的因素作为恒定主语，以此为中心展开，在后面的叙述中保持心理的连贯？

（3）主题、命题的二级分界。这是针对汉语流水句的翻译批评，包括：是否将流水句根据主题切分为若干个英语句子？在一个主题单元内，译者是否分辨其中的命题，以及它们之间的内在逻辑关系（总说—分说、并列、递进、转折、因果、铺叙—主旨、主旨—补充），再后选择恰当的逻辑关系词，将隐含的关系显化？

（4）段落的主旨。有时候汉语一个段落会是多元论题和主旨的夹杂，英译中是否能够根据主旨分为不同的段落？

（5）语言的简洁。简洁的译文常常使用：复合意义词；矛盾修辞法、转移修辞法、隐喻；行使动词或从句功能的介词；独立结构、插入语、补足语；将汉语中描述性状的小句转化为前置的形容词或连字号结构定语，等等。同时还会避免下面的成分：不必要的副词（+动词）或形容词（+名词）；镜像陈述；语境自明的成分；不合英语规范的重复词。

（6）压缩与推进。根据汉语重过程、英语重结果的特性，汉英翻译的时候，①汉语的范畴词、主观的心理活动词、量词、叠词等过程性词汇，会在英译中压缩；②英译的语义可以向前更推进一步：将汉语的新知信息变成英语的已知信息，再启动下一个动作，或将汉语的动作意义推至它所预期达到的结果意义，这样的处理更能体现英语思维的特征。

(二)功能语言学路径

功能文体学的基石是三大元功能——概念功能、人际功能、语篇功能。在概念功能的翻译批评中,我们需要考察及物性,它往往是文本构建世界形态或意识形态的工具。及物性表征世界有六个过程,其中最重要的是反映外部经验的物质过程和内部经验的心理过程,以及介于中间的关系过程。对于某些特殊人物的活动,原作的心理过程、关系过程以及物质过程中的行动过程(又包括目的过程、偶发过程)、事件过程,在译作中是怎样保留、转换的?这一转换过程中,除了因两种语言天然差异而做的强制性转换外,对于其他的选择性转换因素,译者是保留这些过程以忠实再现人物性格,还是做了转换,隐含着译者与原文有差别的隐蔽价值观?在人际功能的翻译批评中,我们可以切入译文的情态(modality)和言语行为(Fowler,1991);或者切入拓展的态度(包括情感、判断、鉴赏)、介入、级差三维度;或者切入拓展的道德、社会、情感三维度。①

这一部分的翻译批评,可以考察译者在这些方面是依从原文,还是做出改变?如果是做出改变,译者的动因是什么?对人物的态度和判断与原作者有怎样的隐性差异?在语篇功能部分的翻译批评中,我们可以从下面的角度进行。

(1)常规的信息结构是已知信息—新知信息(主位—述位)的无标记构式,译作中,如果译者转变为标记的新知—已知信息构式,译者隐含了怎样的突显和情感意图?

(2)主位递进的模式往往有四种类型:放射、聚合、阶梯、交叉。

在翻译批评中,一些特殊人物(如虚荣、无知人物)会用放射型模式展开话语,其严密的话语进展模式与空虚荒唐的内容形成反讽。译者是否注意到这种主位递进模式的反讽功能?在另外一些特殊人物(比如心智异常人物)的话语中,原作者会用到交叉型模式展开,译者是否注意到这种主位递进模式对人物思维风格的映射?

(3)原文故意不连贯的话语或叙述,可能是在暗示人物的混乱思

---

① 朱文忠,潘杰婧,万木春,张梦琦.2017年商务英语探索[M].北京:经济管理出版社,2018.

第七章　文学批评维度下的英美文学翻译探索与研究

维和异常情绪。译者是保留或强化这一不连贯,还是使译文顺畅因而偏离了人物的认知和情绪状态？比如翻译《狂人日记》时,杨宪益和蓝诗玲(Julia Lovell)都将狂人的谵言妄语译为通顺流畅的英语,而莱尔(William A. Lyell)则刻意突出狂人话语的不连贯、无逻辑。

参考文献

【中文部分】

[1] 文杜里著,迟轲译.西方艺术批评史 [M].海口:海南人民出版社,1987.

[2] 艾柯等著,王宇根译.诠释与过度诠释 [M].北京:三联书店,1997.

[3] 巴赫金著,白春仁等译.诗学与访谈 [M].石家庄:河北教育出版社,1998.

[4] 巴赫金著,白春仁等译.文本、对话与人文 [M].石家庄:河北教育出版社,1998.

[5] 巴赫金著,白春仁,顾亚铃译.陀思妥耶夫斯基诗学问题 [M].北京:三联书店,1992.

[6] 保罗·利科尔著,陶远华等译.解释学与人文科学 [M].石家庄:河北人民出版社,1987.

[7] 蔡新乐.翻译的本体论研究 [M].上海:上海译文出版社,2005.

[8] 陈福康.中国译学理论史稿 [M].上海:上海外语教育出版社,1992.

[9] 陈圣生.现代诗学 [M].北京:社会科学文献出版社,1998.

[10] 陈望道.修辞学发凡 [M].上海:上海外语教育出版社,2001.

[11] 辞海编辑委员会.辞海 [K].上海:上海辞书出版社,1989.

[12] 戴维·伯姆著;李·尼科编,王松涛译.论对话 [C].北京:教育科学出版社,2004.

[13] 杜夫海纳著,孙非译.美学与哲学 [M].北京:中国社会科学出版社,1985.

[14] 恩格斯.社会主义从空想到科学的发展[A].马克思恩格斯选集:第3卷[C].北京:人民出版社,1972.

[15] 方梦之.翻译新论和实践[M].青岛:青岛出版社,1999.

[16] 佛朗·霍尔著,张月超译.西方文学批评简史[M].南京:南京大学出版社,1987.

[17] 弗郎索瓦多斯著,季广茂译.从结构到解构——法国20世纪思想主题[M].北京:中央编译出版社,2004.

[18] 傅修延.文本学——文本主义文论系统研究[M].北京:北京大学出版社,2004.

[19] 伽达默尔著,洪汉鼎译.真理与方法[M].上海:上海译文出版社,1999.

[20] 龚光明.翻译思维学[M].上海:上海社会科学院出版社,2004.

[21] 辜正坤.中西诗比较鉴赏与翻译理论[M].北京:清华大学出版社,2003.

[22] 郭建中.文化与翻译[M].北京:中国对外翻译出版公司,2000.

[23] 荷马著,王焕生译.奥德赛[M].北京:人民文学出版社,1997.

[24] 赫施著,王才勇译.解释的有效性[M].北京:生活·读书·新知三联书店,1991.

[25] 洪汉鼎.理解与解释——诠释学经典文选[M].上海:东方出版社,2006.

[26] 胡经之,王岳川.文艺学美学方法论[M].北京:北京大学出版社,1994.

[27] 胡经之.文艺美学[M].北京:北京大学出版社,1999.

[28] 胡经之.西方二十世纪文论史[M].北京:中国社会科学出版社,1988.

[29] 黄源深.外国文学欣赏与批评[M].上海:上海外语教育出版社,2003.

[30] 加切奇拉泽著,蔡毅等编译.文艺翻译与文学交流[M].北京:中国对外翻译出版公司,1987.

[31] 贾正传.融合与超越:走向翻译辩证系统论[M].上海:上海译文出版社,2008.

[32] 蒋成禹. 读解学引 [M]. 上海：上海文艺出版社，1998.

[33] 金元蒲. 接受反应文论 [M]. 济南：山东教育出版社，2002.

[34] 雷淑娟. 文学语言美学修辞 [M]. 上海：上海财经大学出版社，2004.

[35] 李润新. 文学语言概论 [M]. 北京：北京语言学院出版社，1994.

[36] 李咏吟. 诗学解释学 [M] 上. 上海：上海人民出版社，2003.

[37] 李运兴. 语篇翻译引论 [M]. 北京：中国对外翻译出版公司，2001.

[38] 廖七一. 当代西方翻译理论探索 [M]. 上海：译林出版社，2000.

[39] 刘华文. 汉诗英译的主体审美论 [M]. 上海：上海外语教育出版社，2005.

[40] 刘明阁. 跨文化交际中汉英语言文化比较研究 [M]. 开封：河南大学出版社，2009.

[41] 刘士聪. 汉英·英汉美文翻译与鉴赏 [M]. 上海：译林出版社，2002.

[42] 龙协涛. 文学阅读学 [M]. 北京：北京大学出版社，2004.

[43] 吕兴玉. 语言学视阈下的英语文学理论研究 [M]. 长春：东北师范大学出版社，2017.

[44] 罗兰·巴特著, 李幼蒸译. 符号学原理 [M]. 北京：三联书店，1988.

[45] 罗志野. 西方文学批评史 [M]. 桂林：广西师范大学出版社，1991.

[46] 马丁·布伯著, 陈维纲译. 我与你 [M]. 北京：三联书店，2002.

[47] 马丁·布伯著; 张健, 韦海英译. 人与人 [M]. 北京：作家出版社，1992.

[48] 马克思. 政治经济学批判导言 [A]. 马克思恩格斯选集：第 2 卷 [C]. 北京：人民出版社，1972.

[49] 马奇. 中西美学思想比较研究 [M]. 北京：中国人民大学出版社，1994.

[50] 孟昭毅, 李载道. 中国翻译文学史 [M]. 北京：北京大学出版社，2005.

参考文献

[51] 盛宁. 人文困惑与反思 [M]. 北京：三联书店, 1997.

[52] 索绪尔. 普通语言学教程 [M]. 北京：商务印书馆, 1999.

[53] 谭载喜. 西方翻译简史 [M]. 北京：商务印书馆, 1991.

[54] 谭载喜. 新编奈达论翻译 [M]. 北京：中国对外翻译出版公司, 1999.

[55] 王德春. 现代修辞学 [M]. 江西：江西教育出版社, 1989.

[56] 王宏印. 文学翻译批评论稿 [M]. 上海：上海外语教育出版社, 2006.

[57] 王先霈. 文学评论教程 [M]. 武汉：华中科技大学出版社, 1995.

[58] 王一川. 文学理论 [M]. 成都：四川人民出版社, 2003.

[59] 王寅. 语义理论与语言教学 [M]. 上海：上海外语教育出版社, 1999.

[60] 王岳川. 现象学与解释学文论 [M]. 济南：山东教育出版社, 1999.

[61] 吴建民. 中国古代诗学原理 [M]. 北京：人民文学出版社, 2001.

[62] 吴晟. 中国意象诗探索 [M]. 中山：中山大学出版社, 2000.

[63] 伍蠡甫, 胡经之. 西方文艺理论名著选编 [M]. 北京：中国人民大学出版社, 1985.

[64] 谢天振. 翻译研究新视野 [M]. 青岛：青岛出版社, 2003.

[65] 谢天振. 译介学 [M]. 上海：上海外语教育出版社, 1999.

[66] 许钧. 翻译思考录 [M]. 长沙：湖北教育出版社, 1998.

[67] 亚里士多德著, 方书春译. 范畴篇·解释篇 [M]. 北京：商务印书馆, 1986.

[68] 杨自俭. 翻译新论 [M]. 长沙：湖北教育出版社, 1994.

[69] 叶纪彬. 艺术创作规律论 [M]. 长春：东北师范大学出版社, 1987.

[70] 雨果. 短曲与民谣集 [A]. 古典文艺理论译丛 [C]. 北京：人民文学出版社, 1961.

[71] 张柏然. 译学论集 [M]. 南京：译林出版社, 1997.

[72] 张培基. 英汉翻译教程 [M]. 上海：上海外语教育出版社, 1980.

[73] 张祥龙. 海德格尔思想与中国天道——终极视域的开启与交融 [M]. 北京: 生活·读书·新知三联书店, 1996.

[74] 郑海凌. 文学翻译学 [M]. 郑州: 文心出版社, 2000.

[75] 中国科学院语言研究所词典编辑室. 现代汉语词典(试用本) [M]. 北京: 商务印书馆, 1973.

[76] 中国社会科学院语言研究所. 现代汉语大词典(第5版) [M]. 北京: 商务印书馆, 2006.

[77] 周方珠. 翻译多元论 [M]. 北京: 中国对外翻译出版公司, 2004.

[78] 周仪. 翻译与批评 [M]. 长沙: 湖北教育出版社, 1999.

[79] 朱光潜. 诗论 [M]. 合肥: 安徽教育出版社, 1997.

[80] 丁信善. "语境化"理论与方法述略 [J]. 烟台师范学院学报, 2000 (2).

[81] 韩彩英, 李悦娥. 语境的外延衍生与内涵衍化 [J]. 外语与外语教学, 2002 (11).

[82] 加切奇拉泽, 王承时. 现实主义翻译及其理论任务 [J]. 中国翻译, 1984 (11).

[83] 李红满. 解构主义翻译理论的发轫——读沃尔特·本雅明的"译者的任务" [J]. 山东外语教学, 2001 (1).

[84] 茅盾. 为发展文学翻译事业和提高翻译质量而奋斗 [J]. 译文, 1954, (10).

[85] 王大来. 文化比较中的文化因素及文化补偿 [J]. 求索, 2007(8).

[86] 王蕊. 建构主义理论视角下英文影片字幕翻译策略 [J]. 东西南北. 2020, (11).

[87] 王寅. 认知语言学的翻译观 [J]. 中国翻译, 2005 (5).

[88] 吴菲菲, 居雯霞, 殷炜淇. 语域顺应与小说对话翻译的研究——以《傲慢与偏见》人物对话为例 [J]. 上海商学院学报, 2011, 12 (S1).

[89] 吴竞. 图式理论在商务英语翻译过程中的运用 [J]. 科技信息, 2012 (7).

[90] 夏兴宜. 运用图式理论提高商务英语翻译的水平 [J]. 科教文汇(中旬刊), 2011 (1).

[91] 辛斌. 巴赫金论语用: 言语、对话、语境 [J]. 外语研究, 2002(4).

[92] 杨武能. 翻译、接受与再创造的循环——文学翻译断想之一 [J].

中国翻译,1987(6).

[93]玉宏印.试论文学翻译批评的背景变量[J].中国翻译,2004(2).

[94]张长明,仲伟合.论功能翻译理论在法律翻译中的适用性[J].语言与翻译,2005,(3).

【外文部分】

[95]Brown, Gillian & Yule. George. *Discourse Analysis*[M]. Cambridge: Cambridge University Press,1987.

[96]Derrida J. Difference[A]. *Derrida Reader: Between the Blinds*[C]. In Peggy Kamut(ed.).Kamut: The Columbia University Press,1991.

[97]Douglass Robinson. *The Translator's Turn*[M]. The Johns Hopkins University Press,1991.

[98]Hall, Edward T. *Beyond Culture*[M]. New York: Doubleday,1976.

[99]Halliday, M. A. K. and Ruquaiya Hasan. *Cohesion in English*[M]. London: Longman,1976.

[100]Hermans, Theo. *The manipulation of Literature: Studies in Literary Translation*[C]. London & Sydney: Croom Helm,1985.

[101]Holmes, James s. *Translated! Papers on Literary Translations and Translation Saudis*[M]. Amsterdam: Rodopi,1988.

[102]Juh1, P. D. *Interpretation: An Essay in the Philosophy of Literary Criticism*[M]. New Jersey: Princeton University Press,1980.

[103]Kathleen Davis. *Deconstruction and Translation*[M]. Shanghai: Shanghai Foreign Language Education Press,2004.

[104]Lyons, J. *Semantics*[M]. London: Cambridge University Press,1977.

[105]Matlin, Margaret W. *Cognition*[M]. New York: Holt, Rinehart and Winston,1989.

[106]Newmark Peter. *Approaches to Translation*[M]. Shanghai: Shanghai Foreign Language Education Press, 2001.

[107]Nida, E. A. *Language, Culture, and Translating*[M].

Shanghai: Foreign Language Education Press, 1993.

[108]Nida, Eugena A. *Toward a Science of Translating*[M]. Leiden: EJ, Brll, 1964.

[109]Nord, Chritiane. *Translating as Purposeful Activity: Functionalist Approaches Explained*[M]. Shanghai; Shanghai Foreign Languages Education Press, 2001.

[110]Palmer, F. R. *Semantics*[M]. New York: Cambridge University Press, 1981.

[111]Sager, J. C. Text Type and Translation [A]. *Text Typology and Translation*[C]. in Anna Trosborg (ed). Amsterdam/ Philadelphia: John Benjamins Publishing Company, 1997.

[112]Shaw, R. Daniel. Translation Context: Cultural factors in translation[J]. *Babel*, 1987 (23).

[113]Steffenson, Margaret. Register, Cohesion and Cross-cultural Reading Comprehension[J]. *Applied Linguistics*, 1986 (7).

[114]Susan Bassnett & Andre Lefevere. *Constructing Cultures: Essays on Literary Translation*[M]. Shanghai: Shanghai Foreign Language Education Press, 2001.

[115]Toury, Gideon. *In Search of a Theory of Translation*[M]. Tel Aviv: Porter Institute, 1980.

[116]Vermeer, Hans J. Skopos and commission in translation action[A]. *The Translation Studies Reader*[C]. London & New York: Routledge, 2000.

[117]Vrshurn, J. *Understanding Pragmatics*[M]. Beijing: Beijing Foreign Languages Teaching and Research Press, 2000.